Phébus *libretto*

PORTRAIT DANS UN MIROIR

CHARLES MORGAN

PORTRAIT
DANS UN MIROIR

roman

Traduit de l'anglais par
J.G.DELAMAIN

Phébus *libretto*

I

DRUFFORD

J'étais dans ma dix-huitième année lorsque je fis, pendant l'été de 1875, ma première visite à une résidence de campagne. La demeure de mon père, située à Drufford dans le Kent, avait pourtant elle aussi, à cette époque, un caractère rural assez marqué – beaucoup trop même, au goût de ma sœur Ethel ; je dois donc prononcer le mot de « château » pour mieux exprimer le contraste entre ce qu'elle appelait le « grand style » de l'habitation des Trobey et notre confortable installation de Drufford. « Ils ont un véritable château, disait-elle, à des milles de la gare de Singstree, une avenue y conduit et, naturellement, on n'aperçoit pas la maison de la route. »

Je me demandais pourquoi Ethel et mon frère Richard désiraient m'introduire au milieu de pareilles splendeurs. Je savais que j'étais gauche et distrait. Ethel me le répétait sans cesse ! Elle prétendait qu'en dépit de mon intelligence, je finirais pas être un garçon ridicule et par mal tourner si je persistais à ne pas regarder où je marchais et à ne pas répondre à ce qu'on me disait. C'était cependant grâce à son intercession auprès de Pug Trobey que, cette année-là, je partageais la faveur d'une invitation de Mrs. Trobey.

– Excellente chose pour Nigel que de se mêler aux autres ! observa ma sœur.

– Cela dépend de ce qu'ils sont, répondit mon père, qui

trouvait toujours que nous visions trop haut. Vois-tu, Ethel, il ne faut accepter aucune invitation de gens qui vous font rougir de votre propre *home*.

– Mais, papa, je n'en ai pas honte ; je ne l'ai jamais dit.

– A t'entendre, on le croirait souvent.

Et mon père, oublieux des vingt-trois ans révolus de ma sœur, lui rappela tous ses torts, comme à une gamine ; elle lui rétorqua sur un ton d'écolière en révolte, et une vieille chicane reprit, si bien que ma mère s'interposa :

– Ethel, ma chérie, ce n'est pas là une manière de parler à ton père.

Cette remarque la fit bondir hors de la pièce avec une telle violence qu'on m'envoya à sa suite, pour la prier de revenir fermer la porte plus doucement.

Elle obéit, ses jolies joues en feu. Mon père, le regard furieux et la bouche ironique, l'observait par-dessus son *Times*. Ma mère, dans son corsage de soie, les coudes serrés au corps, n'avait d'yeux que pour sa couture, tandis que Richard, en fidèle allié, cherchait, comme d'habitude, à panser les blessure d'amour-propre de sa sœur. Il demanda à haute voix :

– Croyez-vous, mon père, que cette nouvelle expédition puisse atteindre le Pôle ?

Quant à moi, debout près de la table, je ne perdais pas de vue le globe dépoli de la lampe. Je n'osais plus, après une première tentative, tourner la tête du côté d'Ethel. Je l'entendis brusquement déclarer :

– Après tout, je crois que je vais rester ici.

Avec un froissement de papier, mon père abaissa son journal :

– Tu n'en feras rien, Ethel ; retire-toi dans ta chambre et tu n'en sortiras que lorsque tu sauras mieux te contenir ; ma parole, tu es assez grande ! Et fais attention de ne pas claquer la porte !

– Très bien, je vais dire bonsoir, si on m'envoie coucher comme une enfant.

– A ton aise !

Elle embrassa ma mère, puis :

– Bonsoir, Richard.

– Bonsoir, Ethel.

– Bonsoir, Nigel.

Sa main était déjà sur le bouton de la porte, lorsque ma mère, sans bouger, comme une actrice indifférente qui donne machinalement la réplique parce que son tour est venu, demanda :

– Ethel, ma chérie, as-tu dit bonsoir à ton père ?

Ethel, pâle cette fois-ci, traversa la pièce jusqu'au fauteuil de mon père, toucha de ses lèvres une joue qu'on lui tendait de côté, d'un mouvement raide, et disparut.

– Pauvre Ethel ! dit ma mère, c'est stupide de sa part, mais je t'assure, papa, qu'elle ne s'est pas rendu compte.

– Elle se fourre des idées en tête. Il faut espérer que l'âge les en fera sortir.

Mon père replia son journal, le déposa dans une corbeille de cuivre à portée de sa main et se souleva de son fauteuil. Sauf la courte veste d'alpaga noir, il avait le costume qu'il portait à la Cité : vaste pantalon foncé à sous-pieds, chaussures à bouts carrés et à tiges de drap, grand col, bas sur la nuque, qui remontait et s'étalait par-devant en larges pointes amidonnées. Favoris et barbe, coupés court, encadraient son visage d'un collier poivre et sel laissant à découvert sa lèvre inférieure, et contrastaient avec le noir lustré de ses cheveux. Sa longue moustache tombante, trop mince pour masquer sa bouche, tournait au gris. De face, on lui donnait cinquante-cinq ans ; de dos, avec ses épaules alertes et son port si droit, il paraissait beaucoup plus jeune.

– Comment sont ces gens chez qui vous allez, Richard ? demanda-t-il.

– Les Trobey ?

La voix de Richard rappelait beaucoup celle de mon père. Du reste, il lui ressemblait en tout. Peut-être était-il d'une simplicité moins rude, ainsi qu'il sied au fils d'un négociant en thé, qui a passé par Oxford. Mais tous les deux avaient la même autorité de ton, la même assurance dans le regard vif et avisé.

– Les Trobey sont des gens très bien, vous avez du reste rencontré Pug.

– Un peu trop gommeux pour mon goût.

– En tout cas il faisait partie des « Bleus », répondit Richard – mais, voyant son père médiocrement impressionné par ce détail, il continua : Le vieux Trobey est un ami de Dizzy[1].

– Oui, tu me l'as déjà dit, mais je veux parler des gens qu'on rencontre chez eux ; leurs réunions ne se composent pas uniquement des Trobey, j'imagine.

– Oh ! Tout ce qu'il y a de plus chic !

– Ton père veut savoir, Richard, s'ils sont lancés, extravagants, d'un milieu très différent du nôtre. Bien entendu, Mr. Jon Trobey, Pug, comme tu l'appelles, était dans ton groupe à Oxford, mais ces choses-là changent, j'en suis certaine, lorsqu'on va dans le monde. Nous n'aimerions pas que Nigel ou Ethel fréquentent des jeunes gens qui auraient des habitudes déréglées.

– Je ne peux pas répondre de tous, maman ; à vrai dire, j'imagine que quelques-uns d'entre eux ne vont pas se coucher à dix heures du soir.

– Richard, Richard, essaie donc de parler avec moins d'impatience.

– Oui, maman.

– Tu nous comprends parfaitement, dit mon père, le jeu, la boisson – des choses de ce genre se passent-elles là-bas ?

– Oh ! cela non, père, je vous en donne ma parole. Du reste il se peut qu'il n'y ait personne d'autre que les Trobey, nous et Ned Fullaton. Oh ! et probablement Miss Sibright et sa tante. Vous connaissez Ned ?

– J'avoue qu'il m'a fait l'effet d'un garçon sérieux, lorsque je l'ai rencontré à Oxford, mais ce n'est pas lui qui mettra le feu à la Tamise ; il n'est guère travailleur, n'est-ce pas ?

– Pourquoi trimerait-il ? Windrush lui appartiendra un jour ou l'autre, c'est une des plus jolies résidences du Hertfordshire.

1. Disraeli.

On dit qu'il veut se présenter au Parlement, et le vieux Trobey
a promis de le recommander au Premier Ministre.

– L'eau doit en venir à la bouche de Dizzy ! Un Ned Fullaton !
Le grand démocrate tory n'admet personne au-dessus d'un fils
de comte.

– Et cette demoiselle dont il était question ? demanda ma
mère qui échappait à la politique par le plus court chemin.
Cette Miss Sibright, est-ce la future Mrs. Ned ?

Richard promena son doigt dans son col en fronçant les
sourcils :

– Je vous ai déjà parlé d'elle, maman ; nous l'avions rencon-
trée à Oxford, Pug, Ned et moi, la dernière semaine des fêtes du
jubilé. Elle est jolie en diable, je l'admets, un vrai portrait de
Rossetti – du moins, c'est ce que prétend le père de Ned, et, en
sa qualité d'artiste, il doit s'y connaître. Ned a été pincé aussitôt
– impossible d'en détacher les yeux ; Pug était pris lui aussi,
mais il y allait plus lentement. On ne savait pas grand-chose de
la demoiselle sinon qu'elle se trouvait à Oxford avec des parents
éloignés, et qu'elle tournait la tête de tous les danseurs. Le tri-
mestre suivant, il a fallu plonger dans l'Isis le petit Fresher qui
l'accompagnait. Il se promenait en composant des vers et laissa
pousser ses cheveux pendant les vacances. Tout cela parce que
l'oncle et la tante chez qui elle habite avaient invité le pauvre
diable chez eux, dans le Somerset. Ned était de la partie, ce qui
fut cause de tout. Il paraît qu'elle n'a pas le sou.

– Pug, dans ce cas, doit bénir sa prudence, dit mon père.

– Vous êtes sévère pour Pug, répondit Richard en riant. Il
garde encore des restes de jalousie, elle est assez belle pour
tenter n'importe quel homme. Mais Pug est obligé de réfléchir.
Ned, lui, peut se payer des objets de luxe.

– Si elle est pauvre, demanda ma mère – et son visage pâle,
aux traits vigoureux, exprimait une invincible curiosité pour
cette jeune fille dont Richard parlait si souvent, bien qu'à
contrecœur –, comment vient-elle à Oxford en pleine semaine
de fête ? Ce n'est pas un endroit bon marché, n'est-ce pas,
Richard ?

Mon père grommela entre ses dents. Deux longues rides apparurent sur ses joues, parallèles à la tombée de sa moustache. L'argent qu'il avait dû dépenser à Oxford était un vieux sujet de plaisanteries.

– L'oncle et la tante sont à leur aise, expliqua Richard, mais ils ont des enfants à eux, et la jeune fille est orpheline.

Ma mère se posait des questions, et y réfléchissait en silence.

– Tu n'as pas l'air d'aimer Miss Sibright, à la façon dont tu en parles ?

– Oh si ! maman. Tout à fait épatante, seulement…

– Quoi, pas très femme, est-ce cela ?

– N… non, elle est beaucoup trop belle pour se donner des airs, j'ai toujours remarqué que les moins jolies étaient les plus poseuses. Les femmes connaissent bien leurs avantages, n'est-ce pas, père ? Non, mais elle rit de ce qu'une autre jugerait sérieux ; des questions sociales et locales, entre autres, auxquelles Ned accorde une telle importance… Oh ! et toutes ces futilités sur lesquelles on s'attend aux plaisanteries d'une jeune fille amusante… Elle, on ne sait jamais si elle va se moquer de vous, et elle devient sérieuse comme un juge, brusquement, pour des niaiseries. Les fausses rênes, par exemple. Elle a déclaré préférer marcher, plutôt que de monter dans la voiture des Fullaton, avant qu'on les ait enlevées aux chevaux ! Elle s'entêtait, et lorsque sa tante lui a dit de ne pas faire la sotte, qu'elle avait souvent été en voiture avec des chevaux portant des fausses rênes, elle a répondu : « Pas celle-ci, dans laquelle il faudra me promener toute ma vie ! » Ned prétend que les larmes lui montaient aux yeux, le valet de pied souriait, et Ned s'est vu forcé de céder en tournant la chose en badinage. Un autre jour, à Oxford – j'y étais – Drooper – vous vous souvenez de Drooper, le type qui conduisait à quatre, et qui jouait de la mandoline – eh bien, Drooper chantait une de ses meilleures chansons à propos des dangers d'un flirt sur la glace, celle qui commence par :

Oh! mères, vous qui avez des filles,
Prenez garde lorsqu'en hiver
La glace recouvre les eaux...

— Cela suffit, Richard, nous n'avons pas besoin d'en savoir plus long.

— Très bien, mais je vous assure, père, que c'est très convenable. Tout le monde, même la mère de Drooper, la vieille Lady Singstree, répétait en chœur la fin de chaque strophe, lorsque le vers reprend, vous savez :

Il ne peut qu'admirer ses charmes... ti-tumm...
Il ne peut qu'admirer ses charmes...;

— Ne vous tourmentez pas, maman, je m'arrêterai si cela vous chagrine.

— Ce que tu nous disais de Miss Sibright m'intéressait tellement, Richard ; continue, mon fils, je t'en prie, mais inutile de répéter la chanson.

— Peut-être... fit Richard, y renonçant à regret, car il avait grand plaisir à revivre la scène. Il me semble que je vois d'ici ce bon Drooper se dandinant sur ses longues jambes, le lorgnon envolé par-dessus son épaule, prêt à sauter sur une chaise d'où il dirigeait les chœurs en brandissant d'une main sa mandoline et de l'autre sa robe... Ensuite nous avons discuté au sujet du flirt : savoir si oui ou non c'était un art, et autres sornettes de ce genre. Chacun disait son mot, sauf Miss Sibright. Drooper, brusquement, la désigna du doigt et lui demanda son avis. Elle se serait mise à ricaner comme nous, les choses en seraient restées là. Mais non, elle rougissait et se taisait. Comme elle n'est pas souvent embarrassée, Drooper croyait à une de ses petites comédies. « Allons, mademoiselle Sibright, lui dit-il, vous devriez vous y connaître ! » accentuant le « vous », avec une emphase un peu raide, qui nous fit pouffer. « Vous prétendez que je suis flirt ? demanda-t-elle. Si je le suis, c'est malgré moi, car je trouve cela détestable et honteux, et... même triste. » La phrase, venant d'elle, exprimée avec ce grand sérieux, devait

cacher une plaisanterie un peu plus marquée que les autres.
Lady S…, je m'en souviens, se pencha vers moi en murmurant : « Quelle actrice ! » Drooper s'avança et lui fit un salut
cérémonieux : « Je vous en prie, qu'y a-t-il de honteux à faire
tourner les têtes ? » Et, saisissant sa tasse, il s'écria : « Par
Jupiter, si cette tasse contenait quelque chose de meilleur que
du thé, je la viderais en l'honneur de la belle d'Oxford.
Pourquoi déesse aussi charmante rougirait-elle de nous faire
valser, nous autres pauvres mortels ? » Nous élevions déjà nos
tasses, avec ou sans thé, lorsque sa réponse nous cloua sur
place… « Parce que, dit-elle, c'est jouer avec l'amour. » Vous
n'imaginez pas quelle drôle d'impression cela fit. On se sentait
comme à l'église… Elle laissait couler les larmes qui lui montaient aux yeux, sans même chercher à les essuyer. Vous voyez
le genre de femme, d'ici. On ne sait jamais à quoi s'en tenir
avec elle.

Mes parents accueillirent ces paroles en silence. Enfin, ma
mère se hasarda :

– Bien sentimentale ! il me semble.

Et mon père ajouta :

– Pour moi, je trouve à tout cela un accent étranger ; d'où
sortent ces Sibright ?

– Ethel prétend qu'ils sont de bonne souche, de l'Ouest.

– Il y a des choses qu'Ethel ignore. Les gens qui ont du sang
étranger le dissimulent soigneusement de nos jours, sauf à
Downing Street[1].

– Ethel, repartit Richard en loyal défenseur, est diablement
renseignée au sujet des familles.

– Plus qu'il ne lui est salutaire !

– Allons, papa, dit ma mère avec une grande hardiesse, sou-
viens-toi du conseil que Major Pendennis donnait à son neveu.
Tu me lisais le passage, pas plus tard qu'hier soir.

– C'est bon dans les romans, ma chère amie… et puis
Thackeray a toujours été snob.

---

1. Allusion à l'origine étrangère de Disraeli.

– Nous le sommes tous, je le crains, à nos heures, dit ma mère, à moins d'être très sûrs de nous-mêmes.

– Sûrs de nous-mêmes ! drôle de façon d'être modeste, je t'avoue.

– Et cependant…

Mais ma mère s'arrêta car jamais la plus légère discussion ne s'élevait entre eux devant nous autres, enfants ; sa pensée et celle de mon père devaient n'en faire qu'une.

Pendant cette longue conversation, je n'avais pas quitté Richard des yeux ; j'admirais en lui le brillant homme du monde. Puis je cessai de songer à lui pour ne plus voir que Drooper avec ses jambes ondulantes et son beau salut ; enfin je me représentai Miss Sibright, certain que j'aurais compris ses larmes. Je commençais à être convaincu que toutes les femmes – les méchantes et les ironiques mises à part – sont de pauvres créatures excessivement malheureuses. A la mention du nom d'Ethel, pris de pitié, je grimpai en courant frapper à la porte de sa chambre.

– Qui est là ?

– Nigel.

– Encore une autre commission de papa ?

– Non.

– Que veux-tu alors ?

– Je pensais que peut-être tu… Enfin est-ce que je peux entrer ?

– Non, je suis à moitié déshabillée.

La voix était ferme et décidée. Je m'étais imaginé ma pauvre sœur en disgrâce, pleurant, effondrée dans sa robe de satin.

– Si tout va bien, alors bonsoir.

– Bien sûr que ça va… petit imbécile !

Je redescendis me plonger dans la contemplation du verre dépoli de la lampe jusqu'à ce que mon père me dise :

– Fais donc quelque chose, mon garçon, tu t'abîmeras les yeux.

II

LISSON

Lisson, l'habitation des Trobey, située sur une colline qui lui donnait son nom, était une spacieuse demeure, massive, carrée, mais moins grandiose que ne se le figurait Ethel. Ancien presbytère, elle avait été reconstruite après un incendie, l'année de la mort de Walpole ; Agathe m'apprit ces détails par la suite, ainsi que quelques autres ayant trait à l'histoire de sa famille. Le premier Trobey qui s'installa à Lisson fut Jonathan Trobey, pasteur de Singstree ; son fils, un second Jonathan, le remplaça en 1776. Les deux générations qui succédèrent vécurent au loin ; car le fils de Jonathan, échappé tout jeune de la maison paternelle, avait mal tourné en compagnie d'une femme digne de lui, et son petit-fils William, uniquement occupé à édifier une fortune pendant les trente années qui suivirent Waterloo, ignorait jusqu'au mot de Lisson. Avec la crainte de mourir de faim, comme seul patrimoine, il parvint à léguer à Mark, son fils, sinon des rentes, du moins une solide affaire de quincaillerie. Cela se passait en 1845, un siècle après la réédification du presbytère oublié, lorsque Mark Trobey atteignait la trentaine. Mark ne montra pas plus de goût pour la quincaillerie que son père n'en avait eu pour l'Église. Il ne s'intéressait qu'à trois choses : la politique, Miss Anne Devakker et, contraste étrange, il aimait la paix, la tranquillité, et les placements de tout repos. En fait de politique, il désirait voir s'associer librement les « deux nations » selon le vœu qui venait d'être exprimé dans *Sybil*[1], se posait comme défenseur passionné de la jeune reine en face des nombreux sarcasmes auxquels elle était en butte à cette époque, et se glorifiait d'avoir fait la connaissance, à la Cité, de Disraeli en personne. Anne était du même âge que la reine, ses épaules enchanteresses s'inclinaient selon la courbe royale, et sa mère prétendit que Mark, debout à côté d'elle, lui rappelait le prince Albert, à la taille près. Sans doute Mrs. Devakker connaissait-elle le fervent loyalisme du jeune homme; en tout cas, il se sentit suffisamment encouragé par cette allusion, et si Anne montrait ouvertement son mépris de ces transactions, et faisait parfois la moue à la vue de ses honnêtes jambes courtes, Mark ne s'en apercevait pas. Aveuglé par une seule idée, comme peut l'être un homme chez qui elles sont rares, il pensait que par la tête et les épaules tout au moins, il était son consort. Rien ne lui ouvrit les yeux. On eut beau insinuer délicatement que les dettes de Mrs. Devakker la préoccupaient encore plus que ses nombreuse filles, il remercia Dieu qui lui permettait de venir en aide à la famille de sa bien-aimée. L'idée d'un calcul n'effleura jamais sa pensée. La longue résistance d'Anne faisait partie de son charme virginal; elle se garda bien de le détromper, tant que durèrent les fiançailles.

Avec Disraeli comme ami, et Anne pour femme, il ne restait plus à Mark qu'à désirer la paix, la tranquillité et les placements de tout repos. Il obtint les placements en se retirant virtuellement des affaires, et en vendant à bon prix sa part d'associé, au moment où la maison se trouvait en pleine prospérité. Il chercha ensuite un coin où se réfugier. Mrs. Trobey lui vint en aide. Elle étudia l'arbre généalogique et remonta au Jonathan Trobey qui avait été pasteur à Singstree de 1741 à 1776. Elle entraîna aussitôt son mari vers les vénérables tombes, et ils découvrirent côte à côte celles des deux Jonathan.

1. Roman de Disraeli.

Le vieux presbytère était vide. Le couple longea l'avenue et jeta par les fenêtres un coup d'œil à l'intérieur. Sur la colline en face se trouvait le manoir de Lord Singstree, allié à la famille Devakker. Les Trobey posèrent des questions dans le village. On leur désigna un bâtiment de briques rouges et noires situé sur cette même colline : « La demeure du pasteur actuel, frère de Lord Singstree. L'ancien presbytère est à vendre. » Mrs. Trobey décida aussitôt que son mari en serait acquéreur. Mark Trobey n'objecta pas. Quel meilleur rêve pouvait-il faire ? Abandonner la quincaillerie, vivre tranquille auprès d'Anne dans l'Oxfordshire avec l'espoir de s'occuper un jour de politique locale ? Il voyait bien que le parti de sa femme était pris, et s'y rangea avec joie. Elle lança un regard vers le manoir de Singstree – ce serait une bonne chose, à l'occasion, d'avoir de la famille aussi près. Du reste, ce pays était celui des Trobey depuis plus d'un siècle ; à coup sûr le pauvre Mark ne se connaissait pas d'autres attaches. Elle posa ses conditions :

– Il y aura des réparations à faire.

– Oui, ma chérie.

– Nous l'appellerons : le manoir de Lisson !

– On ne peut pas, après si longtemps, changer son nom.

– Comme tu es entêté, Mark, il n'y a jamais deux presby-tères dans le même endroit.

– Pourquoi, mon trésor, ne pas distinguer le nôtre en disant « le Vieux Presbytère » ? C'est un nom tranquille.

– Certes ! mais dans ce cas, je n'y habiterai jamais.

Tel fut le récit d'Agathe. Elle tenait ces faits de ses parents, peut-être les avait-elle un peu enjolivés, connaissant les carac-tères.

A la longue, chacun s'habitua à dire Lisson.

Au moment de la naissance de Pug – baptisé Jonathan en perpétuel souvenir de ses ancêtres –, on ajouta une aile à la maison, avec une chambre d'enfants, une nursery au premier, et, à l'entresol, une pièce qui devint ensuite le fumoir. Sur la terrasse, des géraniums s'épanouirent dans des urnes blanches et, en 1875, il y avait deux salles de bains. Miss Anne Devakker tirait le meilleur parti possible d'un mariage qu'elle considéra toujours comme une infortune.

Ethel nous avait dit : « C'est à des milles de la gare de Singstree ! » et je fus désolé de voir ces milles se réduire à trois, vite parcourus dans la voiture des Trobey. J'aimais bien mieux rouler au milieu de la campagne riante que d'arriver chez des étrangers. Trop tôt, à mon gré, nous enfilions le tournant de l'avenue, courte allée de gravier entre deux bosquets. L'un d'eux, très touffu en ce début de juillet, dissimulait le jardin et nous envoyait la douce senteur des bois. Une feuille tourbillonna sur mes genoux. Je tachai mes gants de peau de chien en la pressant. Elle répandait une odeur de violettes et de fumée, et je me penchai hors de la voiture pour essayer d'en atteindre une autre, sur quelque branche échappée à la serpe du jardinier. A ce moment je dus renoncer à mon espoir d'un retard. Nous prenions une dernière courbe, et la maison se dressait devant nous, avec son porche en bois tourné encadrant des vitraux de couleur plaqués contre sa vulgaire façade géorgienne.

Ethel disait : « Ne braque pas tes yeux comme cela, Nigel. S'ils regardent par la fenêtre, que vont-ils penser de toi ? Ils diront tout de suite que tu sors pour la première fois. »

Seuls, des domestiques nous accueillirent, et on nous conduisit à nos chambres.

Je demandai à voix basse en montant l'escalier :

– Où sont-ils tous ?

– Ils veulent laisser à Ethel le temps de se bichonner après le voyage, répondit Richard.

Nous avions peu de choses en commun, Richard et moi, mais je l'aimais bien et je l'admirais ; il me disait toujours ce que je voulais savoir, sans se moquer de mon ignorance. J'admirais aussi Ethel, mais je la craignais.

– C'est l'habitude, dans les grandes maisons, ajouta-t-elle.

Si des gens comme les Trobey ou les Fullaton voyaient papa se précipiter à la porte et distribuer des poignées de main, ils trouveraient ça drôle, n'est-ce pas, Richard ? C'est comme s'il y avait « Bienvenue » tissé dans le paillasson.

– Cela ne se fait pas non plus ?

Lorsque Ethel puis Richard eurent disparu à tour de rôle dans leurs chambres, je me sentis livré à moi-même dans un monde rempli d'embûches. Je suivis le valet de chambre au fond d'un grand couloir, si loin d'eux qu'il me serait impossible de jamais les retrouver. Enfin, on m'introduisit dans une petite pièce de l'aile moderne, carrée, froide, mais avec un bouquet de fleurs sur la cheminée, chose efféminée et malsaine dans une chambre à coucher, au dire de mes parents. Le domestique me répéta la formule qu'il venait de réciter aux deux autres : « Mrs. Trobey est sous la tonnelle, elle compte sur monsieur, dès qu'il se sera préparé, pour le thé » ; puis il referma la porte derrière lui.

Que devais-je faire ? J'étais perplexe. Ces mots : « Mrs. Trobey est sous la tonnelle », me semblaient vides de sens et ce n'est qu'à la longue, après avoir examiné la tapisserie et exploré l'armoire, que brusquement je compris. La maîtresse de maison m'attendait certainement dans ce que nous aurions appelé, chez nous, le pavillon d'été. Je compris maintenant pourquoi, seule, Ethel le désignait sous le nom de tonnelle. Je me sentis pris de peur, puis j'éclatai de rire, et m'arrêtai net devant mon visage reflété par l'armoire à glace. Il ne fallait pas rire dans cette chambre inconnue, le valet de chambre pouvait surgir, me chercher de la part de mon frère, de ma sœur ou bien, qui sait, de Mrs. Trobey en personne. S'il me trouvait flânant, sans préparatifs commencés…

Un broc d'eau chaude recouvert d'une serviette se trouvait sur la toilette. Je retirai vite ma veste et mon gilet pour me débarbouiller. Mais j'avais complètement emmêlé mes cheveux et je n'avais ni brosse ni peigne. Le miroir me renvoya l'image d'une tête hirsute et des yeux élargis par l'épouvante. Je fus saisi d'une panique ridicule. A genoux devant la coiffeuse, je m'efforçais vainement de me peigner avec mes doigts et de lisser mes cheveux du plat de la main. Une Mrs. Trobey m'apparaissait, imposante et sans visage, élevant une immense théière d'argent au milieu d'un cercle d'invités. Je me voyais approchant de la table, attirant tous les regards, les rires moqueurs par le désordre de ma personne, Richard et Ethel effondrés sous le poids de ma honte, et je m'entendais moi-même balbutier sottement : « Je suis désolé, madame Trobey, mais je n'avais ni brosse ni peigne. » Je sortis tout à coup de cet état de crainte fantasque, pour me demander pourquoi je n'avais ni brosse ni peigne. Pourquoi ne m'avait-on pas apporté mes bagages ? Je me relevai d'un bond et m'élançai sur la poignée de porcelaine de la sonnette ; j'eus beau tirer, j'entendis seulement grincer et gémir les fils lâches, et je compris l'inutilité de mes efforts. J'ouvris ma porte, et j'examinai le palier, avec l'intention, sans doute, d'appeler du secours ou de chercher à retrouver la chambre de mon frère, mais le bruissement d'une robe qui n'était pas celle d'Ethel me fit bien vite rebrousser chemin et refermer ma porte. Je n'osais plus sortir et ne savais que faire.

Quel supplice pour des vétilles, lorsque nous sommes jeunes ! Quelle profonde angoisse de l'âme dans ces misères qui nous paraîtront plus tard des péripéties de vaudeville ! Certaines personnes emportent ces souffrances à travers la vie et ne se moquent jamais volontiers des humiliations physiques ; d'autres les oublient si bien qu'elles peuvent plaisanter sans remords de celles d'un enfant. Je me suis toujours souvenu de la détresse irraisonnée que j'éprouvai à mon arrivée à Lisson. Debout sur la carpette fleurie, complètement désemparé, j'en suivais les dessins avec la pointe de mon soulier, lorsque mes yeux se portèrent sur la coiffeuse en face de moi, et je crus découvrir la clé du mystère : deux petites trousses en carton recouvert de satin broché pendaient aux appliques de cuivre de chaque côté du miroir ; elles renfermaient tout ce dont une femme a besoin pour se coiffer, mais sur la toilette, je m'en aperçus vite, nulle trace de papier à raser, ni aucun objet pouvant en contenir ! Évidemment j'avais été conduit par erreur dans une chambre destinée

à une femme et pendant ce temps un autre domestique portait
ma valise ailleurs. Je tirai la sonnette sans relâche, n'espérant
aucune réponse, puis je m'approchai de la fenêtre. L'appui était
jaune de soleil ; un insecte rampait hors de la zone de lumière,
vers un angle sombre. J'oubliai Mrs. Trobey. Je trouvais bizarre
de me sentir dans une chambre de jeune fille. L'esprit agité par
cette pensée, je me représentais cette jeune fille devant son
miroir : des ombres noyaient ses orbites, et, sur ses cheveux,
dansaient les rayons obliques des bougies. On frappait à ma
porte ; je me retournai comme en rêve, m'attendant presque à la
voir entrer.

– Votre valise, monsieur ; dois-je la défaire ?

– Non, non ! m'écriai-je, je la déballerai moi-même.

Et, heureux de pouvoir paraître devant mon hôtesse en
tenue convenable, je me préparai au plus vite, sans trop songer à ma timidité. Je respirais la bonne odeur de ma veste, qui
sentait l'Écosse. C'était gentil à Richard d'avoir insisté pour
me faire faire mes nouveaux vêtements par son propre tailleur,
malgré les objections de ma mère qui me jugeait trop jeune
pour une semblable dépense. Je jetai un dernier coup d'œil à
l'armoire à glace et, tout en déplorant ma gaucherie, mon air
si grave, j'ouvris la porte avec assurance et même avec une
certaine allégresse. J'étais fier de mon nouveau costume, de
ma cravate achetée par Richard – autrement voyante qu'elle
eût été, choisie par moi. Mes souliers, mes beaux souliers
jaunes, poussiéreux après le voyage, et que j'avais si bien frot-
tés sous la carpette du foyer, brillaient de tout leur éclat.
Vraiment, je ne devais pas être aussi ridicule, aussi différent
des autres jeunes gens qu'Ethel se plaisait à le dire. Je n'avais
jamais été convenablement habillé jusqu'ici ; voilà bien l'explication, et les Trobey que, sauf Pug, je voyais pour la première
fois, ne me prendraient peut-être pas pour un énergumène,
après tout. Je refermai ma porte avec une vigueur que je ne me
serais pas permise chez mon père.

A mesure que j'avançais le long du couloir, je sentais s'évanouir ma confiance et je saisissais le moindre prétexte pour

m'attarder. Une pièce grande ouverte, proche de la mienne,
m'attira. C'était une longue salle à plafond bas, terminée par
une baie vitrée. Je m'y sentis aussitôt à mon aise. Un paravent
s'étalait à gauche près de la cheminée, enluminé d'images
enfantines collées au hasard : des chiens, de la neige, des chas-
seurs roses galopant dans des prés verts, des plum-puddings,
du houx, des petites filles en prière, des maisons aux fenêtres
rutilantes et des gamins aux joues rouges grimpant pour
atteindre des pommes aussi joufflues et rouges qu'eux-mêmes.
Colle et ciseaux avaient immortalisé tout un joyeux pêle-mêle
d'illustrations de journaux de Noël et de mirlitons. Auprès du
paravent se trouvait un rouet gallois, et plus loin, sous une
petite fenêtre qui semblait faire corps avec lui, un pupitre couvert de taches d'encre et de gribouillages. Sur des étagères de
sapin verni quelques romans modernes, en trois volumes,
détonnaient comme des intrus, à côté des livres d'images, dans
lesquels on avait dû puiser jadis pour décorer le paravent. Au
milieu de la pièce, une table d'acajou, ronde, avait servi sans
doute à bien des goûters d'enfants, et, soigneusement rangée
maintenant, paraissait délaissée. Seul le cheval à bascule gris
et blanc gardait sa vigueur. On venait de rajeunir au vermillon
ses naseaux béants, ce qui lui donnait, par contraste avec ses
balafres, sa pelade et ses bosses, un air de férocité singulière.
Je touchai la peinture humide, elle me colla aux doigts. En
contemplant ce désastre, je me souvins que Mrs. Trobey
m'attendait, pour l'oublier aussitôt, car je venais de respirer
une odeur qui, dans mon jeune âge comme dans ma vieillesse,
a toujours eu le don de me griser.

   Ce n'était ni de la peinture de décorateur ni du ripolin sorti
d'une boîte de douze sous ! Je parcourus rapidement la pièce du
regard. Un rideau pendait, entre deux rayons de bibliothèque,
dissimulant une encoignure ; je le tirai de côté, et découvris un
chevalet replié, quelques toiles appuyées au mur, et les outils de
mon métier disposés sur une petite table – je n'étais donc pas
seul dans cette maison à faire de la peinture à l'huile.

   Quel pouvait bien être ce camarade ? Je pris une des toiles, et la portai au jour. Elle représentait une jeune fille assise, derrière laquelle se penchait un homme drapé au visage encore inachevé. Il portait une robe semblable à celles qu'on voit dans les illustrations des bibles à bon marché, et qui semblent faites d'une argile lourdement colorée. Les traits de la jeune fille, laborieusement étudiés, devaient avoir été peints par un admirateur des madones de Luini. On s'étonnait de trouver dans cette figure plate et sans expression une si grande sincérité d'intention. Il n'y avait pas à s'y méprendre, les tristes yeux de porcelaine avaient une âme – et je replaçai la toile avec une impression mélangée, dégoût et respect, comme en inspirent certaines manifestations de folie. J'imbibai un chiffon de térébenthine, m'en essuyai les doigts et m'empressai de fuir cette pièce où il me semblait avoir violé les secrets d'un fantôme. L'escalier craqua sous mes pas, le hall m'envoya les lueurs de ses sabres indiens et trois chats, tapis ensemble contre le portemanteau, s'enfuirent en bondissant, à mon approche. C'était bon de se retrouver au soleil sur le gazon.

Peu m'importait le nombre d'yeux qui me dévisageaient sous la tonnelle ; je serrai même avec plaisir la main molle de Mrs. Trobey. Ses poignets, je me souviens, attirèrent mon attention ; ils avaient dû être bien beaux dans sa jeunesse, et je déplorai les lourds bracelets qui en accentuaient la bouffissure.

La voix d'Ethel me tira de mon ahurissement :

– Allons Nigel, réveille-toi ! Monsieur Trobey, voici mon jeune frère.

Je secouai une main ferme et lourde ; ensuite Pug Trobey me gratifia de doigts languissants et d'un mince rire affable. Ethel s'empara de mon coude :

– Viens là-bas dire bonjour à Miss Trobey. Mon jeune frère, Agathe, c'est un artiste, lui aussi, vous savez.

La jeune fille se redressa et me regarda avec d'inoffensifs yeux pâles.

– C'est vrai, dit-elle en me tendant la main, Ethel m'a montré de vos croquis, ils sont vraiment très bien. Moi, c'est drôle, je n'arrive pas à dessiner ; cependant nous avons peut-être le même don de voir les choses, mais tout devient compliqué quand on est infirme, on se fatigue si vite ! – et, d'une voix basse, elle ajouta : Je suis assez fatiguée en ce moment.

Puis, détournant la tête, elle s'appuya en arrière. Lorsque je revins près de la table à thé, je l'entendis de loin qui disait :

– Avez-vous quelquefois remarqué des visages dans l'écorce des arbres ? Ils changent sans cesse.

Personne ne prêtait attention à elle, et je compris pourquoi Richard et Ethel n'avaient jamais fait la moindre allusion à cette sœur de Pug Trobey. On m'offrit du thé, des tartines beurrées et un siège entre Mr. et Mrs. Trobey. Mr. Trobey, un petit homme trapu, carré d'épaules et rond de tête, ressemblait à un court pilier au bas d'une rampe d'escalier. Lorsqu'en parlant il songeait à Mrs. Trobey, ses yeux s'élargissaient, devenaient langoureux, comme ceux d'un jeune chien ; dès qu'il oubliait sa femme, ils pétillaient avec une expression espiègle.

Il se tourna vers moi.

– Ha ! vous avez lâché l'école de bonne heure cette année – espérant que cette entrée en matière aurait l'approbation de Mrs. Trobey, le petit chien en lui ajouta : Qu'est-ce qu'il y avait donc, rougeole ou oreillons ?

– Mon cher Mark, observa sa femme, ce n'est pas une raison parce que tu passais ton temps de jeunesse à avoir la rougeole ou les oreillons, pour que tout le monde en fasse autant. Du reste Mr. Frew ne va plus à l'école, bientôt il sera à Oxford – ou bien Cambridge ? On te l'a expliqué hier au soir.

– A-ha ! reprit Mr. Trobey – il avait acquis l'habitude défensive de ne jamais accorder à sa femme que la moitié de son attention : Alors, vous voilà parti pour Oxford – ou Cambridge ? Je ne connais pas plus l'un que l'autre, malheureusement. On se mettait plus tôt à l'ouvrage de notre temps.

– S'il s'agit de choisir entre les deux, je pense que ce sera Oxford, comme Richard, cependant…

– Bien sûr que ce sera Oxford ! interrompit Ethel, Nigel a des idées ridicules, madame, il ne veut pas aller dans une université.

– Et pourquoi cela ?

Il m'eût été facile d'expliquer mes raisons à son mari, certain d'ailleurs qu'il les trouverait mauvaises, mais la tête de gros oiseau huppé de Mrs. Trobey, avec des yeux durs et scrutateurs sous ses frisons, me sidérait, si bien que je ne pus répondre que ceci :

– J'aimerais faire de la peinture.

Un coin de sa bouche se releva :

– C'est très intéressant. Il y a tellement de jeunes aujourd'hui qui adorent ce passe-temps ; ma pauvre Agathe est du nombre. Mais l'Université sera une bonne préparation à la profession que vous choisirez.

– Je compte en faire ma profession.

– Quoi ? de la peinture ! et qu'en dit votre père ?

– Lui ! – je voyais Ethel prête à l'interrompre : Il désapprouve, madame.

– Cela ne m'étonne guère.

– Cependant, ajoutai-je naïvement, mon père a pris Richard avec lui, dans les affaires ; il doit se rendre compte à quel point je lui serais inutile. A cause de ma santé, il m'a retiré de l'école, depuis plusieurs années déjà. Je suis tout à fait rétabli, mais j'espère qu'il finira par me permettre…

– Oh ! Nigel ! s'écria Ethel, quelle idée de ne vouloir être qu'un artiste. Je ne te blâme pas de refuser d'entrer dans les affaires avec papa…

– Elles sont joliment sûres, ma jeune demoiselle, observa Mr. Trobey.

– J'en suis persuadée, répondit-elle avec impatience, mais vous avez bien lâché le commerce vous-même, monsieur, et ce n'est pas en cela que je donne tort à Nigel, mais songez donc, s'il devient artiste, aux gens qu'il devra fréquenter ! Sans doute, parmi eux, y en a-t-il qui paraissent comme il faut, et qu'on reçoit, mais c'est le dessus du panier, les « arrivés ». Les autres – regardez pas exemple le petit homme, notre voisin à Drufford, ce Mr. Doggin qui donne des leçons à Nigel depuis sa tendre enfance. C'est lui qui l'a encouragé, n'est-ce pas, Nigel ? et que sait-il ?

– Il sait dessiner – il dessine comme Dürer ! dis-je avec feu.

– Penses-tu ! s'écria Ethel en riant ; il t'a flatté, Nigel, voilà ce que c'est !

Richard intervint :

– Rien de très grave dans tout cela, madame, mais j'avoue que Nigel dessine admirablement.

– Oh ! épatant ! dit Pug – ses caricatures – vous vous souvenez de cette rangée de dames, à l'église… le banc près du vôtre à Drufford. C'était imité en diable ! bon à mettre dans *Punch*.

Ethel partait si bien en guerre contre les mauvaises manières de Doggin qu'elle oubliait combien elle était fière de mes talents de société.

– Je ne voudrais pas que mon frère lui ressemble, continua-t-elle, il a une façon de vous bombarder de compliments – quand il n'est pas trop absorbé par lui-même pour dire un mot. Pourquoi ne s'occupe-t-on pas de lui au Salon, s'il a la valeur que tu prétends, Nigel ?

Pug releva un mot dans une conversation qui l'ennuyait :

– A propos de Salon, vous y avez été dernièrement, mademoiselle, que pensez-vous de cette Miss Thompson, dont on parle tant ? Bizarre, hein ? pour une femme – ce sang…

Ethel avait retrouvé toute sa bonne humeur dès l'instant où Pug s'était adressé à elle :

– Le soldat mourant est très admiré en général, il est si émouvant, et le jeune garçon qui rit… mais on ne semble pas ranger Miss Thompson parmi les femmes de la nouvelle école.

– Cependant ces plaies – ces choses… reprit Pug ; Lady Singstree nous disait que c'était très conforme à la nature. N'est-ce pas, maman ? Ce qui m'épate, c'est qu'une femme en ait eu l'idée. Comment peut-elle peindre ce qu'elle n'a pas vu ? Dites-nous ça, Nigel.

– Je suppose, dit Richard, qu'elle connaît l'aspect d'une plaie à peu près de la même manière que Lady Singstree sait si cette plaie est conforme à la nature ou non.

Pug médita sans mot dire cette justification de l'imagination esthétique; ne la comprenant pas, il se figura que ce devait être une plaisanterie :

– Oh ! elle est bonne celle-là, un vrai rébus – faudra poser la question au père de Ned Fullaton quand il viendra, il s'y connaît lui, en fait d'art.

J'ignorais qu'Henry Fullaton était attendu le soir même avec Ned, Miss Sibright et la tante de Miss Sibright. Je ne savais pas trop si cette nouvelle me réjouissait; en tout cas, elle m'effrayait aussi un peu. Henry Fullaton était un vieil académicien dont la peinture ne m'avait jamais causé le moindre plaisir. Pour peu que l'homme fût vaniteux et avide de flatterie, je n'avais guère de chances de lui plaire. Mr. Doggin professait le plus grand mépris pour son talent.

– Si je le connais ! s'était-il écrié en apprenant que Richard et le fils d'Henry Fullaton étaient amis. Je crois bien, c'est un peintre à la mode, de l'ère de Napoléon, avec ses officiers élégants qui prennent congé de jeunes filles rêveuses, assises sur des sièges de jardin. Je vous assure qu'il connaît son métier, personne ne sait peindre un banc comme lui, et ce qui est mieux, il rend à ravir le nu sous la draperie. Jamais artiste sensuel n'a su aussi bien s'adapter aux jolies manières des salons. Ses femmes ont des yeux de gazelle, les matrones ne peuvent trouver à blâmer aucun de leurs gestes. Les vêtements seraient d'une modestie charmante sans leur transparence, voulue par l'artiste. L'effet en est accru par la brise légère qui souffle sur les voiles, sans jamais déranger les coiffures. Voilà le secret de la réussite. Mais il n'y a pas à dire, il connaît la manière, et il y a peu d'artistes qui ne trouveraient à apprendre de lui comme technique, principalement par ses petits tableaux de genre, peints à l'huile, dans sa jeunesse. Ils sont d'une précision !…

Je me souviens encore de l'impatience de Mr. Doggin qui s'était arrêté brusquement, agacé de ses propres éloges :

– Bah ! c'est bien simple, lui et moi ne voyons rien de la même façon. On l'appelle le « doux maître » ; il a beau protester quand il le voit imprimé, ce surnom lui plaît; le doux maître, vraiment !

Bien entendu c'est l'épithète que lui appliqua Ethel, Pug fit écho, Mrs. Trobey tendit le bec en gloussant, Richard rit avec elle, et Mr. Trobey, en toute innocence, admit qu'on devait être bien flatté de mériter pareil compliment. Ils étaient tous un peu gênés de ne pas connaître la note juste à observer dans leur jugement. Aucun d'eux ne savait apprécier l'œuvre d'un artiste dont ils ignoraient la réputation actuelle. Était-il encore l'homme du jour, ou légèrement démodé ? On questionna Ethel qui répondit simplement qu'il n'exposait pas cette année-là ; cela supprimait toute discussion à son sujet...

– Mais il est évidemment très célèbre et je ne l'ai jamais entendu critiquer que par le Mr. Doggin de Nigel et... et par une autre personne.

– Et qui donc ? demanda-t-on en chœur.

Ethel hésitait, cherchait à revenir sur ses paroles, en rougissant d'une manière très seyante. On insista. – Pourquoi les laissait-elle ainsi languir ?

– Peut-être que je ferais mieux de me taire... commença-t-elle.

– Dans ce cas ne dites rien, observa Mr. Trobey.

– Mark, tu es absurde, répondit sa femme ; allons, Ethel...

– Eh bien, si vous y tenez absolument, c'est Miss Sibright. Lorsque nous visitions Oxford, elle n'a pas précisément « critiqué » Mr. Fullaton, mais quand je lui ai fait observer quelle chance c'était pour elle que Ned eût un père aussi distingué, elle a souri en répétant « beaucoup de chance », avec cette drôle de manière qu'elle a, comme si elle était d'un tout autre avis, mais ne prenait pas la peine d'en discuter. Cela ne l'empêche pas d'être charmante, mais elle semble parfois manquer de sincérité.

On se mit à parler du manque de sincérité de Miss Sibright sur le même ton que lorsqu'il s'agissait des plaies du tableau de Miss Thompson ; ayant choisi un détail facile à la surface du sujet, on valsait autour, avec un plaisir évident. Je me sentais exclu de la conversation, non seulement par la volonté des autres, mais par ma propre incapacité d'y prendre part. Ethel me lançait sans cesse des regards significatifs. « Ne peux-tu donc rien dire ? » et Richard s'efforçait de me tendre la perche. Je balbutiais des paroles embarrassées, puis me repliais sur moi-même. J'admirais la tournure aisée, pleine d'assurance, qu'ils donnaient à une conversation plate et insipide, et l'habileté avec laquelle mon frère, sans en être dupe, dissimulait son ennui. Enviant leur manque de gravité, j'aurais voulu m'engager avec eux sur ce terrain glissant et passer, avec cette même élégance mondaine, d'une douce gaieté à une légère médisance. Mais je n'avais rien du conteur d'anecdotes ; mes pensées s'échappaient en de longues randonnées passionnantes dans une voie où personne, j'en étais certain, n'eût aimé me suivre. Mais quel désir j'avais de m'évader de moi-même, de les rejoindre et de parler comme eux, sans appuyer trop, sans me livrer !

A propos de Miss Sibright, ils rappelèrent la scène de Drooper et sa mandoline, que j'avais déjà entendu raconter.

– Oh ! oui ! remarqua Pug, n'est-ce pas le jour où elle a dit cette drôle de chose sur le flirt et tout ça ? Qu'est-ce que c'était donc au juste ? – j'ai oublié, mais ça m'avait paru bizarre.

On fit appel à la mémoire de Richard, qui dut, un peu malgré lui, répéter la phrase en question à Mrs. Trobey.

– Oh ! ce que cette jeune personne doit être solennelle !

– Solennelle ! s'écria Pug. Solennelle ! Il faut l'entendre quand elle s'amuse dans une réunion ! Elle en est l'âme, et flirte en diable, c'est ce qui fait le sel de l'histoire.

Il m'apparut que ce qui semblait si comique à Pug dans cette réflexion de Miss Sibright venait de ce qu'elle s'était permis de dévoiler, avec un accent vrai, le fond de sa pensée. Les causeurs s'emparaient de ses paroles pour jongler avec elles, rire de leur gravité comme ils auraient fait de celles que j'avais envie de prononcer. « Quelle naïveté, quelle sentimentalité ! disaient-ils, quelle mise en scène ! »

– Oh ! mais c'est une actrice consommée ! s'écria Pug, voilà pourquoi le brave Ned s'y est si bien laissé prendre.

– Je n'en suis pas si sûre que ça, répondit Ethel sentant

qu'elle pouvait se donner le luxe d'un peu de générosité. Je la crois vraiment gentille au fond. Elle est excellente pour les animaux, et manque seulement de sincérité, un tout petit brin.

Il était l'heure de rentrer ; Mrs. Trobey se leva, très digne, et Mr. Trobey sortit avec effort de son fauteuil d'osier en poussant un soupir de soulagement.

– Tu feras bien de t'habiller de bonne heure, me glissa Richard au milieu de la conversation générale. Tu mets si longtemps à nouer ta cravate. Je viendrai voir comment tu t'en tires.

– Eh bien, jeune Nigel, remarqua Pug, nous sommes fort silencieux, plongé dans de profondes réflexions, j'imagine.

– Mr. Frew est comme ton cher papa, Jon. Ses pensées s'élèvent au-dessus du bavardage des dames. A quoi songeais-tu, Mark ? Dis-le-nous, je t'en prie, ce serait du plus haut intérêt.

– Oh ! je n'en sais rien, ma chère, répondit Mr. Trobey avec une jovialité un peu lasse, ses gros yeux ronds plaidant en vain contre cette ironie ; je projetais une promenade à Cropley pour mon après-midi de dimanche. L'idée m'en est venue en regardant la colline ; elle est belle, avec ce coup de soleil par le côté ; elle ressemble à un vieux chien couché devant le feu. Regardez, jeune homme, me dit-il, saisissant mon épaule d'une main et de l'autre me désignant les détails du paysage, vous voyez où commence le village de Cropley, la tête est ici, et la queue du côté de l'ouest, où la forêt contourne la base de la colline.

– Je ne pense pas que Mr. Frew soit le moins du monde intéressé par ton cheval ou ton chien ou quoi que ce soit, couché devant ton feu de cuisine, dit Mrs. Trobey.

– Mais au contraire, m'écriai-je, cette lumière, la façon dont elle semble tourbillonner au-dessus des arbres, comme si eux-mêmes la projetaient... je voudrais pouvoir le peindre.

Il y eut un silence ; Mr. Trobey lui-même restait bouche bée.

– Nigel s'excite toujours comme cela, lorsqu'il s'agit de lumière.

– Peut-être fait-il la paire avec Mr. Trobey ; car mon mari

devient éloquent sur ses promenades dominicales, n'est-ce pas, Agathe ?

– Oui, maman.

On se dirigeait vers la maison, Pug poussait le fauteuil de sa sœur ; Richard, tenant le bras de Mrs. Trobey, l'aidait à descendre les courts talus gazonnés qui séparaient la terrasse de la pelouse. La main de Mr. Trobey n'avait pas quitté mon épaule, et il continuait à me montrer divers animaux à l'horizon.

– Ne faites pas attention à leur verbiage. Ouvrez les yeux et fermez les oreilles, c'est la conduite à tenir en présence des dames. Êtes-vous bon marcheur ?

– Pas très fort, je crains, monsieur.

– A-ha ! il se frotta le menton. Vous avez été malade, je crois, irez-vous jusqu'à dix milles ?

– Environ…

– Alors, entendu pour dimanche prochain, une vraie promenade de demoiselles – mais sans ces dames. Qu'en dites-vous ? Pas la peine avec moi de faire des efforts de conversation. Ça fait du bien de s'échapper de temps à autre.

Il s'arrêta brusquement pour écouter. Un lointain bruit de sabots de cheval sur le gravier nous parvint.

– Ce sont les Fullaton, reprit-il, traversons la serre et prenons l'escalier de service, je vais vous montrer le chemin, nous éviterons ainsi de les rencontrer avant le dîner. C'est de la chance de les avoir entendus, un peu plus et nous nous faisions pincer !

Dans la crainte d'être en retard, je m'habillai promptement et sans l'aide de Richard. Une fois prêt, il me restait un peu de loisir et je pris mon crayon et mon album. Je tentai de tracer quelques esquisses du groupe que je venais de voir autour de la table à thé. Je désirais surtout prendre Mrs. Trobey avec son expression d'amabilité féroce et autoritaire, mais je n'y parvenais pas, j'affaiblissais la réalité ou l'exagérais. Sans doute, intimidé et mal à mon aise, l'avais-je mal examinée, car je ne réussissais pas à retrouver le moindre trait. Je déposai mon album et me mis à rêver aux tableaux que je peindrais un jour.

Différent en cela de certains artistes, je n'éprouvais dans ma jeunesse aucune révolte vis-à-vis de ma famille et de mes amis. Auprès d'eux, je me sentais en état d'infériorité. Plus sévère encore pour moi-même que ne l'était Ethel lorsqu'elle me reprochait ma gêne dans le monde, je ne me glorifiais pas de ne pas ressembler aux autres. Dans les moments de solitude et lorsqu'il m'arrivait de me placer au niveau de leur jugement, je m'inclinais devant leur manière de considérer mes talents comme un don de hasard sans grande importance dans le plan de l'univers. Parfois, cependant, en de rares songeries en tête-à-tête avec moi-même, je m'évadais du domaine de leurs critiques et respirais un air plus libre. Une fois possédé par ma vision d'un tableau imaginaire, j'avais l'avant-goût de cette suprême joie de l'artiste : l'isolement complet de l'esprit en dehors des mouvements contradictoires de l'être. Je ne craignais plus personne, car personne n'existait plus pour moi. Mon âme s'élançait en chantant, pleine d'une sensation de renouveau et inondée d'un flot de sagesse fécondante, extérieure à moi-même.

Ils se trompent, ceux qui disent qu'un artiste dans son œuvre n'a qu'une perception hautement organisée de vérités déjà accessibles sous une forme différente, qu'il n'est pas porteur d'une vérité nouvelle, mais seulement l'interprète du fonds commun. L'art est un message de réalité qui ne peut être exprimé en d'autres termes. Dans ce sens, un artiste est un envoyé des dieux et, pour cette raison, ne saurait transmettre leur mandat qu'en sa propre langue. De ce qu'il demeure incapable de l'expliquer, gardons-nous de conclure qu'il ne l'a pas compris et ne s'est pas approché d'eux ; ce serait prétendre que rien n'est vrai en dehors de ce qui se traduit en langage terre à terre, rejeter l'authenticité de la poésie et nier l'expérience personnelle de l'artiste. Cette expérience, il en éprouve la réalité indiscutable. Elle lui arrive d'un seul coup, comme une graine qui tombe et fait naître la plante, ou bien comme une rosée qui

se renouvelle sans cesse. Dans chacun de ces cas, il est le récep-
tacle d'une joie qu'on a coutume d'appeler créatrice. Il y a une
grande analogie avec l'acte d'amour chez la femme, qui est à la
fois ardent et paisible, un accomplissement et une initiation. La
réalisation artistique, moisson de la vérité première, est une
expérience de moindre intensité que la conception, car c'est
peut-être seulement alors que l'artiste a vu ses dieux, et, doué
de leur propre vision, a pu saisir leur réalité. C'est en cette
faculté de concevoir et non dans la rédaction d'un poème, la
peinture d'un tableau, la composition d'un morceau de
musique, que réside l'essence de l'art. La production peut
s'ensuivre ou non, mais dans son enfance, alors qu'il sait à
peine son métier, l'artiste est sujet à cette visitation qui enrichit
sa vie. Plus tard, lorsque l'artisan atteint l'âge d'homme et
découvre son talent, le miracle qui résidait en lui à l'état latent
se fait jour. Il se sentait une vocation, il la connaît à présent.

Je ne me souviens pas de quels tableaux je rêvais dans ma
chambre de Lisson. Peut-être n'ont-ils pas encore été peints et
ne le seront-ils jamais; peut-être que l'essence de certains
d'entre eux a pris corps dans mes œuvres et y vivra, alors que
le germe en a été oublié. En tout cas, j'étais si bien possédé par
mes visions que j'en oubliai les Trobey, mes craintes et mon
embarras; je tins quelques instants mon crayon inerte entre
mes doigts et, trouvant que mes esquisses n'avaient aucun rapport avec mes pensées actuelles, je refermai l'album et me dirigeai vers le salon. La porte était ouverte et la pièce vide. Peu
importait, dans les dispositions où je me trouvais, j'y serais
entré le dernier avec autant d'assurance. Je ne me sentais plus
le frère d'Ethel, l'admirateur de Richard, ni le fils incapable de
mon père; ce monde qui m'effrayait en leur présence venait
de fleurir pour moi seul. Tapi devant la cheminée, comme
lorsque j'étais chez moi, dans ma chambre, je fixai les yeux sur
un écran au point de croix, qui masquait le foyer vide. J'y lus
ces mots : *Hannah Kirk 1808*. « Qu'importe ce qu'elle fut,
elle est morte à présent », songeais-je avec un mélange de
triomphe et de pitié : je me figurais ses doigts, travaillant, puis

se reposant, et maintenant squelettiques, dans la tombe. « Toute ma vie est devant moi, toutes ces années m'attendent, mais si Hannah Kirk n'est pas morte, elle est vieille et ridée. » A cette époque-là je trouvais quelque chose d'incongru à la vieillesse des femmes, une négation de ma propre jeunesse. Sans doute je n'éprouvais aucun pressentiment bien net de l'amour, il y avait, dans chaque émotion, une sensation que je ne m'avouais même pas à moi-même, quelque chose de discret, d'ardent et de sacré qui devait être le raccourci spirituel de tous mes secrets, quelque chose d'exquis, une aspiration pressante, brûlante, et surtout, très proche, si proche que j'en sentais le souffle sur moi, mais je n'osais pas l'accueillir tant cela me paraissait étrange et délicieux. Sans l'isolement dans lequel j'avais vécu au milieu de ma famille, il y aurait eu sans doute moins de surnaturel dans cette attente, et si je n'avais pas été un artiste en son printemps, fouillant le monde visible pour y trouver un symbole, une incarnation de ce que m'avaient murmuré les dieux, j'aurais attendu l'extase d'un cœur plus libre et plus léger. Mais mon âme s'offrait, j'étais semblable à un sourd au milieu d'une forêt remplie d'oiseaux chanteurs, et qui veut un miracle.

Lorsque je me relevai, l'esprit voguant entre deux mondes, comme au réveil, je regardai curieusement autour de moi émerger les éléments du décor. Avec son goût de la surcharge, Mrs. Trobey avait masqué, sans arriver à le détruire tout à fait, le caractère d'ancienneté qui, par ses lignes et ses dimensions, se dégageait de cette partie de la maison, vieille d'un siècle et demi. Les boiseries étaient peintes en vert terne, la cheminée de marbre blanc luisait, véritable monument funèbre, au-dessus d'un assortiment de pelles, pincettes et tisonniers ; sur le piano droit drapé de soie plissée, des capillaires dans des vases en forme de flûte se mêlaient à une profusion de photographies encadrées de peluche ou d'argent ciselé. Pourtant la beauté sobre d'une autre époque avait trouvé moyen de survivre. De tous côtés se voyaient des objets de porcelaine, pendus au mur, saisis par des griffes de métal, posés sur des

appliques d'ébène, dans des vitrines, ou sur des tables proté-
gées par des plaques de verre. Deux lampes banales – suppor-
tées par des torsades de cuivre et ornées d'abat-jour aux
franges de perles – répandaient une lueur verdâtre sur des
satins brochés et du bois de rose.

De lourds rideaux en damas pendaient aux fenêtres. Devant
l'une d'elles, la plus proche de moi, ils s'écartaient légèrement,
laissant paraître un peu du crépuscule. J'allais m'avancer pour
regarder au-dehors, lorsque je crus voir l'ouverture s'élargir et
remuer. Je m'arrêtai net. Les plis soyeux frissonnèrent et se
refermèrent. « Quelqu'un est là ? » m'écriai-je, et je soulevai
les rideaux.

Comme elle riait de moi, avec sa tranquille gaieté, la tête renversée en arrière ! « Voilà que vous revenez à la vie ! Enfin ! »

Je tremblais, secoué de la tête aux pieds, non de surprise,
mais d'émerveillement. Il me semblait que j'avais toujours su
que je la trouverais là, que j'avais rêvé mille fois que j'écartais
ces rideaux et sentais son rire fuser sur moi, de ma propre
ombre. Ses lourds cheveux noirs, librement rejetés en arrière
vers un épais chignon, la cambrure de son corps lorsqu'elle
riait, la tache lumineuse sur son menton relevé, et l'éclat de sa
gorge et de sa poitrine tendues, lui donnaient un air ineffable
de mouvement rapide, comme si, poussée par le vent, elle dirigeait un chariot aérien, et riait en passant. Le prodige, c'est
qu'elle restait là, qu'elle était bien réellement une femme, avec
des bras et des épaules nus qui m'enlevaient le souffle. Sa
gaieté libre, joyeuse, intime, ne contenait rien d'hostile ni
d'ironique, je n'éprouvais aucune crainte, mais restais à la
contempler, en silence, comme une vision.

La fixité de mon regard arrêta son rire, mais ses yeux
brillaient, amusés.

– Comment, dit-elle, êtes-vous si étonné de me voir ici ? Je
vous surveille depuis votre entrée.

– Pourquoi vous cachiez-vous ? demandai-je avec effort.

Ceci l'amusa encore plus.

– Je ne me suis pas cachée, j'étais sur l'appui de la fenêtre, j'avais fermé les rideaux, parce qu'on ne peut pas jouir de la lumière du soir avec des lampes derrière soi, puis, j'ai entendu entrer quelqu'un, j'ai regardé et je vous ai vu.

– Êtes-vous… êtes vous celle que Ned Fullaton ?…

– Oui, je suppose que j'appartiens à Ned Fullaton – ou lui appartiendrai bientôt –, répondit-elle, et son sourire changea, je pensais que ce devait être lui, mais non c'était vous qui arriviez comme un somnambule. Que faisiez-vous donc agenouillé ainsi sur le devant du foyer ?

– Je… je lisais ce qui était brodé sur l'écran et je songeais… répondis-je confus.

– A quoi donc ?

Mes bras levés maintenaient les rideaux écartés, ils commencèrent à me faire mal, et je sentis des douleurs dans tout le corps ; la fenêtre dansait devant mes yeux. Elle s'empressa avec une sorte de tendresse moqueuse :

– Êtes-vous malade ?

– Non, mais je vais m'asseoir.

Je laissais retomber la draperie lorsqu'elle m'arrêta.

– Asseyez-vous ici, dit-elle, il fait frais là, et elle m'indiquait une place à côté d'elle.

Sans but, sans même y songer, je m'agenouillai sur le large rebord, si près d'elle que, lorsque je passai ma tête dans l'ouverture de la croisée, je sentis se mêler la douceur de la femme à celle du jardin ; je respirais vite. Derrière nous, je le savais, les rideaux nous séparaient du salon, nous laissant dans une pénombre lavée de bleu. J'étais incapable de me retourner et de la regarder.

Intriguée, ne devinant pas la cause de mon immobilité, elle dit :

– Je suis heureuse que nous nous soyons rencontrés ainsi.

– Ainsi ?

C'était un écho, plutôt qu'une question, mais en m'éloignant de la fenêtre je me retournai vers elle :

– Les autres n'y auraient rien changé.

– Mais à quoi donc ?

– A vous… à ma vision de vous, à…

C'était sans doute parce que je sentais l'impossibilité de terminer ma phrase que je me laissai retomber dans mon rêve. Elle était comme une ombre mystérieuse s'élevant du sol obscur, une brume lumineuse qui n'aurait eu d'autre substance que son cou exquis, ses bras et sa tête au port gracieux. Mais combien vivante avec cela ! De quelle délicieuse brûlure elle emplissait mes veines. Tout mon être semblait limité par ses yeux, toutes mes notions, mes rêves de beauté trouvaient en elle leur aboutissement. Un frisson de crainte et de joie me parcourut.

– Vous ne m'avez pas encore dit à quoi vous songiez, tapi devant la cheminée, demanda-t-elle.

– A la jeunesse ! répondis-je, et rien que le son de ce mot m'enivrait comme du vin.

– Êtes-vous beaucoup plus jeune que votre frère ?

– J'ai près de dix-huit ans.

– Et moi près de vingt et un, c'est jeune aussi.

Elle prononça ces paroles avec un air de doute, une sorte de tristesse incompréhensible pour moi, et que je ne cherchai du reste pas à m'expliquer. Il me suffisait qu'elle eût pris ce ton secret de confidence qui m'ouvrait le ciel. Un chagrin obscur m'envahit, venant d'elle, et j'avais envie d'enfouir mon visage dans son sein. Rien qu'à cette idée, je me sentis effrayé ; perdant pied, je m'écartai d'elle, et ma main au passage frôla la sienne. Comme au contact d'un chose sainte, la crainte sacrée altéra ma respiration. Elle dut s'en apercevoir, car elle se leva aussitôt et ouvrit les rideaux. Pour la première fois, je voyais nettement ses yeux, longs et gris, sous un front de joyeuse malice.

– Quel personnage inquiétant vous faites ! me dit-elle.

Parlait-elle sérieusement et dans quel sens ? S'adressait-elle à l'enfant ou à l'homme ?

On arrivait au salon ; je serrai la main de Ned Fullaton, on me présenta à Henry Fullaton et à la tante de Claire : Mrs. Sibright, petite dame raide, semblable à un colley sur ses pattes de derrière, avec son nez pointu et ses cheveux couleur

de sable. Je ne conduisis pas Claire à table, mais je me trouvai
à côté d'elle au dîner. Pendant mes longues périodes de
silence, j'entendais des bribes de conversation qui passaient
légèrement sur moi, à propos de Salvani et de Mrs. Albani,
puis, brusquement, je me mis à parler. Je me surpris disant à
Henry Fullaton :

– Toute la question est de savoir si nous pouvons grouper la
lumière tout en la diffusant et, lorsqu'il s'agit de portraits,
d'arriver à peindre l'âme aussi bien que le visage en termes de
lumière. Vous voyez bien ce que j'entends par là, n'est-ce pas,
monsieur ?

– Dieu me bénisse si je comprends, jeune homme, mais vous
me paraissez très convaincu.

En revenant au salon, Richard me demanda :

– Dis donc, qu'est-ce que tu as bu, Nigel ?

– Un verre de porto.

– Ma parole, il a fait de l'effet sur toi !

Dans le courant de la soirée, on réclama mes esquisses, qui
passèrent de main en main. Lorsque ce fut au tour de Claire,
elle les examina longtemps en silence, puis elle me regarda,
comme si mes dessins avaient soulevé une énigme que mon
visage devait résoudre. Ensuite elle les écarta, sans mot dire.
Mr. Fullaton s'en empara, et les emporta avec lui dans un coin
de la pièce d'où il revint au bout d'un certain temps, les tenant
enveloppées sous son bras. Il les rendit à Ethel :

– Merci, mademoiselle, très aimable à vous.

Et ce fut tout. Du reste, cela m'était indifférent et je ne
cherchai pas à interpréter son intonation. Cette soirée n'était
qu'un rêve étincelant. Une fois couché, dans mon lit, je pressai
mes doigts sur mes yeux jusqu'à ce que les couleurs conden-
sées se soient mises à tourbillonner ; je ne pouvais pas retrouver le visage de Claire, mais je sentais quelque part dans
l'ombre, hors de ma portée, son cou, ses épaules, si belles que
j'avais peur de les regarder, et j'entendais sa voix me répéter :
« Quel personnage inquiétant vous faites !… Voilà que vous
revenez à la vie ! Enfin ! »

Au milieu de la nuit je m'éveillai en sursaut, à moitié dressé, les yeux fixes, me demandant pourquoi, subitement, la face du monde avait changé, puis je retombai sur mon oreiller et m'endormis paisiblement jusqu'à l'entrée d'un valet de chambre inconnu.

Le temps était nuageux. Au déjeuner du matin, on discuta ce que l'on ferait dans la journée, mais d'une manière oiseuse, à la façon de subalternes qui comploteraient une expédition en l'absence de leur chef. On attendait Mrs. Trobey qui, disait son mari, aurait sûrement tiré ses plans. Lorsqu'elle entra, elle nous souhaita le bonjour et s'assit vivement à côté de Mrs. Sibright. Soucieuses de leur mutuel repos durant la nuit passée, les deux dames hochaient la tête, balançant leurs bonnets de dentelle et de velours. Mr. Trobey tendit une tasse qui vibra dans la soucoupe, des bribes de conversation jaillirent entre Ethel et Pug Trobey et, pendant les intervalles de silence, l'aboiement d'un chien au loin traversait le jardin.

— Sommes-nous au complet ? demanda Mrs. Trobey avec un sourire décidé.

— Je regrette que ma nièce manque encore, répondit Mrs. Sibright ; il faut lui pardonner, car elle était, je le sais, très fatiguée par son voyage, la pauvre enfant. Aujourd'hui, les jeunes résistent moins bien que leurs aînés. Résultat, sans doute, d'une première éducation.

— Je vous en prie, inutile de l'excuser, fit aimablement Mrs. Trobey, j'aime que chacun, ici, agisse à sa guise et la maîtresse de céans n'a-t-elle pas, la première, fait preuve d'une honteuse paresse ?

Mrs. Trobey accueillit les murmures de protestation en déployant ses belles dents régulières puis, d'un air de plus en plus naïf et espiègle, elle se tourna vers Ned Fullaton :

— Et quand votre Claire se sera décidée à descendre, à quoi comptez-vous occuper votre journée tous les deux ?

— Je crois que nous n'avions aucun projet.

– Aucun projet ! Mrs. Trobey leva les mains. Aucun projet !
Quelles belles occasions les jeunes gens manquent de nos jours,
vraiment.

Ethel, désireuse de plaire, s'interposa :

– N'aviez-vous pas parlé hier d'aller aux taillis de Derriman,
s'il faisait beau ? Nous nous y sommes tellement amusés l'été
dernier.

Mrs. Trobey, qui s'était aperçue en entrant que son fils et
ma sœur étaient assis l'un près de l'autre leur lança un regard
soupçonneux.

– Je vous avouerai, fit-elle, comme si on lui arrachait un
secret, que j'avais formé un petit projet, mais si l'un de vous…

– Allons, allons, ma chère, nous t'écoutons, dit son mari qui
savait ce qui allait venir.

Mrs. Sibright insista avec son sourire de colley :

– Je vous en prie…

– Oh ! dites-le-nous, supplia Ethel.

Mrs. Trobey, d'un geste, se déclara vaincue.

– Et si chacun faisait ce qu'il lui plaît jusqu'au déjeuner ?

– Vous, cher ami – et elle regarda Mr. Trobey : Vous pourriez emmener Jon et Mr. Richard à la pêche, au ruisseau de
Gailliard.

– Très bien, qu'en dites-vous, Frew ?

Mon frère répondit, en regardant le ciel sombre à travers la
fenêtre, qu'il fabriquerait une mouche artificielle avec une
plume de bécasse et lui ferait un corselet jaune.

– Celle dont je me sers habituellement me suffira, rétorqua
Mr. Trobey.

– Viendrez-vous avec nous, Miss Frew ? osa demander Pug.

– Certainement, Ethel, dit vivement Mrs. Trobey, suivez les
pêcheurs si vous le désirez, mais j'avais espéré que vous viendriez en voiture avec Mrs. Sibright et moi. Nous nous arrête-
rions à la maisonnette des Hope. Vous vous souvenez de la
vieille Mrs. Hope, l'été dernier, celle qui prétendait que vos
yeux lui rappelaient son pauvre mari – les belles dents égales
apparurent à nouveau, et Ethel eut un rire forcé en face de

cette plaisanterie à ses dépens : Cela fait donc trois hommes et trois femmes de casés, continua Mrs. Trobey en les énumérant sur ses doigts. Monsieur Fullaton, voulez-vous nous accompagner ? Vous ne tenez pas à la pêche, j'imagine, et je sais qu'on peut compter sur votre fils pour conduire Miss Sibright aux taillis de Derriman, soit par les bois qui sont magnifiques en ce moment, soit par le chemin de traverse sur la colline – et elle ajouta en examinant, avec le regard puéril de l'âge mûr, le jeune homme embarrassé : Qu'en dites-vous, Ned ?

– Cela paraît charmant, mais je ne sais ce qu'en pensera Claire, répondit-il avec un rire mal assuré.

– Mais, Ned ! s'écria Mrs. Sibright, elle sera enchantée !

– Donc, c'est entendu, déclara Mrs. Trobey ; voyons, laissez-moi voir si personne n'a été oublié, et elle se remit à compter sur ses doigts.

Son regard errant finit par se poser sur moi :

– Ah ! mais vous, Nigel, l'homme important !

J'aurais voulu rentrer sous terre, me sentant exclu de leurs groupes.

– Vous me pardonnez de vous appeler Nigel, n'est-ce pas ? Au reste il faut que j'appelle les deux frères par leurs prénoms si Richard m'y autorise ! – Merci, Richard… Eh bien, Nigel, il est un fait certain, vous ne devez pas accompagner Ned et Claire – le troisième larron… et la voiture est pleine.

– Nigel viendra avec nous, nous partagerons ma ligne.

Le vieil Henry Fullaton intervint :

– Permettez-moi de donner mon avis, madame Trobey ; laissez Miss Agathe prendre ma place en voiture…

– Certainement non, nous n'abuserons pas de votre bonté, répondit Mrs. Trobey ; du reste Agathe garde la chambre jusqu'au déjeuner, et, vraiment, il vaut mieux qu'elle se repose pendant les heures chaudes de la journée.

Mr. Fullaton haussa les épaules :

– Sa mère doit être meilleur juge que moi, mais cela me semble dur pour cette jeune fille, je m'imaginais qu'une sortie lui plairait, ferait un changement ; en tout cas, si vous voulez bien m'excuser, je préfère marcher moi-même, j'emmènerai ce garçon, votre partie de pêche ne l'amuse pas le moins du monde.

Il posa sa tasse de café sur la table, passa la langue sur sa moustache et me dévisagea.

– Il est vrai, dit Mrs. Trobey avec une malice qui le laissa insensible, que vous êtes frères d'armes.

– Les jeunes gens prétendent que je suis conservateur, continua-t-il sans prendre garde à Mrs. Trobey et en laissant peser sur moi ses yeux puissants. Ils racontent que H. F. est un vieux radoteur qui s'enferme dans son atelier de Windrush et en écarte les idées nouvelles. Ce sont des histoires de tous les temps, mais nous verrons bien, car je leur tiens une surprise en réserve, ou je me trompe fort.

Il s'apprêtait si visiblement à prononcer une sentence d'une importance historique, et levait le doigt avec tant de gravité pour attirer l'attention de toute la table, que l'entrée de Claire en fut interrompue. Au lieu de saluer Mrs. Trobey, elle demeura immobile, la bouche grave et les yeux rieurs. Moqueuse, elle semblait subir un charme. Mr. Fullaton lui lança un rapide coup d'œil et continua :

– Ce garçon que voilà est un génie et deviendra un grand maître – la voix lente s'enfla, comme un son amorti de cloche de cathédrale –, si on lui enseigne son métier. Vous tenez un journal, Trobey ?

Mr. Trobey sursauta comme s'il s'entendait appeler du haut de la chaire.

– Comment un journal ?… oui… de simples notes.

– Eh bien, inscrivez en date d'aujourd'hui que je déclare jouer sans crainte ma réputation en affirmant que ce jeune homme ignoré du monde… Comment vous appelez-vous, monsieur ?

– Frew.

– Ta-ta – je sais cela, votre prénom ?

– Nigel, monsieur.

– … sera plus célèbre que moi. La signature N. F. aura autrement de prix au bas d'une toile que celle de H. F. Écrivez cela dans votre carnet, Trobey, et que la postérité soit juge. On verra alors si, dans ses vieux jours, Fullaton a été rebelle aux idées nouvelles.

– Vous vous montrez très généreux, dit Mrs. Sibright.

– Très généreux en vérité, répéta Mr. Trobey.

Ethel, sur le ton d'un souffleur inquiet, me rappela que c'était bien de moi que parlait le gros homme barbu.

– Eh bien, Nigel, murmura-t-elle, que dis-tu de cela ?

La tablée entière rendit hommage à la grandeur d'âme de ce célèbre membre de l'Académie des beaux-arts, et lui, appuyé contre le dossier de sa chaise, me renvoyait de la voix et du geste ces tributs d'admiration. Claire, que tous avaient oubliée, sauf moi, s'avança alors derrière Henry Fullaton et lui tapota la tête en s'écriant :

– Bonjour, Jean-Baptiste, si je n'avais pas si faim, je chante-rais le magnificat aux pieds de Mr. Frew.

– Claire, dit Mrs. Sibright, que dis-tu, ma chère enfant !

Henry Fullaton eut le bon sens d'en rire, mais sans joie.

– Vous ne me prenez pas au sérieux, Claire, vous croyez que je ne pense pas ce que je dis ; l'avenir en décidera.

– Mais si, je vous prends plus au sérieux que vous ne le faites vous-même.

Ned Fullaton, en sa qualité de fiancé, jugea bon de la rap-peler à l'ordre ; il tourna vers elle son visage rouge.

– Chère amie, il y a plaisanterie et plaisanterie, vous savez.

Claire faisait le tour de la table ; elle s'arrêta brusquement à ces mots, et lança à Ned un regard fulgurant, plein de mépris. Elle paraissait sur le point de se révolter contre cette manifes-tation d'autorité et de prononcer des paroles sur lesquelles il lui serait difficile ensuite de revenir, mais elle se mordit les lèvres et garda le silence. Craignant sans doute d'avoir été trop loin, Ned lui demanda d'un ton conciliant, très caressant :

– Allons, c'est fini. Thé ou café, chérie ?

Et il lui offrit une place à côté de lui.

Sa colère passée, elle put rire ; secouant la tête en manière de refus, elle vint s'asseoir près de moi :

– Si je ne puis me tenir aux pieds du maître, au moins, je déjeunerai avec lui.

Cet air de bravade sonnait faux, et ne s'alliait pas à l'idée que je m'étais faite de Claire. Involontairement je lui cherchai des excuses : « Fullaton s'est attiré la raillerie par ses manières pompeuses et théâtrales, il a bien vu quelques-uns de mes dessins – Ethel tenait à les montrer à tout le monde hier soir –, mais pas assez pour se former une opinion. Un détail a pu le frapper, défiant ses préventions, alors il a foncé dessus et s'est amusé à cette découverte, voulant étonner toute la table. »

Il n'y avait aucun honneur à retirer de ses louanges. Son extravagance dramatique, son emphase bruyante, les gâtaient, ridiculisaient celui à qui elles s'adressaient, et les sarcasmes de Claire se trouvaient justifiés. Elle avait bien le droit de le taquiner lorsque tout le monde le traitait avec cette solennité qu'il aimait tant. Mais ce que je ne m'expliquais pas, c'était le ton de la plaisanterie de Claire ; il y avait quelque chose de violent, d'énervé, dans sa manière de prétendre qu'elle s'assoirait aux pieds du maître et lui chanterait le magnificat, et quelle colère contre Ned ! Il est vrai qu'il l'avait reprise bien lourdement et je me serais réjoui d'entendre Claire le rabrouer un peu. Au lieu de cela elle lui avait lancé un regard furieux bien exagéré – n'avait-il pas même été chargé de haine un instant, avant qu'elle se ressaisît ?

Mon esprit s'élança, je pense, dans la direction qui lui plaisait et je crus comprendre : cette haine, c'était la clef de tout. Claire n'aimait pas Ned Fullaton. Sa tante et peut-être Henry Fullaton lui-même la forçaient à ce mariage. Rien d'étonnant à ce que ses nerfs fussent ébranlés, ou à ce qu'elle se montrât aussi brusque avec Ned qu'avec son père. De quelle ardeur mon âme accueillit cette tragique explication ! Claire était une martyre, une victime. Je me hasardai à la regarder, j'avoue que j'espérais lui voir des larmes dans les yeux. Ils étaient secs. Éclairée d'un pâle sourire, son expression cependant demeurait triste, confuse, et à moi seul avouait sa honte. Ce silencieux plaidoyer dépassait toute flatterie, j'aurais voulu implorer son pardon pour avoir, ne fût-ce qu'une seconde, pensé du mal d'elle. Mais je dus me contenter de répondre à son sourire et de continuer, la gorge serrée, ce déjeuner d'un chevalier servant.

— C'est donc convenu, disait Henry Fullaton — il terminait sans doute une conversation à laquelle j'avais pris part, l'esprit ailleurs. Nous nous promènerons ensemble, vous donnerez des inspirations au vieil encroûté, et il vous apprendra des procédés pour les rendre en peinture, qu'en dites-vous ?

— J'en serai très heureux, monsieur.

Mon frère, Pug et Mr. Trobey se mirent en route avec lignes et paniers. Ethel fut entraînée au salon par les vieilles dames, Henry Fullaton s'éclipsa pour écrire une lettre en promettant de revenir au plus vite, et je restai libre d'errer dans la bibliothèque.

J'avançai d'un pas dans le hall, pour battre en retraite aussitôt : je venais d'apercevoir Ned et Claire qui choisissaient des cannes au milieu d'une agitation d'épagneuls impatients. Je pouvais entendre les fiancés discuter de la route à suivre. Elle était pour le raccourci, le chemin découvert, lui pour le plus long, à travers bois.

— Si cela continue, grommela-t-il, les femmes désapprendront de marcher, vous vous suspendez des draperies en tous sens, mais vos robes sont si étroites qu'elles vous empêchent de remuer. En ville, passe encore, mais que deviendront les dames, à la campagne, quand elles ne se promèneront plus ?

— Elles resteront chez elles, je suppose.

— A peine s'il leur sera permis de s'asseoir, rétorqua-t-il d'un ton amer.

Elle éclata de rire :

— Oh ! Ned ! Quel grand nigaud !

La porte de la bibliothèque demeurait ouverte, la discussion continua, il s'obstinait, et je ne m'expliquais pas pourquoi Claire qui m'avait vu reculer sur le seuil, ne m'appelait pas pour que je participe au débat. Sûrement, elle ne continuerait pas cette insipide querelle si elle se savait écoutée. Devais-je m'avancer de nouveau et entrer dans le hall? Mais je savais qu'à mon approche les yeux de Ned diraient : « Que vient encore faire ce garçon? », bien qu'il se bornerait sans doute à s'écrier : « Comment, Nigel, vous n'êtes pas encore sorti? » et je ne saurais que répondre, craignant vaguement de rencontrer le regard de Claire. En sorte que je m'attardai, me demandant si elle avait oublié ma présence, mais persuadé du contraire. Elle désirait donc que je les entende, c'était la seule explication plausible. Au déjeuner du matin, mille grâces de sa part, un air d'intimidité semblaient me dire : « Nous nous comprenons tous les deux, les autres sont des barbares. » Je m'imaginais avec une lueur d'exaltation que maintenant, en vue de je ne sais quel dessein subtil et féminin, elle resserrait encore entre nous ce lien secret.

J'étais si absorbé par mes rêveries confuses, que je ne faisais aucune attention à leurs paroles. J'avais vaguement conscience d'un débat plein de bonne humeur apparente, mais que voilait une sourde antipathie. Les voix cessèrent bientôt, et le silence me fit prêter l'oreille.

– J'avoue que je regrette… fit enfin Ned.

– Je vous pardonne, répondit-elle.

– Vraiment?

Son rire palpita en disant :

– Voici la preuve.

Et je savais comme si je la voyais qu'elle levait la tête pour se faire embrasser. L'instant d'après elle remarqua, moqueuse :

– Vous avez peur?

– Peur! moi, peur!

Il y eut un bruit de pas qui se hâtaient maladroitement puis un léger cri, vite étouffé et, au bout d'un long moment, la lourde respiration de Ned.

– Allons dehors! s'écria-t-il, comme ivre de vin.

Je ne sortis de mon immobilité qu'en entendant battre la porte. Ce petit cri, si vite arrêté par un baiser, avait éclaté, joyeux, passionné, triomphant même. Désirait-elle me le faire

entendre aussi ? Mon corps frémissait, mais je n'éprouvais pas
la moindre jalousie physique, je ne voyais alors rien d'enviable
à l'acte de Ned ; cela se passait dans un autre monde, et avec
une autre femme. Je courus à la fenêtre qu'ils longeraient en
contournant la maison. Ils marchaient côte à côte ; le soleil
tombant d'une trouée dans les nuages jouait avec leurs ombres
dansantes. Claire regarda en arrière, de mon côté ; je les suivis
des yeux jusqu'à ce qu'ils fussent hors de vue, mais elle ne se
retourna plus.

Je contemplais encore la brèche dans la rangée de conifères,
par laquelle ils venaient de disparaître, lorsque la voix
d'Henry Fullaton retentit derrière moi.

– Ah ! ah ! vous avez l'air d'un oiseau en cage, vous vous
impatientiez en m'attendant ? Je suis fâché de ce retard.
Emportez votre album, nous pourrions en avoir besoin ainsi
que d'un crayon.

Au cours de cette promenade je commençai à prendre Henry
Fullaton en affection, comme il peut arriver à chacun de nous
d'aimer des êtres excessivement contents d'eux. Sa vanité était
d'une emphase puérile. Au bout de cent pas, il se plongeait déjà
ardemment dans son autobiographie. Il avait débuté avec la
ferme décision de devenir un peintre célèbre. (Il prononçait
« célèbre » sans la moindre méfiance, comme si ce mot était la
marque du génie.) Il avait travaillé dur et réussi à se créer une
spécialité bien marquée. Ses tableaux étaient reproduits dans
les journaux illustrés, et de petits groupes stationnaient devant
ses toiles, aux expositions. « Fullaton, qu'a-t-il donné cette
année ? » se demandait-on. Tout jeune on l'admettait au Salon,
il dînait partout et connaissait tout le monde.

– J'avais l'avenir devant moi, dit-il en s'arrêtant contre une
barrière et en regardant les prés d'un œil mélancolique – comme
je savais qu'il était de mon devoir d'écouter, je me tus. Enfin,
reprit Mr. Fullaton au bout d'un moment, puisque je vous en
ai tant dit, je peux bien continuer, vous verrez la fragilité des

réputations. J'avais parmi mes intimes un critique connu, influent même. Notez bien que notre amitié fut postérieure au jugement qu'il porta sur mes œuvres, et, en somme, en découla. Il était peintre comme moi, mais n'avait pas dû avoir de chance, je le compris plus tard ; sur le moment il n'en laissa rien paraître. Nous nous entendions à merveille. C'est alors qu'au comble du succès, venant d'être nommé membre associé de l'Académie, j'épousai la pauvre mère de Ned, et puis tout changea – il s'éloigna de la barrière en soupirant : Je ne veux pas dire de mal de mon vieil ami qui n'est plus, mais les faits demeurent ; ils sont criants. Les louanges ne m'arrivaient que chargées de restrictions, celles des autres aussi bien que les siennes à lui – car les critiques suivent les impulsions données –, et cela continue. On prétend que Fullaton n'est qu'un vieil encroûté, voilà le fin mot.

Puis, semblant trouver l'argument irréfutable, il ajouta :

– Ma peinture, elle, n'avait pas changé, bien entendu ; je n'ai fait que perfectionner ma méthode en m'instruisant… Je suppose que ma femme a toujours ignoré qu'elle était cause de la jalousie de cet homme. Nous n'en avons jamais parlé ensemble, pas plus que de ses appréciations peu flatteuses, une fois la première émotion passée.

– Mais, après la mort de votre ami, monsieur, sûrement…

– Ah ! vous croyez que les jeunes critiques auraient changé d'opinion, une fois leur chef disparu ! Vous ignorez les habitudes du monde, jeune homme, du moins celles du temps présent.

La critique, pas plus que la peinture, n'est ce qu'elle était. On décrète à la légère la première chose qui vous passe par la tête, et qu'on croit spirituelle, et, si l'on ne trouve pas, on cite Ruskin. Voilà les jugements d'aujourd'hui. Aucune méthode et pas plus de rigueur que d'indépendance ! Voyez-vous, mon vieil ami a beau être mort et la querelle personnelle terminée, la mauvaise renommée tient son homme, et la mienne n'est pas fameuse : beaucoup de technique, aucune inspiration, des photographies en couleur, ce sont là les étiquettes adoptées :

« M. H. F. expose un tableau de genre avec son talent habituel et sa facilité. Ses nombreux admirateurs seront satisfaits, car ils auraient souffert d'un changement dans sa manière un peu sentimentale. » Dans vingt ans on s'exprimera ainsi sur Fildes et Herkonner, nos célébrités en vogue.

Mr. Fullaton sembla chasser toute gravité en éclatant d'un rire bruyant qui montrait le peu de foi qu'il ajoutait à son histoire de jalousie. Le souvenir m'en est resté très précis. Ce rire était celui d'un homme qui se torture lui-même sans vouloir l'admettre. Il avait réussi à se persuader qu'il existait une conspiration des critiques cherchant à le déshonorer, et il se cramponnait à cette fable, bien que son bon sens protestât, ce qui l'empêchait d'y trouver la moindre consolation. Il désirait m'en convaincre. Ayant soif d'admiration, il cherchait à se faire des disciples qui lui assureraient l'immortalité. Du moins je ne puis aujourd'hui m'expliquer autrement ce besoin de ma présence et de mon approbation. Au moment même, je me bornai à constater avec ébahissement ce manque d'équilibre chez un homme qui présentait au monde une apparence si satisfaite. Je me disais : « C'est bizarre, qu'a donc le pauvre diable ? » et je retombais dans mes propres méditations.

Cela dura toute la matinée. Il m'entretint avec beaucoup de science de l'École flamande, du grand savoir et de la méthode de ses peintres. Il m'arracha une sorte d'exposé sur ce qu'il appelait ma théorie des masses lumineuses, et Dieu veuille que mes phrases n'aient pas été enregistrées pour témoigner contre moi. Nous nous assîmes sur un remblai, il feuilleta mon album et prétendit que Doggin se trompait au point de vue anatomique ; les mouvements du poignet étaient faux. J'avais conscience que Fullaton me donnait là un très précieux enseignement et je m'ingéniais en vain à le comprendre.

La technique ce matin-là me fuyait. Des taches faites de feuillage et de soleil paraissaient seules sur les pages, et je les regardais changer, danser, puis s'évanouir avec une froide mélancolie. Il avait plu la nuit précédente et la boue éclaboussa nos souliers lorsque nous nous mîmes en marche ; en traversant les fourrés, des gouttes d'eau tombèrent sur ma main brûlante. Devant moi, Mr. H. Fullaton parlait sans arrêt. Sa voix s'élevait lorsque je m'attardais en arrière, et une fois, comme j'avais omis de répondre un « oui » ou un « non », ou « comment expliquez-vous cela, monsieur ? » il se retourna, s'écria que j'étais bien silencieux, et m'offrit deux sous en échange de mes pensées, sur un ton de bonne cama-raderie.

Mes pensées ! j'explorais les trésors de la jeunesse, je fouillais au fond de mon cœur, cherchant mes plus beaux souvenirs, je courais à la vieillesse pour lui prendre sa sérénité, et je faisais la moisson de l'imagination. Je souffrais des contacts de la nature : la terre qui cédait sous mes pas, les feuilles qui me frôlaient et la douceur du vent dans mes cheveux. Tous les dons précieux faits à l'homme, l'illusion exceptée, je les réunissais en un fais-ceau unique pour le déposer aux pieds de... Mais devant qui donc voulais-je me prosterner et quel visage verrais-je lorsque je relèverais la tête ? Je m'agenouillai en pensée puis je redressai le front et Claire Sibright m'apparut. Elle avait une expression inconnue, un air de piété, d'ardente aspiration, de crainte reli-gieuse, et elle me regardait comme la Vierge aurait pu considé-rer l'Enfant Jésus reposant dans ses bras. Il n'y avait plus de cruauté dans la fuite du temps, ni de douleur dans la beauté. Un désir m'envahissait de mettre toutes choses à l'abri entre ses mains, et pourtant c'était bien le visage de Claire Sibright que je voyais.

– Mes pensées, répétai-je, car il fallait répondre, je me sens heureux, simplement.

– Heureux !

Je le rejoignis et il m'observa de près.

– Avez-vous jamais été amoureux ?

Je rougis et ne sus que redire « amoureux »... D'un geste fraternel il me prit le bras :

– Excellente chose pour vous, déclara-t-il, du ton dont il m'aurait recommandé une médecine.

Jusqu'ici l'idée que je pouvais être amoureux de Claire ne

m'était pas venue à l'esprit, d'abord pour la raison très pro-
saïque de ses fiançailles avec Ned, ensuite et surtout, parce que
ce mot trop personnel contenait une idée de possession qui était
très loin de moi. Prêt pour l'amour, comme la terre l'est pour la
graine à la saison des semences, mon art, en puissance de ses
énergies créatrices, cherchait un point de concentration et Claire
avait surgi. Je n'avais éprouvé jusqu'ici que paix et exaltation,
conscience de mes dons, et ardent désir d'en faire offrande.
Maintenant, un conflit s'élevait : l'amour rend vorace, jaloux,
affamé, met en péril. La présence de Claire me donnait à la fois
fierté et humilité. Je me sentais humble devant l'inconnu de la
vie qu'elle m'ouvrait, et fier d'y participer. Comme nous arrivions aux taillis de Derriman où une nappe blanche s'étalait sur
l'herbe et où Claire se détachait contre un fond de nuages en
lambeaux, j'éprouvai à plusieurs reprises une sorte de honte
dont je me dégageai bien vite avec une sensation de délivrance.
Mais tant que durait ma gêne je ne pouvais supporter de m'éloigner d'elle ; en face de son sourire, au plus léger contact, je tremblais comme pris de fièvre. Si cela échappait aux autres, Claire
ne s'y trompait pas. Amusée, elle me traitait avec une faveur
nouvelle et quelque intérêt. A propos d'une discussion sur nos
tailles respectives, elle me fit lever les bras autant que possible
au-dessus de ma tête et m'imita. Ses doigts effleurèrent mes
mains, nos corps se frôlèrent, et elle bondit en arrière, les yeux
dansants.

– Eh bien ! cria-t-elle aux pêcheurs à la ligne qui arrivaient,
avez-vous pris quelque chose ?

Mon frère ouvrit son panier, et tandis qu'elle l'examinait il
fixa les yeux sur moi, par-dessus l'épaule de la jeune fille. Je
m'imaginais que tous lisaient mon secret et je lançais à chacun
des regards éperdus. Mais Ned, sans le moindre soupçon, plein
de bonne humeur, riait, sa fourchette en main ; je n'étais pour
lui qu'un gamin auquel on accorde les privilèges d'un gosse.
Ethel ne se préoccupait nullement de nous ; agenouillée sur un
coussin, le dos tourné, elle s'évertuait à choisir pour Pug les
meilleurs morceaux du festin.

– Ce que j'aime dans une partie de pêche, déclara inopiné-
ment Mr. Trobey, c'est le pain, le fromage et un peu de cidre.
Tout cela – son geste embrassait la voiture, les domestiques, la
nappe déployée et Mrs. Trobey elle-même – tout cela me semble
déplacé... Bonne promenade, mademoiselle Sibright ? Vous
avez l'air de vous amuser.

Ce même soir, lorsque je montai me préparer pour dîner, je
vis un crayon sur la cheminée de ma chambre. Je me souvins
m'en être servi, peu avant ma première entrevue avec Claire,
pour tracer des croquis au hasard. Il dormait là depuis vingt-
quatre heures. « Vingt-quatre heures, songeai-je, pas plus que
cela ! » Je l'emportai près de la fenêtre et commençai à le
tailler. Les arbres perdaient leur couleur, et le faible parfum
d'un feu d'herbes qui s'éteignait montait du jardin.

Le bruit d'une poignée qu'on tourne me fit comprendre
qu'on avait dû frapper à ma porte.

– Entrez ! m'écriai-je, laissant glisser mon crayon sur le tapis.

Mon frère parut. Il était en tenue de soirée malgré sa robe de
chambre et ses pantoufles ; je me rappelai aussitôt le regard
qu'il m'avait lancé quand Claire examinait le contenu de son
panier de pêche, et j'étais persuadé qu'il venait me questionner. Pris de panique, avare de mon secret, je me sentais prêt à
le défendre.

– Je voulais voir comment tu t'en tirais, me dit Richard.
Mais Seigneur ! tu n'as pas encore commencé à t'habiller.

Je me hâtai d'enlever veste et gilet et me préparai au plus
vite. Ethel m'avait prévenu que Mrs. Trobey donnait un grand
dîner et que je devais être particulièrement soigné.

– Qui doit venir ce soir ? demandai-je, la tête encore sous la
chemise que j'enlevais.

– Peu de monde ; n'aie donc pas peur, Nigel, tu ne veux pas
le croire, mais on te trouve sympathique.

– Qui cela ?

– Tous, je pense. Le vieux Fullaton, Mr. Trobey, mais tu
manques de confiance en toi.

– Oui, les gens âgés m'aiment en général.

– Pug et Ned aussi.

– Qu'a dit Ned ?

– Simplement que tu lui plaisais, il me semble.

– C'est parce que je suis ton frère.

Richard haussa les épaules :

– Tu oublies Claire Sibright. Tu as fait là une conquête !

Je plongeai ma figure dans l'eau de la cuvette, et lorsque je l'en ressortis Richard parlait calmement du grand dîner. Lord Singstree, le même que le fameux Drooper de la mandoline et de l'attelage à quatre, devait y être. Il amènerait sa mère et sa sœur, Miss Eleanor Drooper, de Singstree House :

– Cette sœur est burlesque, mais si Mrs. Trobey arrive à ses fins, la farce se jouera aux dépens de ce pauvre Pug. Avec une demi-douzaine de voisins de campagne, ce sera une petite réunion sans cérémonie. Nous serons vingt à table, y compris Agathe. Quelle fête pour elle, pauvre fille ! Après dîner il y aura quelques invités de plus, et les jeunes danseront.

– Est-ce que je serai obligé de danser ?

– Bien sûr, répondit Richard en riant, n'en as-tu pas envie ?

– Je danse mal.

– Suffisamment bien, Ethel et moi t'avons donné tellement de leçons. Mais tu es toujours le même ; c'est comme pour patiner.

On avait discuté mille fois à la maison de mon manque d'aisance en société. Richard y mettait de la bienveillance, Ethel, parfois, un cinglant mépris.

– Je ne réussis guère dans ce genre d'exercice ; si je n'étais pas votre frère, à Ethel et à toi, je m'en passerais volontiers.

– Alors tu ne ferais que peindre et dessiner ?

– Probablement ; je n'attire pas beaucoup l'affection à première vue, surtout si je suis au milieu de la foule. J'aime beaucoup mieux être avec deux ou trois personnes qui me connaissent bien. Je peux alors suivre un sujet au lieu de me creuser la tête pour en chercher de nouveaux et les perdre à mesure, comme on fait au bal.

– C'est un genre de paresse; si tu ne sais pas être à l'aise avec les gens, tu n'arriveras jamais à rien comme peintre.

– Comme peintre? Je ne vois pas...

– Quand tu feras des portraits il faudra que tu parles à tes modèles.

– Tu veux dire pour leur conserver leur activité de pensée, et leur expression animée?

– Mais non, mon pauvre vieux, pour les distraire. Si les dames s'ennuient dans ton atelier crois-tu qu'elles te donneront des commandes? Tu serais ici à admirable école si seulement tu voulais t'en rendre compte. Ne tiens-tu pas à devenir populaire et à percer?

– Je n'en sais rien. Ce point de vue m'était nouveau. Il m'est impossible de dresser des plans à votre manière. Je n'ai pas de but précis dans l'existence, du genre dont parle papa, mais je veux être peintre, qu'on me laisse en paix et...

– Et si tu te maries? demanda brusquement Richard. Tu en éprouveras un jour le désir...

Je crois qu'il dut continuer à m'expliquer que je ne serais plus seul alors et qu'il me faudrait être sociable et gagner de l'argent à cause de ma femme; je n'écoutais guère :

– Quand Ned Fullaton se marie-t-il?

– Le mois prochain, fin août, pourquoi?

– Je me demandais... c'est drôle de songer à ces deux-là, s'établissant comme papa et maman, ou restant liés comme Mr. et Mrs. Trobey. Ils semblent avoir si peu de choses en commun à présent.

– Si peu! Mais ils ne se quittent pas!

– Je sais bien, pourtant elle n'a pas l'air d'être faite pour lui.

– Elle est bizarre, répondit Richard.

J'attendais la suite, mais il poursuivit ses pensées en silence, pour déclarer tout à coup :

– Ned est amoureux fou.

– Et elle, ne l'aime-t-elle pas?

Richard me considéra comme s'il cherchait d'après mon expression jusqu'où il pourrait aller. Sur ses lèvres passait l'ébauche d'un sourire que je connaissais bien, celui avec lequel, en ma présence, on s'arrêtait de parler femmes.

– A sa façon, oui, elle l'aime. En tout cas elle le désire, se hasarda-t-il enfin à prononcer – son sourire s'élargit avant de disparaître : Ned est un beau type ; il peut attirer une femme, même sans Windrush et le reste.

Richard nouait ma cravate, et me tapa sur l'épaule ; il ajouta :

– C'est toi qui as fait la conquête sentimentale, Nigel, tu ferais bien d'évincer l'autre.

Ma première impulsion fut d'échapper aux plaisanteries en me réfugiant dans le silence, mais je craignis que ce silence même n'éveillât le soupçon que j'avais vu flotter dans le regard de Richard, au-dessus du panier de pêche, et j'avais pris l'habitude de me fier à son jugement au point de vue mondain.

– Je ne crois pas qu'elle soit heureuse, fis-je d'un ton aussi léger que possible.

A mon grand étonnement, il me répondit avec sérieux :

– Je ne le crois pas non plus, car son humeur est bien variable, mais peut-être que cela ne signifie rien ; il arrive souvent aux filles d'être nerveuses au moment de se marier. Cela se tassera un ou deux mois après, ce sera excellent pour elle et lui donnera de la couleur... Ned ne devait pas être son rêve, comme grand amour ; la raison la pousse et l'effort lui coûte un peu – c'était fatal. Les Sibright sont riches, mais ils ont des tas d'enfants et Claire n'est qu'une nièce.

Je voulais insister sur ce qu'il venait lui-même d'admettre qu'elle était malheureuse, mais je n'osais pas. Il tirait sur mon gilet, et ajustait mon habit.

– Tu es très présentable ; allons, viens dans ma chambre pendant que je termine, et, si tu veux, nous descendrons ensemble.

En passant le seuil je demandai :

– Que voulais-tu dire tout à l'heure par... ça lui donnera de la couleur ?

Le vieux sourire reparut sur ses lèvres et se changea en rire tandis que nous longions le couloir.

Lorsque nous entrâmes dans le salon, mon frère et moi, je m'aperçus que la pièce avait été transformée pour le bal. Elle paraissait immense, par trop éclairée et froide. On avait retiré certains meubles, rangé les autres contre les murs et il ne restait sur l'étendue du parquet luisant que deux tapis de foyer et quelques causeuses disséminées dans le salon. Les invités du dehors n'étaient pas encore arrivés et, seul, notre groupe entourait la cheminée. Mrs. Trobey et la tante de Claire étaient assises ; Mr. Trobey, debout, allongeait son cou hors de son col et étalait avec soin les pans de son habit devant une flambée imaginaire. Chacun s'efforçait de parler pour tuer le temps. On attendait visiblement les réjouissances à venir.

Me tenant un peu en dehors d'eux, je me disais combien l'occasion serait belle d'animer la réunion, et je cherchais dans mon esprit quelque chose à dire sans avoir, du reste, la moindre intention d'articuler un mot à moins d'en être prié.

Que n'aurais-je donné alors pour pouvoir lancer brusquement quelques phrases légères dont le scintillement eût provoqué le rire général ! Mais je restais bouche liée, et lorsque Henry Fullaton me demanda :

– Eh bien, jeune homme, vous amusez-vous ?

Je ne pus que répondre en collégien :

– Oui, monsieur, je vous remercie.

Je contemplais Claire, mais quand je sentais son regard prêt à se diriger de mon côté, je détournais la tête. Des pensées naissaient en moi, vagabondaient ; réprimées, elles repartaient de nouveau, je me répétais sans cesse à moi-même : « Un pupitre près du piano ; ça signifie un violon – un violon. » Mes doigts de pied, dans mes escarpins, battaient la mesure à cette phrase stupide, et je songeais à toutes sortes de choses : à la coupe élégante des pantalons de Pug, à notre salle à manger où mes parents devaient être assis dans leurs fauteuils, aux

souliers de Claire et à l'empreinte qu'ils laissaient sur le tapis ;
à la voix d'Ethel s'écriant : « Oh ! que cela devait être beau,
monsieur Trobey ! » Puis de nouveau à Claire, à l'ombre que
donnait son collier, et ainsi de suite dans un affolement de
timidité angoissée. Mes pointes de pied avaient découvert un
méprisable alexandrin à la césure nettement marquée : Nous
danserons bientôt ; au son du vi-o-lon.

Et brusquement je m'aperçus que le petit groupe avait pris
vie. La conversation traînante s'était changée en une discussion animée dont Richard était le centre. Il étudiait un pas de
danse avec Claire, affirmant qu'elle se trompait et qu'il avait
raison ; il écartait avec un sourire toute notion de défaite
quand l'opinion générale lui donnait tort : « N'est-ce pas
ainsi ? » disait-il en pressant les mains de Claire et en la tenant
éloignée de lui, afin qu'on pût suivre le jeu de leurs pieds :
« Un, deux, trois, et puis on tourne ; au début du mouvement,
fléchir un peu sur le pied, en arrière. Essayez encore, mademoiselle Sibright ! » Quelle hardiesse dans sa manière de s'imposer !
Que d'amusants reproches qui la faisaient rire. Avec un geste de
désespoir exagéré il l'abandonna et allant vers Mrs. Trobey, il la
supplia d'être arbitre, interrompit sa réponse avec un : « Mais
non, il faut leur prouver que nous avons raison, madame
Trobey », et il entraîna la dame ravie qui, du reste, dansait à
merveille, pour réussir là où Claire, prétendait-il, avait échoué.

C'était très amusant de provoquer Claire.

Elle protestait :

– C'est ce que j'ai fait !

– Pas comme Mrs. Trobey, répondit-il.

Le badinage de Richard avait mis les cœurs en joie. Il savait
être audacieux et gracieux à la fois ; j'enviais son aisance, son
assurance, d'autant plus que je les savais acquises.

Les invités arrivèrent et prirent part à la gaieté générale.
Nous passâmes à la salle à manger au milieu d'un brouhaha de
paroles. La foule protégeait ma timidité et m'en libérait un
peu. Tout le monde parlait trop fort pour remarquer mon
silence. Ethel, escortée par un nouveau venu au cou trapu, aux

lèvres molles et qui avait l'air d'une grenouille enjouée, disparaissait au loin. A ma gauche, Miss Nellie Drooper avait fort à
faire avec Pug Trobey, et, à ma droite, Agathe examinait froidement une cuiller d'argent sans se soucier de qui que ce fût,
avec son habituel mépris des conventions. Leur inattention me
donnait le loisir de me demander : « Agathe est-elle vraiment
aussi originale qu'elle le prétend ? » et d'examiner le reflet des
roses devant moi, non seulement sur le métal et le verre, mais
aussi sur la nappe lustrée. Comment Henry Fullaton traite-
rait-il ce sujet en peinture ? C'était différent d'une image vue
dans un miroir, car ici, il fallait non seulement exprimer la
teinte irradiée de la fleur, mais conserver la blancheur opaque
de la surface réfléchissante, et suggérer sous le raide glaçage la
trame et la souplesse de la toile. Le problème me paraissait
très intéressant. Je lissais du doigt un pli de la nappe sous la
table : « C'est cette souplesse, me dis-je, que Mr. Fullaton ne
saurait pas rendre, mais combien d'autres choses lui échappe-
raient aussi ! » Je commençais à sentir le côté plaisant de cette
tablée aux images changeantes, et à en sourire. Les gestes des
convives, leurs inclinaisons de tête polies, leur manière de se
redresser en tordant le cou lorsqu'on leur passait un plat, leur
raideur ondulante les faisaient ressembler à une rangée de
grandes poupées, heurtées par de légers coups de vent ; ces sil-
houettes se répétaient, caricaturales, en ombres sur les murs.
Je songeais : « Supposons qu'une éruption les ensevelisse, et
les préserve pendant deux mille ans, puis qu'un archéologue
les exhume et les retrouve absolument intacts, avec le miroitement des plastrons, le poli des ongles, les sourires charmants,
dignes ou facétieux, comme il les plaindra d'être restés ainsi
figés dans leur formalisme ! Mais du sein de sa respectueuse
pitié, le rire jaillira. » J'aurais voulu les peindre ainsi qu'il les
verrait, sous cet aspect à la fois touchant et comique, considéré
avec un certain détachement. Claire elle-même m'apparaissait, à travers les yeux de ce savant imaginaire, simple unité
dans un groupe, aussi lointaine et glacée que les autres. Sans
doute ne la comprendrait-il pas, de même que nous ne pou-

vons nous figurer en traversant un cimetière que l'inconnue au fond de sa tombe a pu être jadis le centre de l'univers, que, pour elle, il n'y avait de parfums que ceux qui touchaient ses narines, de bruits que ceux qui frappaient ses oreilles, et d'ombres ou de rayons solaires que ceux qui la protégeaient ou la réchauffaient. Il oublierait, comme nous, en lisant sur le granit le chiffre des années écoulées, qu'un jour elle croyait sa jeunesse éternelle, et écartait la mort d'un sourire.

Mon rêve prenait tant de vie et d'intensité que lorsque je m'en délivrai pour me retrouver simple invité avec Claire, il me semblait l'avoir ramenée d'entre les morts. Nous venions de faire un bond de deux mille ans. Les contingences actuelles cessaient d'exister ; la crainte de déplaire aux miens, leurs critiques, le fait de me sentir un enfant en face d'une femme attachée par mille liens à un monde inaccessible, ne me touchaient pas. Nous étions libérés et n'avions de devoirs que vis-à-vis de nous-mêmes, comme il convient à deux êtres qui viennent de ressusciter, alors que ceux qu'ils ont connus demeurent en cendres. Je m'imaginais me levant de table, inaperçu et, debout près d'elle – ses yeux étaient les seuls ouverts pour moi –, je lui disais : « Regardez, ceux-là ont beau sourire et briller, ils n'existent plus depuis deux mille ans ; rien ne survit que vous et moi ! » Et je la voyais, elle – non pas avec sa grâce et ses manières de ce soir, mais ayant reconquis la sagesse de l'enfance et l'émerveillement de la vierge visitée par l'esprit ; elle me donnait sa main en gage de confiance absolue, et nous nous envolions dans les airs où soufflait, sur nos visages, un vent qui avait le tranchant du glaive.

A cet instant précis elle se détournait de Ned, auquel elle venait de parler, et ses yeux erraient le long de la table, comme si elle s'était entendu appeler. Perplexe, le regard triste, on eût dit qu'elle n'arrivait pas à trouver ce qu'elle était contrainte de chercher. Je sentis plutôt que je ne vis ses yeux posés sur les miens. Je ne sais ce qu'elle y découvrit, mais l'éclat qu'elle offrait au monde s'éteignit, laissant à sa place une beauté calme, profonde, que je ne devais jamais plus revoir, et qui

s'effaça aussitôt; ses sourcils se relevèrent en une légère inter-
rogation, et les coins de ses lèvres ébauchèrent un sourire.

Tout à coup, j'entendis Agathe demander :

– L'aimez-vous vraiment tant que cela ?

Et je bondissais déjà à l'attaque quand l'étonnement
m'arrêta. Agathe surgissait à mes côtés, comme une personne
nouvelle. Jusqu'ici elle n'avait pas eu pour moi d'existence bien
précise, elle n'était que la sœur aînée de l'ami de Richard; à présent je comprenais mieux.

– Ne le saviez-vous donc pas ? poursuivit-elle.

J'hésitai encore, oppressé, essayant de mentir sans y arriver :

– Comment avez-vous deviné ? fis-je enfin.

– Votre figure…

– Vous voulez dire que je me suis livré en public ?

Elle sourit :

– Vous vous êtes livré, mais pas à tous.

– Pourtant, vous ne vous moquez pas de moi, n'est-ce pas ?

– Me moquer !

Sous la douceur du ton perçait un tel mépris pour ceux qui
auraient pu tourner en ridicule ce qu'elle venait de surprendre
que, chez une fille si calme, si effacée, cela faisait l'effet d'une
flamme jaillissant au milieu d'une pièce :

– Vous voyez, je ne suis pas des leurs, à cause de mon infir-
mité, sans doute.

Je ne m'expliquais pas alors l'ironie que je sentais dans cette
phrase. Peu à peu, le bruit des voix m'arrivait de nouveau; les
plastrons, les épaules des femmes, le reflet des roses redeve-
naient visibles à mes yeux. Miss Drooper me parla pour dire
quelque chose, et je lui répondis par politesse. J'avais cessé
d'écouter Agathe et lorsque je lui prêtai à nouveau attention,
le souvenir de ce qui s'était passé en moi tout à l'heure, en
regardant Claire, me semblait comme un rêve. Agathe causait
tranquillement de choses ordinaires, du coin de pays dans
lequel je m'étais promené, et du bal qui avait lieu après dîner.

– Danserez-vous ? lui demandai-je.

– Non, j'assisterai au commencement, puis je m'éclipserai

dans la nursery ; c'est en réalité mon boudoir. J'y fais de la peinture.

– Oh ! alors ! ces toiles...

Elle examina mon visage, sans insister pour que je continue.

– Parfois, c'est amusant après un bal, poursuivit-elle ; l'heure du coucher passée, lorsque les danseurs sont partis, j'entends les bruits des roues qui écrasent le gravier, et tous les gens monter se coucher. Alors je vais me déshabiller dans ma chambre et reviens attendre dans la nursery. Les hommes se retirent dans le bureau de Jon, fument et causent ; les jeunes filles se réunissent dans l'une ou l'autre chambre, mais je ne les suis pas. Quelquefois, elles viennent dans la nursery s'asseoir autour de la cheminée. Surtout en hiver, j'entretiens un grand feu qui les attire – elle ajouta, comme après coup : Claire Sibright viendra peut-être ce soir ; sa chambre est à côté.

Je ne répondis pas, et fus surpris lorsqu'elle me demanda d'un ton aigu :

– Saviez-vous qu'elle dort dans la chambre des enfants ? Je trouve ça mal !

– Mal ?

– Parce qu'on ne devrait pas en faire une chambre à donner. Après tout, les enfants que nous sommes continuent à y dormir et j'aimerais à y mourir, comme cela je croirais n'avoir jamais grandi et que Jon est resté petit garçon.

Agathe était si bien plongée dans ses pensées qu'elle ne prêta aucune attention aux signaux de départ de Mrs. Trobey ; elle ne bougea qu'une fois toutes les dames levées, et s'attarda assez pour me dire :

– Maman décidera sûrement qu'une autre chambre sera plus saine pour y finir mes jours !

Je regardai Claire s'en aller, elle évitait de rencontrer mon regard. Je voyais un aveu dans cette façon de se dérober qui me comblait de félicité et, triomphant, je me disais : même Agathe ignore... et de nouveau j'étais seul avec Claire, hors des temps, nous deux seuls survivants, unis en une sorte d'évasion. Une idée brusquement s'imposa, venue d'ailleurs : ce compagnon échappé avec moi, c'était une femme; je vis le jeu de ses membres, la tension des muscles comme dans un croquis, le buste resserré par les bras, rejeté un peu en arrière. Un dessin, puis une femme, et maintenant, en une aveuglante clarté – Claire!

Les dames étaient parties et la porte se referma sur elles. Je sentis contre ma main le verre froid d'une carafe de porto. En me retournant je vis Ned Fullaton qui avait quitté sa place pour venir auprès de moi, prendre celle d'Agathe. Saisi de crainte, je me demandai s'il avait, comme elle, lu mon secret.

– Je vous observais pendant le dîner, me dit-il, je remarquais combien vous ressembliez à votre frère.

Il n'avait donc, en fait de noirs projets, que celui d'être gentil pour le frère de Richard, et il me faisait une avance polie. Il hésitait, se demandant comment être aimable avec un garçon si étrange. L'existence qu'il envisageait n'était qu'une calme navigation vers les joies et les responsabilités du gentilhomme campagnard. S'il existe des gens vraiment simples et sincères, il était de ceux-là. En tout cas, il n'avait conscience de rien de complexe en lui-même, et cependant se montrait plein de mépris pour les « vues étroites »; il désirait s'intéresser aux travaux et aux pensées des hommes dont l'attitude en face de la vie tranchait avec la sienne.

– Je veux que vous me parliez de votre art, dit-il – il s'adressait à moi comme il aurait demandé au gamin qui tient un cerf-volant : Parlez-moi de votre cerf-volant.

Il ne se mettait ainsi nullement à la portée de mon inexpérience. Le ton eût été le même vis-à-vis de Michel-Ange, absolument dépourvu d'arrogance consciente. Il avait le désir de s'informer, de connaître « le point de vue de l'autre », de garder son esprit ouvert, tout en se rendant compte que la leçon l'ennuierait.

Un peu ahuri, je lui demandai ce qu'il voulait que je lui dise.

– Eh bien, fit-il en fronçant les sourcils, expliquez-moi donc pourquoi des artistes persistent à peindre des choses qu'ils ne voient pas. Certains tableaux – j'ai oublié le nom des peintres –

ne ressemblent à rien, n'est-ce pas ? Du moins à mes yeux. Je
ne demande qu'à être persuadé, où veulent-ils en venir ?

Ned devait chercher à me plaire en me posant ces questions.
Je commençais à m'en apercevoir ; il me fournissait une occasion de bavarder sur mes joujoux – et, encore une fois, il aurait
témoigné cette même générosité à Michel-Ange –, mais si je
répondais, c'était avec plus d'embarras que de plaisir. Exprimer
ma pensée eût été trop personnel, l'équivalent à ses yeux d'un
déshabillage en public. Aussi ne formulai-je que de vagues
banalités. Rien d'étonnant à ce qu'il secouât la tête en les entendant. Il insista :

– Mais les portraits – que signifie un portrait sans la ressemblance ?

– La ressemblance à quoi ?

– Mais au modèle, bien entendu.

– A quel modèle ? vu par vous ou par moi ?

J'avais envie de dire qu'un portrait doit être l'image d'une
âme reflétée dans le miroir d'une autre âme, mais le regard de
cet homme simple arrêta ma phrase poncive. Mon hésitation
passa inaperçue.

– Que voulez-vous dire ? poursuivit-il, quel modèle ? Met-
tons par exemple que vous faites le portrait de Claire. Elle
était à table, nous la voyions l'un et l'autre, c'est assez net.
Ah ! je comprends ! – et péniblement une idée se fit jour : Ce
n'est pas seulement une question de traits ; nez, bouche, et
yeux, etc. Cela dépend aussi de notre interprétation, de sa
nature !

Il se sentait très fier de ce trait d'intelligence, mais son orgueil
était sympathique, lourd et bon enfant. Il dégusta son porto,
rapprocha sa chaise et me dévisagea de l'air curieux que l'on
prend pour demander un avis, certainement favorable, sur son
bien le plus cher. Il avait trouvé le bon prétexte pour parler de
Claire.

Pendant qu'à sa manière laborieuse et confuse il m'entretenait d'elle, je me demandais ce qui l'avait attirée en lui.
Richard prétendait qu'elle obéissait à la raison, je trouvais

l'explication insuffisante pour une jeune fille de goûts si diffi-
ciles. Du reste, mon frère avait bien insinué qu'elle avait
pu obéir à d'autres impulsions, et j'en cherchais une, plus
conforme à la nature de Claire, en examinant le visage de Ned.
C'était un garçon grand et fort, trop épais pour être un bon
athlète – un véritable homme-taureau. Des cheveux bruns,
crépus, poussaient dru sur sa tête carrée. Plus courts qu'on ne
les portait alors, ils avançaient en pointe au milieu d'un front
large, plat, têtu et qui semblait moulé plutôt que sculpté. Ses
traits, assez réguliers pour être qualifiés de beaux, paraissaient
empâtés, bien que Ned fût sain et trop bien entraîné pour être
gras. On cherchait cependant en vain un angle net sur sa personne ; ses oreilles elles-mêmes s'appliquaient à sa tête, comme
si, faites d'argile, un pouce négligent les eût mises en place…
Ennuyeux à dessiner, et, avec son teint de santé, ennuyeux à
peindre… Mais lorsqu'il parlait de Claire ses yeux s'illuminaient
d'une expression puérile, humble et grave, qui surgissait de
l'essence même de son être et qui le mettait à part des autres
gens simples. Il désirait s'entretenir du physique de Claire,
mais se sentait obligé de parler de son esprit. En art, il s'appli-
quait à poser des questions, pour la simple raison qu'elles le
dépassaient et l'ennuyaient ; de même il se glorifiait d'autant
plus de ses rapports avec sa fiancée qu'elle lui demeurait incompréhensible. Elle représentait à ses yeux un mystère de grande
valeur ; il la prisait comme un riche ignorant tient à une œuvre
qu'il sait être belle, mais qui ne l'attire pas réellement. Ned se
sentait bien séduit par la beauté physique de Claire, mais ce
charme était encore aiguisé par ce fait surprenant qu'une personne si déconcertante en paroles devenait si délicieuse dès
qu'un baiser la réduisait au silence. Je commençais cependant à
comprendre que la véritable source de l'influence qu'elle exerçait sur lui venait de ce qu'elle était une créature d'exception.
Cela le flattait d'aimer Claire, car il se disait qu'un véritable
lourdaud ne désirerait pas une femme si brillante et si différente
de lui-même.

– Vous voyez, me dit-il en serrant mon bras pour donner

plus de poids à son argument, elle est unique au monde, et souvent je me demande ce qu'elle trouve en moi.

Était-ce justement cette adoration de gros chien pataud qu'elle voyait en lui, et qui l'avait conquise par sa bizarrerie, ou bien l'explication de Richard suffisait-elle : « C'est un beau garçon qui doit attirer les femmes – même sans le manoir de Windrush et le reste » ?

Cette analyse du caractère de Ned et, par implication, de celui de Claire, provient-elle entièrement du Nigel Frew assis à la table de Mr. Trobey en 1875 ? Je l'ignore. L'homme âgé qui transcrit ces lignes en toute connaissance de ce qui a suivi peut charger les traits, mais la grande part en revient au jeune homme d'alors, et ce n'est peut-être pas à son honneur. Il est certain que je me levai de table assez orgueilleux de ma clair-voyance, et sortis de la pièce, me sentant très homme du monde. Henry Fullaton avait déclaré que j'étais amoureux, Agathe en avait dit autant – mais alors comment pouvais-je observer Claire et Ned avec cet habile détachement ? En tra-versant le hall, je décidai de me conduire avec calme, et de ne pas agir en enfant. Le mot « amourette » me sonnait aux oreilles et me stimulait. Je me tenais droit, balançais les bras et me dandinais légèrement. Miss Sibright nous attendait pour danser. Je valserais avec elle, je m'assoirais sur l'appui de la fenêtre où je l'avais découverte pour la première fois, et je rirais de tout cela ! Dans mes pensées, je la nommais à présent « Miss Sibright ».

Je n'ai jamais été à l'aise dans le rôle de mondain qui rend sots la plupart des hommes sans qu'ils s'en doutent. Dès que la porte du salon s'ouvrit et que le bruit des voix de femmes me parvint, je fus saisi de crainte, et me sentis honteux de parader de la sorte. Mes épaules s'abaissèrent et une vague de solitude m'envahit. Cette Miss Sibright à qui je venais de songer et ce jeune critique, lointain et dur, qui l'examinait si froidement, qui donc étaient-ils ? Ni Claire ni moi, à coup sûr. Claire se tenait devant moi, et je ne pouvais l'approcher, malgré l'inter-rogation profonde, l'appel qu'il y avait dans son regard lorsqu'elle me vit. Je ne trouvais rien à lui dire, au milieu de cette foule qui l'entourait, du flux des paroles, de l'interruption des rires. Passant à côté d'elle avec une expression qui l'amusa – « l'air d'un moine épouvanté », m'avoua-t-elle plus tard – je me collai contre le mur, dans l'angle de la cheminée, avec l'espoir d'y demeurer en paix.

La musique commença et je n'avais pas de partenaire. Je n'osais lever la tête de crainte d'apercevoir une jeune fille sans cavalier et de me sentir obligé de l'inviter à danser, aussi je me tournai de profil et me mis à fixer l'écran des yeux. J'entendis derrière moi des petits pas précipités ; Claire, laissant Ned stupéfait et ricanant de sa manière d'agir, interrompait sa valse et venait me trouver :

– N'allez-vous pas me demander de danser avec vous ? me dit-elle.

– Oh ! répondis-je, oui – oui… je…

Elle secoua la tête :

– N'en avez-vous pas envie ?

Je fus forcé, malgré moi, d'avouer la vérité :

– Non, pas avec vous… en ce moment.

– Pas avec moi ?

Sans me douter qu'elle faisait semblant de ne pas me comprendre, je bégayai une explication :

– Ne croyez-vous pas que je… Je voulais dire que danser avec vous… dans cette foule… après…

– Après quoi ?

Je la contemplai, inerte, incapable d'exprimer ce sentiment : qu'en sa compagnie, il n'y avait de place pour aucun autre univers que le sien. Tandis que je la regardais, elle lut ma réponse.

– Oh ! Nigel ! Dieu vous bénisse pour cela ! fit-elle vite et tout bas.

L'instant d'après, elle dansait avec Ned et me suivait des yeux, par-dessus son épaule.

« Alors elle aussi sait que je l'aime », me dis-je, et, sans m'arrêter à la tristesse de cette constatation, je me laissai aller à sa douceur, comme un nageur à la mer, indifférent au but vers lequel il se dirige.

Le salon me parut transformé, je débordais d'une vitalité nouvelle, d'un désir d'émotions et d'activité. La musique – piano et violon, joués d'une façon mourante par deux dames amenées du village – de fastidieuse qu'elle me paraissait un moment plus tôt, m'enchanta ; la danse redoutée me grisait, les bougies semblaient le miroitement d'un rêve fantastique. Je fis valser les jeunes filles à tour de rôle, sans savoir comment je les invitais ni ce qu'elles me répondaient. J'ignore les paroles échangées, je ne songeais pas à elle, ni à Claire, mais au bonheur, comme s'il était indépendant de toute circonstance terrestre ; réalité unique et non impulsion illusoire de l'esprit. Parfois, lorsque la musique cessait et que les pieds s'arrêtaient de danser, je reprenais un instant contact avec moi-même et avec le milieu environnant. Ethel me parlait : « Je t'avais bien dit que tu t'amuserais ! » Et un froid me glaçait à l'évocation de mon chez-moi, à Drufford. Puis, en dansant, le visage de Claire passait devant mes yeux. Comme le vent soufflant sur le feu, sa vue embrasait mon extase nouvelle, si bien que les flammes en montant semblaient emporter et brûler toute sensation de mon corps et de mon âme ravie, de ma propre existence et de celle des autres, en deçà et au-delà de la tombe. Quant à celle qui faisait naître en moi tant de choses qui nous dépassaient l'un et l'autre, je ne la désirais pas. Elle demeurait le centre d'une révélation. Je n'étais qu'une infime créature laissée en arrière par un être transcendant qui planait au-dessus de moi porté par des ailes qui ne m'appartenaient point. Je dansais et parlais sans m'en apercevoir, comme un automate dont je me serais désincarné. Il ne demeurait en moi ni trouble ni désir charnel.

Puis – l'automate ayant sans doute omis d'inviter quelqu'un à danser avec lui –, je me trouvai seul, en dehors du salon, courant, de plus en plus exténué, dans des corridors faiblement éclairés. Je me heurtai contre la porte de la nursery et y entrai.

– Est-ce que je peux venir ici ? demandai-je par deux fois à Agathe sans lui laisser le temps de répondre, et, m'asseyant à quelque distance d'elle, je la dévisageai avec un degré d'égarement que je ne peux qu'imaginer.

Je l'entendis me dire :

– Vous feriez mieux de parler, pleurer, prier ou chanter !

Ce fut la première de mes nombreuses conversations avec elle, car par la suite j'allai souvent dans la nursery qui semblait être la pièce la plus sympathique de la maison des Trobey. Ce soir-là, nous fûmes interrompus par la mère d'Agathe. Accompagnée de deux jeunes inconnus, elle riait et parlait dans le couloir, de telle façon que je me pris à la haïr.

Resplendissante, elle s'arrêta sur le seuil :

– Ah ! vous voilà ! Je pensais bien. Agathe, tu devrais être au lit depuis longtemps, au lieu d'accaparer le grand homme de la soirée.

Ils allaient souper ; on m'entraîna, embarrassé et gauche, incapable d'imiter les jeunes gens et de ricaner ou d'applaudir aux plaisanteries de Mrs. Trobey. Je soupai, dansai encore, et la soirée se termina enfin. On alla sous le porche assister au départ des invités, au milieu du parfum morne et maladif des fougères. Par les portes ouvertes j'apercevais le ciel touché de la pâleur de l'aube, et un grand sapin, comme découpé dans du zinc noirci, qui s'appuyait contre les nuages.

La lanterne à huile d'une voiture projetait sa faible clarté à travers un vitrail, mettant un triangle violet sur la chair nue d'une des jeunes filles, à côté de moi. Elle se trouvait seule à ne pas s'être enveloppée d'un châle. La soirée était chaude, mais il faisait plus froid sous le porche qu'à l'intérieur ; je vis un frisson courir sur sa peau et elle rentra chercher un manteau. Nous – ceux qui logeaient au château et ceux qui attendaient leur tour de partir – formions un groupe serré. On s'écarta pour la laisser passer et, en reculant, je m'approchai de quelqu'un ; sans regarder, je sentis que c'était Claire. J'aperçus sa main, avec le gant retourné sur le poignet, que Ned caressait. Ses doigts erraient le long du bras, à l'intérieur de la manche. Claire le laissait faire, indifférente, comme insensible, puis, à l'insu de Ned, elle tourna lentement la tête de mon côté et murmura :

– Quand commencez-vous ce portrait de moi dont Ned m'a parlé ? Demain ?

Son souffle effleurait mon visage, et j'aurais pu l'embrasser sans remuer beaucoup.

Je me souviens de son expression, étincelante et grave à la fois, lorsqu'elle me posa cette question. Ma réponse se perdit ; sans doute évitai-je d'en donner une, profitant de la dislocation du groupe. Le lendemain j'appris combien le propos de Claire était sérieux. Ned lui avait répété notre conversation d'après-dîner, lorsque nous nous l'étions imaginée servant de modèle à un peintre, et que nous avions été entraînés à « jouer aux portraits ». L'idée germa alors en elle de poser devant moi, et Ned, qui pensait lui voir prendre la chose en plaisanterie, dut céder devant son insistance : « Claire meurt d'envie que vous tentiez le coup », me dit-il à sa façon. Il devait regretter le temps perdu des séances, mais il mit beaucoup de bonne grâce à son offre. Il serait le premier à donner une commande au jeune frère de Richard. Agathe avait tout l'attirail nécessaire. Pourrais-je m'en servir et cela marcherait-il pour le prix de vingt guinées ?

– Un bon prix par les temps qui courent, observa Henry Fullaton, mais souviens-t-en, Ned, tes héritiers diront que tu as fait une affaire de premier ordre.

– N'est-ce pas bizarre ? fit Claire, nous sommes ici tous à discuter d'un portrait qui n'existe pas et qui sera peut-être célèbre un jour dans le monde entier : *Portrait d'une dame*, par Frew !

– Pourquoi la dame anonyme ? questionna Mr. Fullaton.

– *Portrait de Claire Sibright* ; alors, l'immortalité pour moi !

– En tout cas, ma chérie, observa Ned, ce serait le portrait de Mrs. Fullaton.

Claire se mit à rire :

– On lira sur les catalogues : n° 99... Une des premières œuvres de l'artiste, commencée en 1875, alors qu'il n'avait pas atteint sa dix-huitième année. Commandée pour la somme de vingt guinées par Mr. Edward Fullaton, fils d'Henry Fullaton, membre de l'Académie royale. Elle représente sa femme, née Sibright, et nous montre une jeune personne de l'époque, frivole et assez attrayante. On sait peu de choses d'elle, mais on est en droit de supposer que la dernière partie de sa vie fut une vie de famille, car sa pierre tombale, dans l'église de Windrush, rapporte qu'elle fut la mère de dix-neuf...

– Claire !

– Je regrette, Ned... – puis, soudain sérieuse, elle se tourna vers moi : Mais, acceptez-vous ?

Je consentis aussitôt. Du reste, même si l'offre ne m'avait pas tenté, je n'aurais jamais songé à refuser une commande de Ned, approuvée qui plus est par Henry Fullaton. Cela eût supposé de ma part une conscience de mon propre talent qui ne me ressemblait guère. Ce n'était qu'au fond de moi-même que j'osais me croire artiste, et je n'en tirais aucune vanité vis-à-vis de mes semblables, restant en face des autres un jeune homme habitué à obéir, sans me faire prier. La question avait été réglée par les Fullaton en ce qui me concernait, mais Claire doutait encore. Debout, son bras passé sous celui de Ned, elle cherchait mon regard avec une réelle inquiétude, craignant de s'être trop avancée dans ses plaisanteries. Elle plaidait en silence, son humilité contrastait avec ses attitudes impérieuses habituelles. Quand je répondis : « Mais certainement, j'essaierai », elle me lança un coup d'œil reconnaissant, mais parut surtout soulagée. Je me demandais pourquoi elle avait semblé redouter mon refus.

Elle vint ensuite me rejoindre. Les autres attendaient le déjeuner dans la maison et j'étais seul à errer sous la véranda.

– Je voudrais savoir... dites-moi la vérité... Avez-vous envie de faire mon portrait ?

– Mais oui, bien sûr.

– Non, ne me répondez pas ainsi, en jeune homme poli envers les dames. Vous êtes un artiste auquel des gens ignorants... qui n'ont aucun droit... proposent un sujet... Enfin

aidez-moi, ne voyez-vous pas ce que je veux dire ? Je me refuse
à être à vos yeux la femme qui pose et dont on peint le portrait
pour vingt guinées !

Je rougis de honte. Se disait-elle à elle-même : « Le pauvre
garçon s'imagine être amoureux de moi, il se sentira gêné en
ma présence, je suis peut-être cruelle, je vais lui permettre de
se retirer. »

Lui supposant ces pensées, je m'irritais de ce qu'elles contenaient de protecteur, de charitable à mon égard, et je lui
demandai :

– Pourquoi voulez-vous que je redoute de faire votre portrait, malgré les sentiments que je peux éprouver pour vous ?

Elle semblait perplexe, les yeux un instant effarés, comme
sous l'influence d'un coup :

– Mais je ne comprends pas, je ne songeais à rien de ce
genre... Oh ! Vous ai-je blessé de quelque manière ? C'est
involontaire, je pensais...

Le ton forçait la conviction. Nous restions là à nous regarder, obligés de reconnaître la divergence de nos pensées ; la
tension se relâchant, nous nous mîmes à rire pour chasser les
malentendus.

– C'est ma faute, fis-je, expliquez-moi ce que vous aviez
l'intention de dire.

– C'est seulement une chose que j'éprouve – elle parlait
comme si elle se frayait difficilement un chemin à travers un
flot de pensées –, un sentiment et non une appréciation. Cela
n'a rien à voir avec les propos du père de Ned, je n'ai aucune
confiance en son opinion. Mais je sens que vous n'êtes pas un
peintre ordinaire – du moins plus tard vous ne le serez pas, et
alors... – elle s'interrompit pour reprendre vivement avec plus
de légèreté et un demi-sourire : Vous vous souvenez de ce que
je disais du n° 99 dans le catalogue : « Ceci fut une des premières œuvres importantes de l'artiste... » ? Eh bien je le pensais, le reste n'était qu'une plaisanterie. Je suis persuadée
qu'un jour on parlera ainsi de vous. Je ne me base pas surtout
sur votre travail, car j'en ai vu assez peu, et je n'ai rien d'un

critique. Je vous juge par vous-même, personnellement. J'ignore si vous deviendrez ou non un grand artiste peintre, mais mon instinct me dit que vous serez un grand homme – en poésie, en peinture, si c'est décidément votre goût, ou bien par la vie que vous mènerez –, et je ne veux pas que vous fassiez mon portrait, à moins que vous ne voyiez en moi quelque chose que vous désirez réellement peindre.

Tandis qu'elle parlait, des pensées contradictoires affluaient sans cesse à mon esprit. Je m'étais toujours méfié des femmes d'une beauté et d'une gaieté frappantes. Leur extérieur brillant faisait ressortir ma timidité physique et jamais aucune d'elles n'avait consenti à m'ouvrir son âme et à déposer ainsi le masque social. Cette nouvelle expérience était douce et flatteuse. Un instant, je me réchauffai à la chaleur de cette première intimité – plaisir comparable, je ne le savais que trop, à celui qu'éprouve un être craintif devant un généreux accueil. Je perdis cet heureux état d'âme pour me sentir en proie à une sorte de saisissement. Les éloges de Claire passaient à l'arrière-plan, il me semblait que l'univers réclamait quelque chose de moi. Je me souviens de mes réflexions : « Lorsque je serai vieux, me disais-je, je me rappellerai ce moment, et si je n'ai pas réussi dans la vie, je désirerai alors revenir à cette époque de ma jeunesse. Me voici au point où m'aurait conduit la réalisation de ce vœu. Je suis jeune, l'avenir est devant moi. Il me faut accomplir ma mission. » Je me demandais aussi ce que plus tard je considérerais comme une faillite : l'absence de gloire, mon œuvre inachevée ? Claire m'avait dit : « Peut-être serez-vous grand par la vie que vous mènerez ! » Avait-elle vraiment l'intention de formuler cet axiome de belle philosophie quiétiste ? En tout cas, le jeune homme que j'étais s'y opposait avec la dernière énergie. J'avais le besoin urgent de réussir, de créer en vue du monde entier. Je désirais passionnément peindre son portrait. Ces termes n'ont rien d'exagéré. Je ressentais à ce moment-là toute l'avidité de l'inclination sexuelle, je voulais posséder Claire non en homme, mais en artiste ; saisir d'elle la beauté qu'elle personnifiait et, comme le désir, s'il n'est pas bestial, recule devant l'être aimé, refoulé par l'adoration, si bien que l'acte de possession devient un acte d'aspiration, de même, lorsque je contemplais en elle le sujet d'un portrait, je reculais en face du mystère de la personne. Mais je balbutiai simplement en enfant nerveux, que toute ma vie je chercherais à peindre ce que je voyais en elle, et ce qui demeurait encore caché à mes yeux inexpérimentés. Elle me répondit par un rapide regard d'intelligence, mais j'étais contrarié de ne pas pouvoir exprimer toute ma pensée.

Sa main serra l'appui de fer de la véranda :

– J'avais raison, dit-elle, et vous le savez.

Elle prononça ces mots avec une nuance de triomphe – un peu de l'arrogance enfantine d'une femme qui s'imagine avoir fait une découverte. Ce ton me glaça. Lorsque nous rejoignîmes les autres, j'admirai, tout en ayant le cœur serré, cet incompréhensible changement d'humeur qui lui permettait de bavarder gaiement, même sur le portrait.

– Est-ce que cela signifie, demanda Mrs. Trobey, que vous serez condamnée à passer des heures, assise dans la nursery, malgré le beau soleil ?

Claire répondit avec un petit mouvement de tête provocateur :

– Oh ! Ned sait qu'il n'a jamais fait de meilleure affaire de sa vie !

On avait peine à croire que c'était la même femme, parlant du même sujet.

En de semblables occasions, lorsque son attitude capricieuse allait à l'encontre de l'image que je me faisais de Claire, je me sentais à la fois froissé et ravi. Rien ne pouvait plus diminuer ma foi en sa beauté et en ses mérites, ni m'empêcher, quand je persistais à la contempler, de découvrir, dans l'idée que j'avais d'elle, la compassion, la tendresse et la force d'âme dont j'étais assoiffé. Quand je la voyais rendre au monde la monnaie de sa pièce et braver une incompréhension qui m'eût poussé à un silence énervé, je n'en chérissais que plus mon précieux secret. Les contradictions de Claire m'éblouissaient et me blessaient parfois, comme le ferait un jet de lumière sur une eau profonde, cernée de rocs, mais elles me fascinaient aussi, car j'étais seul à connaître la profondeur cachée sous le scintillement, l'abîme de paix qui dormait là. On pouvait perdre pied au milieu des choses qu'on imaginait d'elle, plonger en plein miracle et se laisser aller à découvrir sans cesse des demi-teintes et des couleurs qui n'avaient qu'un rapport lointain avec le jour extérieur. Ayant choisi Claire, je savourais les joies de celui qui s'élance à la nage. Je m'arc-boutais, pour bondir de terre, fendre la surface brillante, et m'enfoncer de plus en plus loin, avec un jaillissement de bulles d'air contre ma chair, quittant le monde avec extase. Puis, brusquement, je me demandais : « Comment ce rêve de scaphandrier a-t-il débuté ? » et je me souvenais de Claire.

Tout n'étais que du bonheur, tant qu'il s'agissait d'aimer, mais du moment où je pris mon crayon, j'eus l'esprit en déroute. Dans la peinture, il y a une part de contemplation aussi bien que d'exécution. Faire un portrait, c'est découvrir les sources de la vie, connaître le parcours suivi par les fils d'eau ruisselant des collines de l'enfance, les voir se rassembler pour former les torrents de la jeunesse avec ce qu'ils entraînent de souillures terrestres ou de reflets du ciel, peut-être pressentir vers quelles mers ils se dirigent. Mais cette méditation doit produire un fruit matériel, au risque de condamner l'œuvre à demeurer à l'état de rêve jamais réalisé. En art, on ne peut pas errer à l'infini, comme en amour, où c'est une joie de se perdre dans les recherches. Il faut conclure avant de bien commencer un portrait, arriver, non pas à une compréhension intellectuelle du sujet, ce qui demanderait une connaissance de certains faits du passé ignorés de l'artiste, mais à une synthèse de l'imagination qui le satisfait. De même que la paix d'une âme religieuse ne provient pas nécessairement d'une sagesse parfaite, mais d'une foi sûre, l'artiste n'a nul besoin d'être omnipotent mais de croire d'une façon absolue à sa propre vision.

Lorsque je commençai à réfléchir au portrait de Claire, chacun des visages que créait mon imagination demeurait incertain. Je voyais mille aspects d'elle-même exprimés de mille manières différentes, mais malgré leur netteté aucune image ne la représentait vraiment. Si je m'étais contenté de ce qu'on appelle ressemblance, ce que Coleridge nomme « la marque extérieure qui différencie Tom de Bill », je n'aurais eu aucune raison de retarder mon travail, mais je cherchais l'humanité cachée, ou je dirais plutôt la spiritualité de Claire. Certains des croquis que je fis alors ont été conservés ; ils reflètent mes vaines recherches. Ils ont beau dépasser mes dix-sept ans comme maturité, ne représenter ni flottement ni efforts pour esquiver les difficultés, on y sent mon embarras. J'ai toujours eu l'habitude, même alors, de m'assurer de la netteté de ma pensée par une étude au trait simple avant de me lancer dans un dessin contenant le détail du modèle. J'essayais, en suivant la méthode d'Holbein, de donner toutes les indications possibles par le plus ou moins de force du trait, sa direction et sa continuité. « Si vous faites ainsi, m'avait dit Mr. Doggin, vous saurez, sans pouvoir vous leurrer vous-même, si vous possédez vraiment votre sujet. Une esquisse au charbon peut dissimuler votre ignorance, vous illusionner. Cela flatte, de même que la sanguine. Lorsque vous employez le trait simple, la main s'arrête d'elle-même si l'esprit devient confus. C'est un examen préalable, le résultat suit inévitablement : vous dites tout net ce que vous avez à dire, ou vous gardez le silence. » Mes croquis de Claire démontrent d'une manière évidente que je ne possédais pas mon sujet, car je n'ai pas le moindre dessin du visage entier, ni même des parties les plus vivantes de ce visage. J'ai une étude de ses mains jointes, très travaillée, très finie, qui ne témoigne d'aucune incertitude. Il y en a d'autres : une oreille, des cheveux, un cou, des bras revêtus de manches assez semblables à celles que portent les hommes d'aujourd'hui qui, toutes, sont bien venues et tracées avec assurance. Mais celles des yeux, des lèvres, ou du visage lui-même, commencées avec ardeur, puis abandonnées, se répètent sur mes feuilles d'album, comme des apparitions de cauchemar dans lequel on se débat.

Personne à Lisson ne comprenait mon embarras. Ned, debout derrière moi, s'impatientait :

– C'est bizarre, mais c'est tout à fait elle ; qu'est-ce qui vous retient donc, que diable ?

Ethel, anxieuse de me voir réussir, s'écriait :

– Mais la ressemblance est parfaite, qu'en dites-vous madame Trobey ? Pourquoi ne poursuis-tu pas, Nigel ?

Pug Trobey, pendant ses rares visites, sifflait son dédain pour cette perte de temps. Ils étaient tous désireux, dès que j'eus commencé, de savoir quand j'aurais terminé. Ce n'est que devant leurs instances que je compris combien mon projet était chimérique.

– Que ferez-vous, quand vous aurez fini vos études préliminaires ? demanda Mr. Fullaton.

Et je me mis à lui démontrer, comme si le temps étais illimité, que je transporterais mon dessin final sur la toile, préparerais mes dessous en gris et les recouvrirais de glacis successifs en faisant durcir la matière au soleil, et puis…

– Dieu nous garde ! s'écria Mr. Fullaton, Claire sera partie en voyage de noces avant cela.

Même alors je refusai d'admettre que notre dispersion me priverait de mon modèle d'ici quelques jours. Avec le plus grand sérieux, j'expliquai à Mr. Fullaton que grâce à ma méthode, je comptais obtenir un éclat de transparence qu'on n'atteint pas avec des applications directes de la couleur opaque sur la toile, mais je craignais de ne pas réussir complètement parce que les toiles d'Agathe étaient préparées au plomb, et que j'aurais besoin d'un fond absorbant soit de plâtre, soit de gesso.

– Oui, oui, jeune homme – le vieux Fullaton m'interrompit avec un éclat de rire qui m'étonna, mais me réjouit : Voulez-vous avoir la bonté de consulter ce calendrier et de vous souvenir que Mrs. Trobey ne nous a pas invités pour le reste de nos jours ? – puis il ajouta : Qui vous a donc appris à peindre de la sorte ? Bon Dieu ! C'est bizarre de trouver un jeune homme sur cette piste-là. Remarquez que je ne suis pas de votre avis, non seulement parce que de nos jours le temps manque – vous le verrez si vous cherchez à gagner votre pain en faisant des portraits – mais nous avons d'autres visées.

– Moi aussi, répondis-je. La vieille technique jusqu'à un certain point, seulement avec une tout autre manière de traiter la lumière, et une autre surface…

Il m'interrompit :

– Bien, bien, c'est du Holbein avec une touche de Monet, pas vrai? Cela m'intéresse. Que diriez-vous d'une semaine passée dans mon atelier à Windrush, un de ces jours? Deux artistes appartenant à des écoles différentes pourraient s'instruire mutuellement, n'est-ce pas?

Il vint souvent, ensuite, s'asseoir à côté de moi dans la nursery. Il m'observait et repartait sans mot dire. Son silence était réconfortant, car j'y sentais de la compréhension, et je continuai à me débattre sans me départir de mon plan, sourd aux pressants appels de tous, qui voulaient me voir obtenir rapidement un portrait ressemblant. Je ne me souciais que de la perfection, avec l'ardeur de celui qui a l'existence devant soi. Je ne peux pas reconstituer un journal de cette époque. Des scènes ont survécu, importantes ou non, tragiques ou absurdes, sauvées du gouffre du passé par quelque caprice de la mémoire. Il s'en dégage une impression de monde enchanté, de senteurs d'été, de sons et de silences qui, dans ces brèves heures magiques, sont devenus inséparables de ces instants suspendus. La terre n'a jamais retrouvé cet éclat. Elle ne possédait plus de limites, débordait d'aventures, et on y sentait une effervescence de vie. Je savais, quand Henry Fullaton me montra le calendrier, que le portrait de Claire ne serait jamais terminé, mais je ne m'occupais plus des dates. Dans mon esprit, je ne calculais pas l'avenir, je ne cherchais ni à compter les jours ni à supputer les événements. Sans savoir où me conduirait mon amour, oubliant que je ne finirais pas mon tableau, il me suffisait d'aimer Claire, de crayonner son image; la vie se bornait à cela et les nombreuses heures pendant lesquelles je redevenais le plus jeune invité de

Mrs. Trobey, ces heures tourmentées par une timidité anormale, n'avaient pas de substance. Chaque soir, épuisé et ravi, je tombais du songe de mon portrait mystérieux à un sommeil d'enfant sans rêves. Chaque matin, je m'éveillais dans la douce attente du bonheur. Je n'existais que comme artiste et comme amoureux. Il me semblait que nous vivions, Claire et moi, dans un univers à part. Je crois que je goûtai alors un peu de la joie qu'A. Kempis promet aux simples de cœur. Mais Claire elle-même ne connaissait qu'en partie l'existence de ce monde intérieur, elle ignorait la hauteur des murs dont je l'avais entourée. Agathe était la seule à comprendre, à savoir qu'en secret je me débattais, non seulement pour produire une œuvre, mais pour découvrir le mystère d'une individualité.

— Je crois que je vois, mieux que vous, ce qui vous trouble et vous arrête, me dit-elle un jour, après avoir examiné longuement mes dessins en l'absence de Claire.

J'attendais, et elle reprit :

— Vous cherchez le drame dans une figure heureuse.

Je retins un instant ma respiration, puis je demandai :

— Quel drame ?

— C'est à vous de me l'apprendre, il existe dans votre imagination et non dans la Claire que nous connaissons.

— Vous pensez que j'ai tort, que je la poétise, n'est-ce pas ?

Agathe se dirigea vers la fenêtre, sans répondre, et se tint debout dans l'embrasure :

— Peut-être l'aventure tragique est-elle dans l'avenir et vous la pressentez... je crois que cela peut arriver à de grands peintres.

Elle se retourna brusquement :

— Vous croyez que je suis folle ?

— Mais non.

— Aussi folle que Cassandre ?

Je secouai la tête en signe de dénégation.

— Eh bien, écoutez-moi, voici la vérité : vous avez idéalisé Claire, elle n'est pas un de ces grands caractères à qui le génie seul suffit, elle vous a rendu romantique. Vous cherchez en elle le sujet d'une belle œuvre idéaliste. Vous ne l'y trouverez pas, je vous le répète. Mais vous lui avez donné le désir qu'il y fût, elle voudrait que tout le monde la juge par vos yeux et être réellement telle que vous vous efforcez de la voir. Après le genre d'adoration que vous lui témoignez, elle ne se contentera pas de celle des autres, pas plus que d'une affection ou d'une amitié ordinaires. Elle a contemplé les montagnes et méprisera les collines. Ned ne la satisfera jamais maintenant ; elle lui demeurera toujours attachée, car la femme qu'elle était avant de vous connaître... cette femme-là le désire encore. Quant à vous ? Eh bien, il me semble qu'on l'entend se dire : un génie ! Quel enchantement de savoir qu'on l'a inspiré, d'être son premier amour, et quel amour ! Tandis que vous essayez de découvrir en Claire une sorte de sainteté tragique, assise en face de vous elle épie votre regard, mais ne s'intéresse qu'à fouiller vos pensées pour en lire ce qui a trait à elle-même.

– Vous la détestez, fis-je.

Agathe leva les yeux vers moi avec une expression d'alarme, elle semblait impuissante, comme si, contrainte de parler malgré sa volonté, elle venait seulement de se rendre compte de ce qu'elle avait dit. D'un geste las et triste elle promena sa main sur ses yeux et son visage :

– Non, je ne la déteste pas, je l'aime même à cause de vous, d'une certaine manière. Je me suis rendue odieuse ; vous ne croyez pas un mot de ce que j'ai dit, et vous ne pourrez plus me souffrir.

Elle paraissait écrasée sous le poids d'un fardeau, et s'appuyant sur le rebord de la fenêtre, elle se détourna de moi pour regarder le jardin.

Agathe avait raison ; je n'étais pas convaincu et le suis moins encore aujourd'hui. Elle avait en effet percé l'enveloppe de Claire, mais trop superficiellement. L'émotion qui secouait Agathe – et me paralysait, car je savais en être la cause – lui avait fait dénaturer, d'une manière conventionnelle, les vérités qu'elle découvrait. Toutefois elle me fournissait une clef en prétendant que je cherchais le drame dans un visage heureux.

Mon esprit s'élança dans cette direction. Pour la première fois, je compris que Claire devait être malheureuse. La tragédie que je croyais vaguement voir rôder autour d'elle étendait déjà son ombre sur la créature vivante, mais intérieurement, et ici, Agathe se trompait. Cette qualité d'âme, dont la recherche avait entravé mes croquis et rempli mon être de joie paisible, existait réellement chez Claire. Elle commençait à en avoir conscience et à désirer — d'un désir du cœur plutôt que de l'esprit — la voir se refléter dans sa vie alors qu'il était peut-être déjà trop tard. En dehors de ses fiançailles avec Ned, elle était profondément ancrée dans un genre d'existence dont son mariage ne formait qu'un incident. Tout cela m'apparut d'un seul coup, comme on reconnaît un visage sans s'occuper de chaque trait ; et, dorénavant, lorsque Claire posait devant moi, il me semblait que j'assistais à son lent réveil au fond d'une prison, bien qu'elle-même s'en doutât à peine.

Pendant que je travaillais, de profonds silences tombaient entre nous, coupés seulement par le ronronnement de mon crayon ou par les pas de quelque jardinier, sous la fenêtre ouverte. Souvent Claire les rompait, cédant à l'obsession de sa pensée inquiète qui la ramenait sans cesse à me demander si je la jugeais comme les autres la jugeaient. Était-elle vraiment ce qu'elle passait pour être, ce qu'elle-même avait toujours cru être jusqu'à ce jour ? Ces questions, prononcées d'un ton assez persifleur, ne paraissaient pas réclamer de réponse : « Suis-je vraiment une jeune personne frivole, mais assez attrayante ? ou bien : Nigel, est-ce vrai que je suis comédienne ? Écoutez, croyez-vous que le père de Ned ait raison, et que je sois une belle bête de race difficile à maîtriser ? » Les longs yeux vifs d'Agathe me coulaient un regard significatif : « C'est bien ce que je vous disais ! » Elle ne comprenait pas que Claire en réalité s'interrogeait elle-même, sans se soucier outre mesure de mon impression ni de celle du monde. Ce n'étaient pas des compliments qu'elle recherchait, et ses questions contenaient trop de souffrance pour qu'on l'accusât de céder à la petite vanité de parler de soi. Elle tentait une entrée en matière pour une confession jamais poursuivie. Claire, du reste, semblait regretter ses paroles ; aussitôt prononcées, elle écartait en riant les réponses, et dissimulait sa gravité sous un nuage de gaieté. Sa manière d'être donnait une sensation confuse de tristesse. Je l'ai dit, elle s'éveillait en captivité ; elle semblait traverser une forêt de plus en plus sombre, par un chemin qui commençait à l'effrayer, et de temps à autre elle se retournait, implorant de l'aide par ses questions.

Lorsque je parle de Claire, emprisonnée et traversant une forêt d'épouvante, j'emprunte le langage des contes de fées. Les termes en viennent naturellement sous ma plume, car mon intimité avec Claire avait tout le caractère d'un enchantement. Je ne la désirais pas comme les hommes désirent une femme. Je n'étais aucunement jaloux de Ned Fullaton. Notre intimité, d'autant plus grande que nous n'y avions jamais fait allusion, créait autour de nous un cercle magique qui n'existait que lorsque nous étions seuls. Il disparaissait en société. Claire redevenait aussitôt la brillante jeune fille du groupe de mon frère, et moi, garçon timide, je demeurais un peu en dehors. Mais, dans la nursery, durant mes rêves et mes promenades, le charme agissait de nouveau et je vivais dans une joie sans bornes, sans cause ni effet. Le chagrin de Claire lui-même, lorsqu'il m'apparut, ne me semblait pas demander de consolation en dehors de mon rêve. J'avais beau aspirer, de toute mon âme, à sa libération, je ne songeais pas que moi, Nigel Frew, le frère de mon frère et l'enfant de mon père, je pusse mettre le monde au défi pour la posséder. Son malheur n'était qu'un nouvel aspect de sa beauté, la découverte des profondeurs inconnues, un enrichissement de mon extase.

Ce détachement de la passion, cette suspension aérienne de l'être, conséquences du premier afflux de l'amour, ne peuvent subsister longtemps. Pendant quelques jours, Claire forma à elle seule l'univers dans lequel je vivais, et je ne l'imaginais dans aucun autre. Les arbres, le ciel, la lumière du soleil lui appartenaient. Le silence de la nuit représentait son sommeil, les senteurs de l'air empruntaient sa fraîcheur, le crépuscule murmurait sa douceur et l'aube sa jeunesse. Je n'appris qu'elle était une mortelle, formée de chair capable de souffrir et de mourir, que lorsqu'un coup de hasard ramena mon amour à son humanité. Alors je la vis et l'aimai autrement. Je fus bouleversé en m'apercevant que tandis que je planais dans les songes, une femme avait pénétré dans le monde de ma jeunesse, au milieu de ma faiblesse, de mes craintes puériles du ridicule, de mon enfantine habitude de soumission et, changeant tout en moi, me rendait étranger à moi-même.

Cette transformation n'eut lieu que la dernière nuit que je passai à Lisson, mais les événements de la veille m'y préparèrent. Nous avions commencé la journée dans la nursery, elle assise, moi dessinant. Très patiente en général, je la trouvai agitée ce matin-là.

— Est-ce la peine de continuer ? me demanda-t-elle.

— Comment cela ?

— Vous n'êtes pas encore satisfait de vos croquis et vous n'avez même pas commencé à les reporter sur la toile.

— Non, mais peu à peu...

— Peu à peu ! N'en sommes-nous pas à notre dernière séance, c'est aujourd'hui samedi, vous partez lundi ?

J'envisageai ce terme, la mort dans l'âme. Je me vis debout, devant mes bagages, dans ma chambre à Drufford, les courroies encore bouclées ; j'entendais sonner le dîner avec ces trois coups de gongs impérieux qu'une succession de femmes de chambre frappaient depuis ma petite enfance.

— Il y a encore demain... répondis-je.

Claire secoua la tête :

— Nous irons à l'église demain matin. C'est bien notre dernière séance, je resterai si c'est utile, sinon...

Je déposai mon crayon :

— Vous avez raison, ce n'est plus la peine.

Elle se leva de sa chaise, hésita, puis se dirigea vers la fenêtre et s'y assit, le menton dans les mains.

— Je voudrais que cela dure encore... dit-elle.

— Vous aimez qu'on fasse votre portrait.

– J'aimais être ici – j'attendais une explication, mais après un instant de silence, elle se leva brusquement et dit : Sortons ! – puis, s'emparant d'une idée qui lui vint en parlant, elle ajouta : Sortons toute la journée, nous mangerons n'importe où, dans une petite maison en route, et nous ne reviendrons que lorsque nous en aurons envie.

Je la regardai fixement. Ned devait s'attendre à se promener avec elle, mais elle ne se souciait guère de lui !

– Ce serait si bon de s'échapper pour une fois ! s'écria-t-elle, nous ne le dirons à personne. On se demandera où nous sommes – et elle ajouta très vite : Faudra-t-il faire semblant de partir pour de bon ?

Je me demande ce qui serait advenu de ce projet... Peut-être n'eût-il jamais pu être exécuté ? Debout près de moi, Claire me regardait avec des yeux brillants d'audace, mais personnellement, je ne l'entraînais pas. Je sentais qu'elle formait des plans d'évasion pour le plaisir de fuir, et se réjouissait à l'avance du bavardage des Trobey et de la lourde tolérance ennuyée de Ned. Sans doute, les choses en seraient-elles restées là, ou bien, une fois partis, fatigués, après réflexion, aurions-nous rebroussé chemin.

– Jouerons-nous vraiment à nous sauver ? dit-elle encore, et pendant que je formulais dans mon esprit je ne sais quelle réponse, la porte s'ouvrit et une femme de chambre parut :

– Mrs. Sibright m'envoie, mademoiselle... commença-t-elle, son regard inquiet errant du visage de Claire au mien et de là au croquis qui lui faisait face. Mrs. Sibright fait dire à mademoiselle de venir lui parler de suite dans le bureau de monsieur, sans s'occuper du portrait, parce que c'est très important.

– Très bien, mais où dois-je aller ?

– Dans le bureau de monsieur.

– De Mr. Trobey ?

– Parfaitement, mademoiselle, monsieur est sorti, madame est entrée dans le bureau, venant du salon avec Mr. Ned. A présent Mr. Ned est parti rejoindre les autres messieurs. Peut-être que mademoiselle ferait bien de...

– Merci, dit Claire, répondez à ma tante que je viens tout de suite.

La femme de chambre, jeune paysanne encore insuffisamment dressée pour être une machine, hésitait avant de se retirer. Elle s'attardait, traînant des pas maladroits et souriait vaguement, l'air anxieux, satisfaite d'avoir été choisie pour transmettre des ordres aussi péremptoires. Elle prévoyait une crise et flairait le scandale, mais dut tout de même finir par s'en aller. Claire attendit que la porte se refermât et que le bruit des pas s'assourdît dans le couloir. Le corps tendu, rougissant et pâlissant tour à tour, elle ressemblait à un garçon hardi et joyeux d'entrer en lutte.

– Cela peut décider bien des choses! s'écria-t-elle. Je me demande…

Son expression changeait si rapidement que je ne me rendais pas compte de l'émotion qui dominait en elle : espoir, angoisse, ou crainte ravie.

– Eh bien, qui sait? dit-elle encore, et elle s'éloigna de la pièce.

Je ne la revis pas ce matin-là, mais je compris, par sa manière d'être, et par certains signes concordants qui m'avaient échappé jusqu'ici, quel péril couraient ses fiançailles. Au déjeuner, je sentis, ou j'imaginai sentir, une atmosphère très tendue, comme si une pensée importune pesait sur les esprits. Claire elle-même était terne; après le repas elle sortit avec Ned. Elle lui obéissait avec une soumission toute nouvelle, un air de vil renoncement, pour suivre ses désirs à lui. L'ultimatum lancé par Mrs. Sibright ne restait pas sans effet. Claire cessait la lutte.

– Je vois qu'elle s'est décidée, remarqua Richard.

Debout devant le porche avec Pug et moi, il regardait s'éloigner les promeneurs.

– Il n'était que temps, répondit Pug, chassant en l'air un mince filet de fumée. Ned m'a demandé mon avis avant d'aller trouver Mrs. Sibright. Je lui ai conseillé d'en finir une bonne fois. C'est la seule manière d'agir avec des filles comme Claire, sans quoi elles se jouent de nous à tout jamais. Il faut les écraser.

Je ne pouvais pas plus interrompre cette conversation que la faire cesser. J'entendis mon frère observer que, sans doute, Pug avait raison.

– Bien que si tu me demandes mon avis, ajouta-t-il, je trouve que Ned prenait cela un peu trop au tragique. Elle a dû le vexer – c'est assez tentant avec Ned – mais elle avait bien l'intention de l'épouser.

– A cause de son argent? demanda Pug.

– Non, elle le désire malgré elle, du moins je le crois; l'as-tu jamais vue danser avec lui? C'est un beau gars!

– Peut-être, admit Pug, mais on ne peut pas se fier à la façon de danser de Claire. Si encore Ned était le seul! Mais j'ai remarqué moi-même…

Et avançant la tête il se mit à chuchoter.

Richard semblait gêné, il répondit avec une nuance d'aversion dans la voix.

– Mais tu es bel homme toi aussi, Pug… En tout cas je n'envie pas particulièrement celui qui bridera cette jeune fille.

– Ned ne s'en apercevra pas, remarqua Ethel, qui sortait à ce moment-là du porche, suivie à quelques mètres par Mrs. Trobey et la tante de Claire. Je m'éloignai du groupe, bouillant d'indignation. Quelles gens ignorants et aveugles! De quel droit discutaient-ils de Claire comme s'il s'agissait d'une créature sans âme? De quel droit sa tante lui imposait-elle sa volonté? Je cherchais sur le visage de Mrs. Sibright une expression méchante absolument étrangère à sa nature. Je la croyais coupable d'infâme cruauté et m'étonnais de son apparence si peu mauvaise. Son visage, lorsqu'elle humait l'air, avait beau ressembler à celui d'un chien au museau allongé, il reprenait une sorte de dignité porcine, tranquille, dès qu'elle rentrait son menton. Ses doigts, pâles et ridés, aux ongles épais et bombés, jouaient en toute innocence avec le grand étui à lunettes en filigrane d'argent qui pendait au bout de sa châtelaine. Engourdi, l'esprit en déroute, j'y attachai mes regards si fixement qu'Ethel, agacée comme toujours par une preuve de distraction, agita la main devant mes yeux:

– Réveille-toi, Nigel.

Je l'aurais battue !

– Oh ! m'écriai-je, pourquoi ne peux-tu pas me laisser tranquille ? Allons !...

Je m'arrêtai, muet, tremblant en voyant que tous se tournaient vers moi, curieux et scandalisés. Seul, Richard semblait ne pas vouloir me pousser à bout. Les traits des autres, surtout leurs yeux, me paraissaient agrandis et multipliés. C'était comme si j'étais encerclé par une foule hostile. A l'école, j'avais eu la même impression, lorsque, le dos au mur, je me voyais entouré d'un groupe de gamins, et que je croyais mon tourment sans fin, l'évasion impossible. Mais ici la fuite fut simple – très simple même; je m'éloignai et j'entendis Ethel s'écrier : « Eh bien merci ! » et Mrs. Trobey répondre par un rapide claquement de langue.

M'étant sauvé, je ne revins qu'au repas, ce jour-là. Ils se figuraient, et déclarèrent, que j'étais déçu d'avoir manqué le portrait de Claire :

– Mais ce n'est pas une raison, fit Ethel, pour agir en ours.

Je rencontrai Richard dans l'escalier, en descendant dîner.

– Qu'est-ce que tu as, mon pauvre vieux ? me demanda-t-il. Je ne pouvais guère lui expliquer mon sentiment de détresse, lorsque, dans l'après-midi, j'avais vu sortir Claire et Ned. Quelque chose en ce monde semblait avoir pris fin alors. J'aurais voulu dire... mais les mots ne venaient pas, répéter : je l'aime, je l'aime ! La seule pensée d'articuler ces paroles m'étranglait et je répondis simplement :

– Je n'ai rien.

Dans la soirée, assez tard, lorsque les dames furent couchées, nous nous réunîmes comme d'habitude dans le bureau de Ned, au milieu d'un encombrement de pots à tabac, de tables de fumeurs, de fauteuils ensellés, de franges et de photographies. La réunion ne dura pas longtemps. Henry Fullaton paraissait absent et endormi. Le sujet favori de Pug – les femmes – était gênant en présence de Ned qui parlait énergiquement vins et récoltes. On se borna à une seule pipe. Bientôt, après avoir soulevé le rideau et examiné un ciel sombre, sans étoiles, qui ne promettait rien de bon, nous prîmes nos bougeoirs et nous nous séparâmes.

Un bruit de pluie m'éveilla avant le jour. Mes stores se balançaient et battaient furieusement dans les rafales, l'eau gargouillait dans le tuyau qui courait le long de ma fenêtre. Un écran de foyer en papier japonais recevait l'eau qui tombait avec bruit de la cheminée. Je fixai les yeux sur le plafond blafard et j'écoutai ; enfin, chassé par un intolérable sentiment de mélancolie, je me glissai hors du lit et regardai le jardin à travers les lames du store. La lumière commençait à se répandre, il y avait un miroitement parmi les pourpres humides des sapins et, de ses milliers de facettes mouillées, le gravier renvoyait les premières teintes grises et froides de l'aube.

J'avais beau frissonner, je n'en demeurai pas moins devant ma fenêtre, à voir s'éclairer le ciel dans la brume du matin et les arbres se vêtir d'ombres glissantes. Bientôt, me dis-je, je serai en face des arbres de Drufford. Lisson deviendra un rêve troublant, celui d'une occasion que j'aurai laissée échapper. Je me rappellerai toujours cette félicité sans lendemain, je me redirai sans cesse : Pourquoi n'as-tu rien fait ? Claire est devenue une ombre que tu n'as pas su retenir à temps. Une idée s'empara de moi : ce dernier jour à Lisson, il me faudrait dire ou faire quelque chose – j'ignorais quoi mais c'était urgent –, cela m'empêcherait de rentrer docilement chez moi et d'y reprendre ma vie d'enfant soumis.

Tout le long du jour je fus hanté par cette obsession. J'appelais un cataclysme qui romprait la désolante monotonie de ces dernières heures, mais ma volonté semblait paralysée. Tandis qu'au-dedans de moi-même je criais à la délivrance, sans même savoir ce que j'entendais par là, ma manière d'être ne laissait percer aucune révolte contre la routine dominicale d'un dimanche à Lisson, avec ses repas, ses brocards, ses livres de prières en maroquin, ses séances de piano, ou les stations devant les vitres ruisselantes de pluie, les allées et venues d'une chambre à l'autre, les soupirs repus, les yeux somnolents, les éternelles protestations contre le mauvais temps.

Tout le long de ce lugubre après-midi, je ne me trouvai qu'une fois seul avec Claire, car la nursery était envahie. J'étais sur le palier tandis qu'elle montait l'escalier, et je m'effaçai pour la laisser passer. « Parle donc, me disait mon cœur, c'est l'instant ou jamais ! » Elle leva les yeux comme si elle s'attendait à ce que je lui dise quelque chose, mes lèvres remuaient sans articuler un son. Elle me dépassa en silence, puis brusquement, revint. J'avais descendu deux marches et elle me dominait.

— Vouliez-vous me parler, Nigel ?

Je sentais le monde s'écrouler autour de moi.

— Non, fis-je. Il n'y a rien à dire... à quoi bon, n'est-ce pas ?

Elle hésitait, caressant du doigt le pommeau de la rampe.

— Serez-vous artiste ? demanda-t-elle tout à coup.

— Oui.

— Ne laissez aucun obstacle barrer votre route ; pas plus votre père qu'Oxford, et vous serez un grand artiste. Voulez-vous me le promettre ?

— Promettre quoi ?

— Que vous ne vous laisserez entraver par rien. Jurez-le-moi.

— Pourquoi donc à vous ?

— Parce que je veux sentir que même... Oh ! si je suis lâche, je ne veux pas que vous le soyez aussi.

Je remontai les marches jusqu'à son niveau. Ma main toucha la sienne, et elle frémit, fermant un instant les yeux.

— Claire, Claire ! m'écriai-je, êtes-vous si malheureuse ? Plus que vous ne pouvez le supporter ? Je ne suis encore qu'un gamin, mais un jour, dans trois ou quatre ans... ne serait-il pas possible ?... Lorsque j'aurai eu le temps de me tracer un chemin de...

— Trois ou quatre ans ! répondit-elle, ou sept ou huit, peut-être neuf ou dix. Les choses ne se font pas ainsi, Nigel.

– Mais je travaillerai comme je n'ai jamais travaillé jusqu'ici. Et je vous aime, Claire. Oh! Claire, il n'y a personne au monde… si je vous laisse aller il n'y aura jamais, jamais…

Elle retira sa main.

– Est-ce vraiment moi que vous aimez, dit-elle, ou l'idée que vous vous faites de moi?

Je suppliai :

– M'aimez-vous? Est-ce pour cela que vous vous disiez lâche? Je n'osais parler jusque-là. Je ne savais pas. Est-ce vrai, Claire, m'aimez-vous?

– N'est-ce pas suffisant de me savoir lâche?

J'avais la certitude que l'instant d'après nous serions séparés : je descendrais l'escalier et elle serait hors de vue. J'avais conscience qu'elle m'était enlevée, et parce que je n'avais pas le courage d'envisager cette perte je me cramponnais, avec le sentimentalisme que renferme tout désespoir, à une phrase d'elle que je pourrais ressasser sans trêve; je voulais lui entendre prononcer les mots qui me feraient le plus souffrir par la suite. C'est dans cet état d'esprit que nous conservons, pour nous déchirer, les souvenirs de nos morts.

– Voulez-vous… suppliai-je, voulez-vous me dire une seule fois que vous m'aimez à présent; qu'importe ce qui adviendra!

Elle se tut, j'interprétai son silence comme une réponse.

– Faisons-nous nos adieux maintenant, fit-elle. Demain en présence des autres qui agiteront leurs mouchoirs, ce ne seront pas de véritables adieux.

Paupières baissées, elle laissait pendre ses mains à ses côtés et je compris qu'elle s'abandonnait un instant, mais il m'était impossible de la prendre dans mes bras; je me sentais en terrain sacré et j'avais envie de baiser l'ourlet de sa robe, non pas ses lèvres.

Elle me regarda de nouveau :

– Oh! Nigel! Est-ce vraiment ainsi que vous m'aimez? Je suis désolée!

Il y avait dans son accent un mélange de surprise émerveillée et de crainte. Après tout, elle devait être aussi jeune que moi, capable de ce même sérieux, si grave, que nous tournons en ridicule sur nos vieux jours, alors qu'il ne nous est plus possible de le faire renaître, pauvres insensés que nous sommes ! Elle leva les sourcils en une sorte d'interrogation muette et ravie. L'instant d'après elle était partie.

Je descendis ; comme je traversais le hall, la tête de Mr. Trobey parut à la porte de sa chambre.

— Savez-vous si le thé est prêt ? demanda-t-il.

— Pas encore, monsieur.

— Je pense qu'il pleut toujours ?

— Oui, cela continue.

La journée se traîna ainsi, heure après heure, dans une maison remplie d'ombres froides et de tic-tac de pendules. Je trouvais étrange de voir se continuer si placidement la vie des autres, si étrange que je me mis à écouter leur conversation, comme on suit le dialogue d'une pièce qui a cessé de vous convaincre. Je fus content de voir arriver la nuit. Dans ma chambre, je trouvai mes valises pleines et ouvertes sur le plancher. La pluie avait presque cessé, mais le bruit de l'eau continuait dans les gouttières du toit. J'étais encore environné de cette obscurité d'avant l'aube, dans laquelle je m'étais levé ce matin-là, mais en regardant de nouveau par la fenêtre, à travers les lames du store, je vis briller le gravier sous les rayons d'une lune presque pleine.

Je songeais en me déshabillant que je n'avais pas encore emballé les dessins de Claire. Ils étaient restés dans la nursery, où j'irais les prendre dès le lendemain matin. J'eus beau m'étendre sur mon lit, le sommeil me fuyait, je continuais à penser à ces dessins, je me voyais allant les chercher exactement à l'heure où Claire avait l'habitude de venir prendre la pose. Ne vaudrait-il pas mieux y aller à présent, j'emporterais ainsi le souvenir de la pièce solitaire, qui avait été par trop envahie, ce dimanche de pluie.

Enveloppé d'une robe de chambre, je me faufilai le long du couloir. J'avais emporté une bougie, mais j'évitai de l'allumer, de crainte d'en laisser filtrer la lueur sous une porte et d'exciter la curiosité de quelque mauvais dormeur. Il était inutile d'avoir de la lumière dans la nursery, car les rideaux écartés laissaient pénétrer le clair de lune, complètement dégagé des nuages en fuite. Au-delà du jardin, avec son dessin raide et compliqué de petits buissons et d'arbres fruitiers fantomatiques, une rangée de peupliers espacés marquait la ligne ascendante d'une colline. Entre eux les contours du ciel luisaient avivés par le contraste de leurs faîtes sombres. « Demain, me dis-je, personne ne viendra s'asseoir ici, et regarder au-dehors lorsque je serai parti, mais si la nuit est pure, les espaces vides entre les peupliers seront aussi brillants que ce soir, et je tâcherai à Drufford de m'en souvenir et de me croire encore ici. »

Au-dessus des peupliers le ciel montait sans fin. Je laissai errer mon regard sur cet espace lavé et vide où les nuages, dans leur chasse rapide, n'avaient laissé aucune trace sauf, çà et là, une petite touffe givrée qui semblait gravée sur un dôme de verre. Je commençai par observer ce que je voyais, décidé à fixer à jamais cette vision dans mon esprit, sans lui permettre de se faner comme le reste dans un passé obscur ; mais bientôt, je cessai d'examiner les formes dont je voulais me souvenir, pour laisser mon âme errer dans le ciel, y monter et contempler de sa hauteur libre et infinie les détails du jardin, les peupliers sur leur colline, la maison où tous dormaient, et le visage du jeune homme penché à la fenêtre et regardant autour et au-dessus de lui. Et je demandais à ce garçon pourquoi, si plein de jeunesse et de force, il hésitait et se soumettait, et pourquoi il ne saisissait pas les échelons du ciel entre ses mains ?

Un faible son frappa les oreilles du jeune homme à la fenêtre. C'était une musique à laquelle répondait le battement de ses artères ; un bruit de roues sur la grande route, et les sabots du cheval qui battaient en rapide cadence. Commençant par un murmure, le bruit augmenta, puis déclina et ne fut bientôt plus qu'un faible rythme de silence. Rien ne demeura sur terre que le léger chuchotement des feuillages et, de temps à autre, le crachement d'une gouttière. Mais j'étais de nouveau en plein ciel, laissant tomber mon regard sur la route où il me semblait que le véhicule que je venais d'entendre n'était qu'un ténébreux fragment de la vitesse elle-même, un mouvant miracle d'évasion fuyant à travers la vallée et par-dessus la crête. Je le suivais avec des yeux avides, j'étais transporté sur place, j'entendais craquer les harnais, je respirais l'odeur du cuir à l'intérieur, je me sentais bercé par le mouvement fantastique ! « Plus loin ! Plus loin ! m'écriai-je. Parti et libre à jamais ! » Mais lorsque je me penchai hors de la voiture, elle s'immobilisa et je ne vis plus les collines et les vallées ondoyantes, mais seulement le dessin serré du jardin, les peupliers rigides et le ciel luisant.

« Il n'y a pas de fuite miraculeuse, me dis-je ; l'univers n'est pas ainsi fait. » Et je compris soudain que c'était là une des profondes illusions de la vie : « Le monde est libre pour ceux qui n'ont pas peur de lui. Si au lieu de rentrer à Drufford demain, je suivais ma propre voie, je n'en mourrais pas, je serais vivant et libre. Une existence nouvelle, la mienne, grandirait autour de moi. » Je jouais avec cette idée : « Demain cela sera, demain... » Mais au-dedans de moi, je savais que rien n'arriverait, si ce n'était cette nuit même.

Les traînées de nuages avaient disparu. L'air était immobile, les feuilles se taisaient, et la dernière goutte de pluie venait de tomber du toit. La terre semblait avoir perdu son âme, et ne plus jamais devoir reprendre mouvement et vie. Du fond de ce silence sortit ce qui d'abord ne parut être qu'une muette pulsation de la nuit et qui devint peu à peu un son étouffé, lugubre, et si incompréhensible que je m'en effrayai. Je me raidis et retins ma respiration ; cela cessa, puis reprit ; devint distinct et reconnaissable : de la fenêtre à gauche, celle de Claire, partaient des sanglots étouffés, monotones et incessants. La solitude augmentait encore la tristesse de cette peine inapaisable. On songeait à l'animal qui se terre pour mourir.

J'eus un élan d'exaltation plutôt que de pitié. Jamais je n'ai montré autant d'esprit de décision. Ne songeant pas plus à mon indiscrétion qu'au besoin de consoler Claire, ne pensant qu'à Claire elle-même, avec une exclusive simplicité qui chassait de mon cœur doutes et réflexions, j'allai à sa porte, l'ouvris et entrai dans sa chambre.

— Vous ! s'écria-t-elle, sans me faire le moindre reproche et sans me demander d'explications.

Elle était assise sur une chaise basse auprès du lit, sur lequel elle avait dû appuyer sa tête et ses bras, car le couvre-pieds portait encore leur empreinte. Elle se leva à ma vue. Nullement offensée, elle s'avança et mit ses deux mains dans les miennes, puis resta immobile et silencieuse. Elle était drapée dans une longue robe gris et argent, ses cheveux dénoués jetaient sur sa joue une barre d'ombre. Je n'avais qu'une seule idée : enfin réunis, elle et moi, nous ne pouvions plus nous séparer. Une atmosphère particulière se formait déjà autour de nous. Elle avait accepté ma présence, placé ses mains dans les miennes ; elle devait non seulement comprendre ma pensée, mais la partager.

— Je vous ai entendue pleurer, lui dis-je.

— Je voyais m'échapper une chose unique et précieuse entre toutes !… jamais plus, Nigel, je ne rencontrerai cela sur mon chemin… Croyez-vous que je ne vois pas, chéri… que je ne sais pas…

— Écoutez, rien n'est perdu ; demain…

— Demain ! répéta-t-elle, avec crainte et appréhension, mais je n'y pris pas garde et continuai avec une aveugle conviction.

— Pourquoi attendre demain et rester à discuter avec eux sur leur propre terrain ? Nous sommes ici, enfermés dans cette chambre, ils dorment tous autour de nous ; c'est comme s'ils étaient morts ! Ils le sont ! Et c'est pour cela que nous parlons si bas ; songez donc, Claire, dans une heure nous pourrions chanter dans la montagne sans que personne nous entende. Ce serait notre premier matin, et toute la journée…

La main de Claire remonta le long de mon bras et le serra ; je regardais son visage éclairé par la lune, et au lieu d'y lire la réflexion de ma propre foi, je n'y vis que doute et effroi et me sentis glacé.

— Que dites-vous, Nigel, que voulez-vous dire ?

L'incertitude m'envahissait, Claire tremblait et je voyais mon erreur ; malgré tout je me lançai dans une série d'arguments futiles pour la persuader : Ne comprenait-elle pas combien la fuite était aisée ? Il suffisait d'avoir le courage de ses actes, et je cherchai à lui inculquer cette audace du cœur qui m'avait enflammé, parlant désespérément d'une vie qui ne tiendrait pas compte des craintes mondaines.

– Est-ce que vous me demandez de vous suivre... ce soir même ?

Je m'écriai que c'était notre seule chance de salut. Si nous ne partions pas ensemble, cette nuit-là, ce serait fini. Je tombai à genoux, la suppliant de ne pas fermer les yeux, de considérer comme moi ce chemin qui s'ouvrait à nous ; bien que contraire à toute sagesse et à toute prudence, refuser serait pécher vis-à-vis de nous-mêmes.

– Oh ! qu'ai-je fait ? murmurait-elle, je ne pensais pas à cela, je n'y ai jamais pensé.

– C'est notre dernière chance, lui répondis-je, luttant encore, sentant la sainteté de cet instant unique qui s'imposait à nous. Si nous avons ce courage, nous ne connaîtrons plus jamais la peur ! Allons, venez avec moi, Claire, venez vite.

– C'est impossible, répondit-elle ; ne voyez-vous pas à quel point ? – et elle ajouta lentement comme si elle se parlait à elle-même avec une tendresse un peu étonnée, légèrement railleuse, qui me fit mal : Êtes-vous encore un enfant, Nigel, avec votre sagesse qui ne veut pas admettre que tout est perdu ?

Ce moment dans lequel j'avais mis tout mon espoir était passé, j'étais trop las pour répondre ou même désirer poursuivre la lutte.

Brusquement, Claire s'agenouilla à côté de moi et attira ma tête contre sa poitrine, me consolant comme si j'étais petit. L'illusion d'une paix bienheureuse m'enveloppa. Je m'y laissai aller en silence, satisfait de sentir les bras de Claire m'entourer et sa chair chaude et vivante sous ma joue. En levant les yeux, je vis qu'elle me regardait avec la tendresse d'une femme qui attire à soi l'enfant malheureux. Un sourire amusé et fier à la

fois errait sur ses lèvres ; il me fit honte. Je n'étais qu'un jeune
garçon qui vient de se rendre ridicule, néanmoins je m'attardai encore un peu en cet asile, regardant à travers ses cheveux
la fenêtre pâle, et n'osant pas me retirer dans ma solitude. La
frange d'un nouvel orage s'avançait dans le ciel et je songeai
au globe dépoli de la lampe, chez nous, dans la salle à manger.

III

ADIEUX A DRUFFORD

– Eh bien, racontez-moi maintenant comment Nigel s'est comporté, demanda ma mère après avoir tiré de Richard et d'Ethel tous les renseignements qu'ils consentirent à lui donner sur notre séjour à Lisson et le genre de vie qu'on y menait.

Je ne veux pas laisser entendre par là qu'ils désiraient cacher des détails à ma mère, ils lui avaient au contraire répondu très consciencieusement, ajoutant même à leurs récits, pour la distraire, de petites descriptions et certains commentaires, mais nous n'avions jamais été très communicatifs entre nous. Nous nous bornions à répéter ce que nous avions vu ou entendu et celles de nos pensées que notre interlocuteur eût aisément partagées s'il avait été présent. Laisser voir le fond de nos cœurs n'entrait pas dans nos habitudes et tout épanchement eût rompu d'une manière bien incongrue une attitude respectée de longue date. Richard disait de Claire qu'elle lui avait paru plus jolie que jamais, de Ned qu'il était « solidement pincé », et que l'un et l'autre s'installeraient sans doute confortablement dans le mariage. Il alla même jusqu'à déclarer qu'il avait trouvé Claire plus sympathique qu'il ne l'aurait cru. Mais lorsque ma mère en demanda la raison, il se contenta de répondre : « Oh ! Je n'en sais rien, maman, mais ne pensez-vous pas qu'il y a des gens qui gagnent à être connus ? » Cette réplique peu compromettante parut satisfaire ma mère, étant de celles qui avaient cours chez nous. On ne risquait pas, en la prononçant, de se montrer agressif, de violer un secret, d'agiter des sentiments ou de faire apparaître la moindre image devant l'esprit. On se contentait d'alimenter une conversation dénuée de signification, mais amicale, et qui allait son petit train jusqu'à l'heure du coucher.

– T'es-tu amusé, mon enfant ? demanda ma mère.

– Oh ! oui ! Beaucoup.

– C'est très bien.

Elle lissa son ouvrage et l'étira sur son genou.

– Ethel chérie, cela t'ennuierait-il de rapprocher un peu la lampe ?

– En réalité, observa ma sœur, les choses se sont admirablement passées pour Nigel. Mr. Fullaton – le vieux Fullaton – l'a pris en affection, n'est-ce pas, Nigel ? Et lui a prédit qu'il deviendrait un grand artiste.

– C'est parfait, interrompit mon père, en levant les yeux du pupitre portatif en acajou qu'il avait transporté sur la table de la salle à manger. Mais, a-t-il ajouté, d'où lui viendraient le pain et le beurre, à ce grand artiste ?

Le ton n'avait rien de désobligeant ou de cynique, car mon père n'était pas un homme d'argent ; il ne faisait que mettre son habituel frein à l'enthousiasme.

– Je suis de ceux, continua-t-il, qui aiment voir ce qui est devant eux et prendre chaque pas comme il vient.

– Oui, tu as raison, dit ma mère, mais ce serait agréable si Nigel devenait un artiste, en dehors des autres choses. C'est si dommage qu'Ethel ait renoncé à sa musique, et toi aussi, Richard, tu jouais gentiment quand tu étais petit.

– Je suis de cet avis – mon père déposa sa plume et enleva ses lunettes –, toutes ces leçons n'ont été qu'une dépense inutile, et moi, je songe souvent combien j'aimerais pouvoir me mettre au piano et jouer un air. Lorsque j'étais jeune, logé dans une chambre en ville, j'aurais volontiers donné ma tête pour cela, les soirs où je ne rapportais pas de travail du bureau.

Ma mère soupira, peut-être au souvenir de ces jours lointains, peut-être parce que Richard et Ethel avaient manqué de belles occasions :

– Naturellement, dit-elle, le dessin n'a pas la même utilité que la musique et ne procure pas aux autres le même plaisir, mais si le goût de Nigel est dirigé de ce côté-là, ce serait regrettable de le décourager.

Remplie de sollicitude pour moi, elle regarda mon père. Lui, de nouveau absorbé par la lettre qu'il écrivait, répondit simplement :

– Bien sûr, ma chère amie, il ne le faudrait pas, et il laissa tomber le sujet.

Autant donner des coups d'épée dans l'eau que discuter ce point avec mes parents. Peu démonstratifs, comme tous les miens, ils demeuraient invariablement bons et affectueux et désiraient ardemment mon bien et mon bonheur. Ils auraient fait... que dis-je ! ils ont fait de grands sacrifices pour leurs enfants et on ne saurait se montrer moins consciemment égoïste. C'est cela qui rendait leur force inattaquable. S'ils m'avaient bousculé, s'ils avaient tourné l'art en ridicule, il m'eût été relativement facile de leur résister. Mais ils causaient d'art – de celui de Burlington House et des salons de peinture – avec le respect que témoignent des voyageurs courtois vis-à-vis des religions établies dans d'autres pays. Mes parents n'admettaient pas dans leur esprit qu'un de leurs fils pût se vouer au culte de ces dieux étrangers ; ce n'était pas là une perspective sérieuse. Ils étaient contents de me voir poursuivre mon dessin, de même qu'ils regrettaient qu'Ethel eût renoncé à sa musique. Je sentais que je n'avais aucune arme pour les combattre.

Pendant toute la durée d'un long silence, on entendit grincer la plume de mon père. Richard tourna une page de son livre.

– Voilà un joli récit. L'avez-vous lu, maman ?

– Non, mon ami.

– C'est dommage.

– Je crains de ne pas beaucoup aimer les romans, Richard. Il y en a tellement qui touchent à des sujets qu'on ferait mieux de laisser tranquilles. Je trouve que c'est une cause de mécontentement dans la vie telle que les gens ordinaires doivent la mener.

C'est ainsi que se passaient nos soirées : de longs silences, des bribes de conversations qui jaillissaient de temps en temps, sans autre but que d'empêcher le mutisme prolongé de paraître discourtois. Sauf à l'occasion, de plus en plus rare, d'une discussion entre Ethel et mon père, nos rapports manquaient de chaleur et de vie. Si l'un de nous, par inadvertance, s'engageait sur un terrain personnel, et par cela même dangereux, un tour adroit de la causerie était la voie de retraite convenue. Je suis donc certain que ma sœur ne cherchait qu'à ranimer un peu la traînante conversation de ce soir-là en mettant le portrait de Claire sur le tapis.

– As-tu rapporté tes dessins ? demanda-t-elle.

– Je dois les avoir quelque part.

– Je suis sûre qu'ils intéresseraient maman.

– Mais bien entendu, dit ma mère d'un air indifférent. Va vite les chercher, Nigel, je sais que ton père aussi serait content de les regarder.

– J'aimerais mieux pas, répondis-je, et je sentis les yeux de Richard fixés sur moi.

– C'est absurde, mon garçon, ta mère et moi aimons toujours voir ce que tu as fait, nous ne sommes pas si exigeants que cela.

– Je sais ; mais voyez-vous, je préfère, pour ma satisfaction personnelle, ne montrer que des croquis terminés.

Mon père se mit à rire.

– Tu deviens trop modeste, Nigel. Il ne s'agit pas d'un public du dehors, de critiques et ainsi de suite ; allons, monte chercher tes dessins, maintenant.

Richard s'efforça de venir à mon secours :

– Il vaudrait peut-être mieux remettre à demain et les voir au jour.

Mais sa résistance fut vaine. Elle l'était toujours avec mes parents ; ils n'insistaient pas d'une manière tyrannique, mais leur attitude semblait impliquer que seule leur façon d'agir était raisonnable.

J'allai dans ma chambre, trouvai l'album et le déposai, fermé, auprès de la lampe de ma mère. Personne ne parut pressé de l'ouvrir. Mon père continuait sa lettre, ma mère son ouvrage et Richard son roman. Ethel, s'apercevant qu'elle m'avait entraîné dans une lutte dont elle ne comprenait pas la cause, se serait fait couper la langue plutôt que d'insinuer qu'on devait examiner mes croquis.

On les examina cependant ; ma mère avança la main, prit l'album et l'ouvrit distraitement. Sachant que mon secret y était exposé pour ceux qui sauraient regarder, je me consolais en me disant qu'à moins de me trahir moi-même par des paroles imprudentes, ma mère feuilletterait les pages sans rien découvrir. Pourtant, en la suivant de l'œil, j'aperçus certains signes inquiétants – un geste empressé de la tête en avant, une légère vibration des doigts, des yeux gênés rencontrant hâtivement les miens – et je compris qu'elle était moins aveugle que je ne l'avais supposé.

– Je trouve que Miss Sibright a une bouche un peu égoïste, dit-elle enfin. Quelle est ton impression, Richard ?

Avec un semblant d'impatience, Richard abaissa son livre sur ses genoux ; il exagérait l'attention qu'il y portait.

– Égoïste ! s'écria-t-il, non, je ne crois pas. Elle est même d'une générosité extravagante, parfois.

Ma mère hocha la tête et tourna la feuille.

– Enfin, tu la connais ; pas moi, dit-elle. Peut-être que le mot « personnelle » lui conviendrait mieux. Elle me rappelle d'une manière ou de l'autre Miss Cathcart, qui se prend souvent, je crois, pour l'héroïne des romans qu'elle lit. Bien entendu, Miss Cathcart n'a jamais été jolie, et elle avance en âge, ce qui fait une différence, mais…

– Oh ! maman ! s'écria Ethel, quelle comparaison ! Miss Cathcart est complètement ridicule, tout le monde le sait.

– Cependant… fit ma mère, d'un air incrédule et tenace – et elle ajouta : Quels bizarres dessins, Nigel, ils me font songer… je ne sais trop à quoi… si ce n'est à un vitrail.

– Peut-être aux vieux maîtres, interrompit Ethel, non sans ironie. C'est ce que prétendait Mr. Fullaton.

Je me lançai étourdiment dans un flot de paroles, ce qui était je pense inévitable et, me laissant glisser à genoux auprès de ma mère, je cherchai désespérément à lui faire comprendre mon œuvre telle que je la sentais :

– Voyez-vous, Claire n'est pas toujours la même, ni d'une heure à l'autre, ni à un moment donné avec des personnes différentes. Elle a changé pendant qu'elle était à Lisson.

– Changé, répéta ma mère, mais Nigel, mon enfant, les gens ne changent pas aussi vite que ça !

– Pas physiquement, répondis-je, je le sais bien, et je veux dire autre chose. Quand vous prétendiez qu'elle est personnelle, vous aviez raison dans un sens, mais lorsque vous ajoutiez que mes dessins vous rappelaient un vitrail, ne vouliez-vous pas exprimer qu'il y a dans son visage quelque chose de saint ? Là vous aviez raison aussi. On trouve en elle de la sainteté, on ne sait trop quoi de sacré et de rare. Mais elle commence seulement à le découvrir en elle-même. Cela met sur son visage une clarté d'aube, hésitante, trouble et parfois rayonnante lorsque vous l'observez, à d'autres moments. Puis l'ombre revient et vous croyez que c'est fini. Pas du tout, si vous relevez la tête, vous voyez ses yeux qui en sont illuminés… C'est cela que j'appelle changer et c'est ce qui m'a empêché de terminer. Comprenez-vous à présent, maman ?

Avec quelle intense curiosité ma mère m'examina alors ! Elle se disait : « Il y a si peu de temps je l'avais dans son berceau et voilà maintenant que ceci a commencé. » Je sentais qu'elle n'avait pas écouté mes explications, mais seulement le ton de ma voix qui lui avait dit tout ce qu'elle avait besoin de savoir.

– Ne parles-tu pas d'une manière un peu déraisonnable, Nigel ? dit-elle.

Et mon père ajouta avec un petit rire :

– Mon Dieu, si tu continues, mon garçon, nous allons commencer à croire que cette jeune fille t'a fait perdre la tête, et qu'en dirait Ned Fullaton, hein, Richard ?

Richard voulut répondre mais, pour une fois, se sentit pris de court, et un silence gêné tomba sur nous. Me sentant seul avec cette passion que personne ne pouvait partager je me rappelai – avec une angoisse secrète qui m'enfonçait le couteau dans la gorge – que ma tête avait reposé sur la poitrine de Claire et, fixant les yeux sur les pincettes d'acier appuyées aux chenets, je revoyais le ciel nocturne à travers ses cheveux. Ma mère me lança un coup d'œil et doucement ferma le livre :

– Là, fit-elle, ne nous tourmentons plus à ce sujet. N'iras-tu pas voir Mr. Doggin demain ? Il serait sûrement content.

Je lui pris l'album des mains et touchai son front de mes lèvres.

– Tu vas te coucher de bien bonne heure ! me dit mon père lorsque je m'approchai de lui. Alors, bonsoir mon fils, heureux songes ! J'aimerais suivre ton exemple, mais j'ai plusieurs lettres à écrire.

Je pensais, j'espérais peut-être même que Richard monterait me rejoindre et je laissai ma porte ouverte pour guetter le bruit de ses pas. Mais il fut sage et s'abstint. Au bout d'un moment, je refermai ma porte. Je me souvins de l'instant où, debout à ma fenêtre, chez les Trobey, j'avais redouté ce retour ici, dans ma chambre. Sur le plancher s'étalaient mes valises, à moitié vides, les courroies pendantes, telles que je les avais imaginées. Mes yeux allèrent des bibelots de ma table de toilette aux livres qui étaient toujours demeurés sur la petite étagère scellée au mur. Je pris *Quentin Durward*. Sur la première feuille, je lus, tracé par moi-même, en ronde : « Nigel, de son père. Noël, 1868 » et pour la première fois je ne reconnus pas mon écriture qui me parut être celle d'un petit garçon, dans une enfance si reculée qu'il ne pouvait être question d'y retourner, même en imagination. Je ne pouvais échapper, ni en avant ni en arrière, à ce passé, si proche pourtant qu'il semblait à portée de ma main.

Claire, assise dans l'obscurité de sa chambre, regardait-elle les peupliers comme je les avais contemplés ? Il était encore trop tôt. Peut-être jouait-elle au whist dans le salon ou se reposait-elle sur la chaise basse, près du feu – je l'avais si souvent observée ainsi – ou encore, debout à côté du piano, approchait-elle de ses lèvres une tasse de thé ? Penchée sur la rampe de l'escalier, envoyait-elle des baisers au vieux Fullaton, resté en bas dans le hall ? Si elle m'avait suivi, tout serait changé. Où nous trouverions-nous à présent ? Je m'imaginais être en voiture avec elle, j'entendais grincer les harnais, je sentais le mouvement, la fuite des chevaux rapides, et jusqu'au contact de l'air soufflant sur ma main étendue hors de la portière.

Mes doigts s'attardèrent avec émotion sur la reliure de *Quentin Durward*. Je revenais à Drufford où jour après jour il me faudrait prétendre que j'étais resté le même jeune garçon qu'avant mon départ.

J'errai dans ma chambre, puis m'arrêtai de nouveau. Debout, près de ma bougie, j'appuyai sur la cire molle de ses bords, en regardant fixement la flamme. Mes jambes devenaient raides et douloureuses et questions et reproches tournoyaient dans mon esprit.

– Eh bien, me dit mon père en avançant la tête dans l'embrasure de la porte, pas encore au lit ?

– Non, mais j'y vais.

– C'est bon, économise la lumière… Comment, tu es encore habillé, voilà cependant une demi-heure que tu es monté !

– Je vais me coucher à présent.

– Très bien ! Voilà un brave garçon.

Mon père dit cela d'un ton grave, mais si le désir lui vint d'en savoir plus long, il le réprima et ajouta simplement :

– Allons, dépêche-toi, rien ne vaut une bonne nuit de repos.

Je retirai mes affaires, grimpai dans mon lit et, éteignant la bougie, je demeurai immobile, un coin de la couverture entre les dents. Je n'avais pas encore remué, lorsque du fond d'un rêve éveillé, je m'aperçus que la poignée en porcelaine de ma porte tournait lentement.

– Dors-tu, Nigel ?

On avançait à pas de loup et un poids nouveau fit craquer les ressorts de mon lit, tandis que mon frère me disait tout bas :

– Écoute... ne pense pas trop à elle.

– N'y pas penser !

– Je doute qu'elle en soit digne.

Elle ! Quelle délicieuse consolation que ce mot redit par d'autres lèvres que les miennes ! Elle reprenait vie et sortait des nimbes d'une pensée épuisée. Parler d'elle, en entendre parler, c'était rompre le silence qui l'avait engloutie, les mots importaient peu.

– Ne laisse pas ces gens te rendre ridicule, disait-il, tu as ton travail.

– Peindre !

– Oh ! oui ! Si tu veux.

Mais ce n'était pas à ma peinture qu'il avait songé.

– En dehors de Claire, je n'ai de goût à rien qu'à peindre, et encore... depuis que je l'ai perdue, même cela...

– Allons donc, les choses ne sont jamais aussi terribles qu'on le croit – et après un court silence et un : Bonsoir mon vieux, il s'éloigna sans bruit.

Je m'imaginais que Claire devait être couchée ; à travers l'obscurité, je l'entendais respirer et son sommeil semblait m'exclure à tout jamais : elle reposait sur le côté gauche, un avant-bras nu relevé sur son visage. « Bientôt, me dis-je, elle remuera, ses yeux vont s'ouvrir et ses doigts se détendre. »

Au loin, une machine siffla en entrant sous le tunnel, et je ne vis plus dans mon esprit qu'une lente série de wagons de marchandises cahotant dans le noir ; je n'entendis plus que le gland de mon store heurtant la vitre.

A l'heure présente, il semble naturel au vieillard que je suis de me souvenir de la maison paternelle avec tendresse et avec le sentiment que cause une perte irréparable. La tendresse que j'éprouvais pour mes parents ne venait d'aucune affinité spiri-tuelle, mais leur amour pour ce fils plus jeune, qui devait dif-ficilement attirer leur affection, était la base même de ma vie, une base jamais ébranlée jusqu'ici et qu'aucune chose, je le savais, ne pourrait ébranler. Cet amour n'était pas brûlant, mais il avait la solidité du roc, et s'il manquait de compréhension, du moins sa fidélité demeurait-elle absolue. Aussi, depuis que la mort y a mis fin n'ai-je plus trouvé de véritable sécurité dans aucune relation humaine. Cependant j'ai eu dans le cours de ma vie des espoirs et des enthousiasmes que mes parents n'auraient pas su partager.

Le foyer qu'ils avaient construit faisait partie d'eux-mêmes ; il m'apparaissait parfois comme une prison, parfois comme un désert, mais il était unique en ce qu'il restait invulnérable au monde. C'est pourquoi, malgré cette partie de moi-même qui rendait l'évasion nécessaire, je ne détestais et ne méprise rien de ce qu'il contenait. C'était le lieu où j'apportais ma souffrance, avec appréhension il est vrai, mais nulle part elle n'eût été accueillie avec pareille simplicité. Mes parents ne prenaient pas ma passion au sérieux ; lorsqu'ils arrivèrent à l'admettre, ce fut pour la juger extravagante : un sentiment qui s'égare, une folie de gamin ; et ils s'efforcèrent, avec leurs mains maladroites mais sûres d'elles-mêmes, d'y porter un remède inutile en soi et cruel en ses effets. Cependant, comme une mère ne hait pas son enfant pour la laideur grimaçante de ses larmes, ils ne m'en voulaient pas de mon vilain chagrin, ni ne me condamnaient pour sa folie. D'autres se seraient moqués ou détournés de moi, irrités. En face d'une émotion tumultueuse, les amis embarrassés ont envie de s'éloigner, ils changent d'attitude vis-à-vis de celui qui souffre. Mes parents demeuraient exactement les mêmes. Ils avaient beau, au fond, blâmer ma faiblesse, leur fidélité envers moi, leur fils, ne broncha jamais. Persister dans l'invariable routine quotidienne, éviter une parole, un acte exceptionnels, afin de me convaincre que si tout le reste croulait, eux et leur foyer subsisteraient, voilà comment ils m'aimaient. C'était en quelque sorte, croyaient-ils, la méthode d'un sage et juste Dieu.

Et leur façon d'agir était bien empreinte de la rudesse de cette méthode divine.

Si mes parents m'avaient témoigné ce qu'on a coutume d'appeler de la sympathie, j'aurais pu dramatiser ma misère et, par une mise en scène tragique, éviter la solitude; je me serais torturé à plaisir pour me hausser à mes propres yeux, et j'aurais envoyé des lettres à Claire. Mais ainsi, il était inutile de lui écrire, car je ne comptais jamais la revoir. J'évitais les vœux puérils de souvenirs éternels et les frénétiques abandons; il n'y avait rien à promettre ni rien à quitter. Le présent n'était que stagnation, et je n'avais aucun espoir en l'avenir. Je continuais cependant à vivre une vie extérieure, suite automatique de paroles et d'actes, aux mobiles desquels je ne prenais aucune part consciente.

Pourtant, jamais les choses ne m'étaient apparues aussi nettes. J'ouvrais des yeux nouveaux sur le monde. Je me souviens d'une feuille desséchée dans une touffe de lauriers, au fond de notre jardin, en face de la barrière qui s'ouvrait sur le sentier herbeux conduisant chez Mr. Doggin. Le dessin de la trame compliquée de cette feuille s'imprima si bien sur mon cerveau que je pus le reproduire sans en omettre un filament. Le sourd bourdonnement des insectes qui, pour une oreille ordinaire, se confond dans le concert de l'été, devint pour moi un orchestre dont je percevais séparément chaque instrument. Je trouvais à la nature une vigueur inconnue qui m'entraînait, les choses matérielles prenaient une réalité plus poignante et même les humains ressortaient avec un relief accentué. J'observais malgré moi le grain de leur peau, l'enchevêtrement de leurs cheveux, le jeu des muscles, le tissu plus ou moins lâche de leurs vêtements. Tout cela n'avait jamais eu pareille puissance de vie, mais j'y demeurai étranger et mon esprit avait beau être sensible jusqu'à friser la folie, mon âme restait paralysée.

Mes croquis de l'époque étaient exécutés d'une main extraordinairement rapide et sûre et je pris un secret plaisir – sans, je crois, m'en rendre compte – à dissimuler mes travaux de Lisson à mon professeur. Je mentis lorsqu'il me questionna à ce sujet, prétendant n'avoir rien fait pendant mon absence;

mais je ne pus persister dans la tromperie et je finis par avouer quelques ébauches d'un portrait.

– Alors pourquoi dites-vous n'avoir pas travaillé?

– Je n'ai rien terminé, c'est exact.

Je me souviens du regard qu'il me lança, comme si je venais d'aggraver mon mensonge. Ses épais sourcils blancs, froncés, ramenés sur ses orbites, il s'écria :

– Que me cachez-vous là? Autre chose que des dessins, je parie! Pendant toutes ces semaines, depuis votre retour, vous avez dissimulé quelque chose. Figé intérieurement, votre travail…

Je l'interrompis :

– C'est bien, vous allez voir ce que j'ai fait.

Le lendemain j'étalai devant lui les croquis de Claire.

Il les considéra longuement et me déclara :

– Et vous rentrez, et dessinez comme cela!

Il toucha une pile de mes récentes esquisses pour revenir à celles de Claire :

– Depuis votre retour vous travaillez avec une aisance, un fini, que je ne vous connaissais pas, vous en doutiez-vous? Une sorte de perfection facile qui n'est pas de vous. Un brillant progrès de votre talent… – il s'interrompit et me serrant l'épaule d'une main il frappa du bout de son crayon les ébauches sur lesquelles j'avais peiné à Lisson. Mais ceci, reprit-il, c'est la faillite du génie! Est-ce que vous saviez cela?

– Je crois que oui, répondis-je.

Sa colère tomba et il me sourit.

– Laissez votre dessin de côté pour quelque temps, dit-il d'un ton qui éveilla mon affection. Patientez… Pourquoi ne m'avez-vous pas dit la vérité, mon garçon? Ne l'ai-je pas mérité, je…

– Je vais vous raconter, m'écriai-je, je, je…

– Non – la pression se resserra sur mon épaule. Pas maintenant. Vous me le direz par votre travail, le moment venu.

Le moment fut long à venir. Mon père m'annonça qu'il fallait me préparer pour Oxford, et je ne résistai pas. Je me rendis presque avec plaisir, et certainement avec soulagement, chez Mr. Soldith, le pasteur qui se chargeait de mon instruction. Quatre matinées par semaine nous demeurions assis tous les deux, à une petite table recouverte de serge verte, séparés par des livres de grec et de latin. Je me souviens de lui très vaguement. Je me rappelle mieux la surprise qu'il me causa en considérant les comédies grecques comme autant de devoirs d'un certain nombre de lignes. Il sentait le tabac et tournait les pages du lexique d'un doigt teint de gris par la cendre de sa pipe. Mais il était consciencieux, plein de zèle, et si l'impression que me faisaient les auteurs classiques lui importait peu, il était, par contre, très désireux de me voir satisfaire mon père en remportant des succès devant les examinateurs.

« Nous avons bien marché ce matin, disait-il, vingt lignes de dialogues en vers, la fin assez dure de ce chœur, et un bon nombre de passages intermédiaires. »

Je travaillai ferme pendant l'automne et l'hiver. L'annonce du mariage de Claire pour la fin d'août ne m'avait causé aucune émotion. Des nouvelles d'une morte ! Et j'avais assisté, sans trouble, à l'emballage de son cadeau de noces. Les semaines, en passant, n'amenaient chez moi qu'un dessèchement progressif. Mon père se réjouissait de constater que le travail ordonné par lui comme remède réussissait si bien, en apparence du moins, et il se montrait doublement fier des excellents rapports de Mr. Soldith. Il était loin de se douter que j'étudiais en automate avec une activité qui ne faisait pas partie essentielle de mon être. Je vivais deux vies : l'une extérieure, pas désagréable, dans laquelle je me sentais fier de surmonter des difficultés d'ordre scolaire, et de dessiner, lorsqu'il m'arrivait de prendre le crayon, avec une habileté infaillible. Une vie, en somme, où je me laissais glisser, en compagnie de mes dons, sans me soucier du but vers lequel le torrent m'entraînait, et une autre, intérieure, de plus en plus solitaire, fermée, où toute l'activité de mon âme devenait stérile.

Les mois passèrent, sans amener de soulagement ni de changement. Les feuilles tombèrent et furent balayées en tas bruissants dans les allées du jardin, pour être enlevées une fois détrempées. Les cieux s'assombrirent et les fenêtres se frangèrent de neige. Nous déjeunions à la lumière de la lampe et le soir nous nous serrions auprès du feu. En février, Miss Cathcart mourut et nous grelottâmes autour de sa tombe, en gants noirs. A l'époque la plus froide de l'année, le pasteur tomba malade : le cas ne fut pas assez grave pour interrompre notre travail qui se poursuivit dans les nuées de vapeur, crachées dans la pièce par son inhalateur. Mr. Soldith enfila des mitaines et regarda souvent du côté des vitres, avide de soleil. Je m'en étonnais, n'éprouvant aucun désir personnel de voir le renouveau de l'année.

Mais un jour, au début du printemps, je sentis devenir intolérable le contraste entre la vie qui s'éveillait au-dehors et ma mort intérieure. Je sortis seul et grimpai sur une colline. On l'abordait par une longue pente herbeuse connue de moi depuis mon enfance. Le tranquille effort de la montée me calma. La vie de la nature, dont l'aspect jusqu'ici m'avait semblé menaçant, se fit doux à mon cœur solitaire et glacé. J'étais plus seul que jamais et pourtant mon désert s'emplissait d'une gloire inconnue. Lorsque j'atteignis le sommet, je m'étendis sur le gazon, enfouissant ma tête parmi les herbes et le thym ; j'avais sous moi la chaleur de la terre profonde, sur moi celle du soleil. Mes yeux pressés contre la luisante verdure croyaient pénétrer aux profondeurs mêmes du monde et mes bras écartés en étreindre la masse. Avec une joie inouïe, je pris conscience du peu de place que tenait mon être physique. Cette impression ne me causa ni la frayeur ni la sensation d'amoindrissement qu'on éprouve en face des grands travaux des hommes ou devant une foule. A la fois transporté et consolé je me laissais absorber par l'univers autour de moi, avec ses vastes espaces découverts. L'angoisse de certains souvenirs et de déceptions, les souffrances d'amour-propre, toutes les blessures causées par les relations humaines, torturantes jusqu'ici, se réduisirent aux proportions de mon corps gisant, simple point sur la courbe du globe. Mon esprit s'élança, mar-

chant de pair avec les géants et prenant son vol parmi les
dieux. Le courage de créer s'éveilla en moi ; la joie, flux du ciel
et de la terre, déferla sur mon être et l'entraîna. Une douceur
– celle de l'aube sur la mer – imprégnait la brise qui soulevait
mes cheveux et courait entre mes lèvres ouvertes. Étendu,
immobile, je m'identifiais à cette journée de sève et de résur-
rection, je débordais d'une émotion passionnée comme une
prière, mais qui ne contenait aucune supplication.

Ma solitude avait été celle de la mort ; à présent je ne voyais
de vie et de beauté qu'en ses épouvantements et je venais
de découvrir une sorte de cloître de l'esprit créateur au sein de
cette vie secrète à laquelle je me dédiai, plongé dans la béati-
tude. A la longue, la foule des herbes s'estompa et la brise
souffla, froide, bien que sous mes mains la terre demeurât
chaude encore. Je me levai et rentrai épuisé, mais ayant trouvé
la paix.

En chemin je décidai de ne pas aller à Oxford comme le
désirait mon père. Cette décision était calme et ferme, et loin
de me faire redouter un conflit elle m'enlevait un poids de
l'esprit.

C'était un samedi et mon père se trouvait à la maison. Ma
famille était rassemblée au petit salon, avec Mr. Doggin. Ému
par le parti énergique que je venais de prendre, l'étrangeté de
cette réunion ne me frappa que plus tard, et je ne cherchai pas
à me l'expliquer au premier abord. Il faisait encore jour dans
le jardin ; ce reste de clarté donnait un ton blême à tout le
groupe ; pourtant la lampe posée sur une petite table en noyer
ciré venait d'être allumée. Ce simple détail de lampe allumée
sans que les rideaux fussent tirés, éveilla mon étonnement. Le
fait était contraire à nos habitudes et sans précédent. Je
remarquai alors combien le silence de chacun contenait d'agitation. On demeurait assis bouche bée, et mal à l'aise. Ma
mère levait vers mon père des yeux inquiets, s'attendant à ce
qu'il parlât. Il desserra les lèvres pour les refermer aussitôt.

Richard et Ethel se tenaient dans une ombre protectrice. Mr. Doggin évitait mon regard et jouait avec un écheveau de coton oublié sur la cheminée. J'allais lui dire qu'enfin je pourrais me remettre au travail, mais j'étais transi et j'hésitais, ne sachant à quoi m'attendre. Brusquement mon père se décida :

– Nigel, viens t'asseoir ici.

– Peut-être pourrais-tu commencer par fermer les rideaux, mon chéri, interrompit ma mère, je ne me sens pas à l'aise dans une pièce entre deux lumières.

Aucune parole ne vint interrompre le léger cliquetis des anneaux d'acajou.

– Maintenant, fit mon père, lorsque j'eus pris le siège désigné par lui, dis-moi si tu as travaillé ce matin avec Mr. Soldith.

– Oui, ce matin.

– Et cet après-midi ?

– Non ; j'ai été me promener.

– Seul ?

– Parfaitement.

A la révélation de cette étrange conduite je vis les regards se croiser. On se disait : « C'est bien de Nigel », et pour fournir une explication quelconque j'ajoutai :

– Je suis allé sur Flock Hill.

– C'est un peu triste de se promener seul, observa mon père, je me demande quelles sont tes réflexions – et, avant que j'aie eu le temps de répondre, il continua : Ce n'est pas le grec ou le latin qui te préoccupent, je suppose ?

– Non, je pensais que... et même je suis décidé à...

Je m'arrêtai, non par crainte du cercle de visages qui m'entourait, mais parce que j'aurais voulu faire comprendre les raisons qui m'empêchaient absolument d'aller à Oxford. Au milieu de mes hésitations mon père reprit d'un ton décidé :

– Tes songeries se dirigeaient-elles vers Oxford ?

– Non, pas au début, quand j'étais sur la colline, mais ensuite, lorsque...

Déçu, mon père me demanda :

– N'as-tu donc jamais eu le désir d'aller à Oxford ?

Puis, sans souci de ce que je répondrais, il continua de développer sa propre idée. Il semblait qu'un jeune animal dont il avait soigneusement calculé la ration, ingrat, refusait de lui manger dans la main.

– Sais-tu qu'à ta place, la plupart des jeunes gens compteraient les jours?

Richard et Ethel s'agitèrent sur leurs chaises. Ils auraient voulu amener mon père au but, mais ils n'osaient pas. Je les regardais et j'attendais, me sentant étranger au milieu des miens, d'autant plus que tout ce qui m'entourait était chargé de choses connues, familières, et même d'une sorte d'autorité dont j'étais le seul à m'être dégagé.

– Voilà, me dit mon père, tu connais mon opinion et ce qu'elle vaut. J'ai toujours pensé que même si tu ne voulais pas suivre ma voie, tu irais à Oxford et prendrais une profession régulière de ton choix. Tu prétends devenir un artiste…

– Oui, j'en suis plus certain que… que… cet après-midi, tout m'est apparu si clairement. Lorsque j'étais sur la colline…

– Pas si vite, mon garçon. Écoute d'abord ce que j'ai à te dire. Saisis bien la situation : dans la plupart des professions tu peux être certain, avec une bonne éducation et du travail, de réussir jusqu'à un certain point; mais pour l'artiste, il y a une question de chance. Ce qui est à la mode aujourd'hui ne le sera pas demain. Tu peux être doué et peiner toute ta vie sans être payé de retour. Y as-tu songé?

J'inclinai la tête et respirai fortement :

– J'y ai songé en toute conscience, répondis-je, m'efforçant de garder mon calme. Ce n'est pas une simple impulsion chez moi. Depuis mon enfance, c'est la seule chose qui compte.

– C'est vrai, dit ma mère, en considérant cette nouvelle preuve avec surprise; il faut bien l'admettre, Nigel n'a jamais rien désiré comme les autres garçons : conduire une machine, être pompier ou soldat; toujours ce dessein depuis le début.

Mon père accorda un sourire à ces réminiscences maternelles et me demanda :

– Tu veux courir le risque ?

– Oui.

– C'est sous ta propre responsabilité. Tu as l'âge de prendre cette décision.

– Oui, répétai-je, convaincu qu'il y avait dans ce mot quelque chose de magnifique et de sacré. Je venais de prononcer mes vœux, et m'étonnais d'y avoir été convié.

– Très bien ! fit mon père ; il reste à présent la question de ma responsabilité à régler. Jusqu'ici ta mère et moi étions hostiles à l'idée de te voir tenter cette aventure. Je me disais qu'il fallait d'abord un solide point de départ dans la vie, et que l'artiste, s'il existe en toi, finirait par percer. De grandes choses ont été accomplies par des hommes énergiques, dans leurs moments perdus. Et si l'artiste n'existe pas, eh bien...

– Tu vois ! s'écria Ethel, incapable de retenir son irritation, papa n'a jamais voulu croire que tu étais doué, Nigel, vraiment doué, je veux dire. Il y a un temps infini que je lui ai répété ce que Mr. Fullaton a dit de toi, mais il ne voulait pas m'écouter.

– Mais si, Ethel, seulement il t'arrive parfois d'exagérer tes affirmations, sans quoi nous t'aurions prise plus au sérieux que nous ne l'avons fait.

– Vous ne me prenez jamais au sérieux, papa, pas plus qu'aucun de nous. Enfin voici la preuve de l'exactitude de ce que j'ai dit.

– Oui, ma chérie, fit ma mère du ton à la fois sévère et doux qui lui était habituel, mais laisse papa aborder cette question comme il l'entend.

Je me sentais ahuri. Quel était donc ce sujet qui agitait les miens aussi profondément ? Pourquoi Ethel semblait-elle favoriser à présent ma carrière d'artiste et mon père acceptait-il sans protester des paroles comme celles qu'elle venait de prononcer ? Toutes les traditions familiales semblaient bouleversées.

– Quoi qu'il en soit, continua mon père sans faire autrement attention à Ethel, il s'est passé une chose importante qui a fait changer nos projets.

La vérité éclatait. Je compris soudain que mon père était sur le point de se désavouer, qu'il me libérait d'Oxford, et que ma mère, tout en déplorant mon inconséquence, le soutenait loyalement.

– Tu dois beaucoup à ton frère, Nigel. Tout cela vient d'une lettre qu'il a reçue de son ami Ned Fullaton, et qu'il m'a apportée. Tu ferais mieux, Richard, de raconter toi-même cette partie de l'affaire.

– Oh ! fit mon frère, si négligemment que je compris qu'il avait dû livrer une pénible lutte à mon sujet, Ned écrit tout bonnement que son père parle souvent de toi, disant combien il avait été intéressé par ce qu'il avait vu de ton travail, qu'il rappelle ta promesse de venir étudier avec lui dans son atelier de Windrush, et combien il désire que tu sois libre de la tenir.

– Au lieu de perdre ton temps à Oxford, ajouta mon père avec tristesse. Bien entendu, il est difficile de savoir si ces paroles étaient celles du père ou celles du fils, mais il est évident qu'elles étaient inspirées par Henry Fullaton. Au début je fus tenté de n'y prêter aucune attention mais Richard – et là mon père lui sourit pour exprimer des regrets de ce qui avait dû, sans doute, être une scène orageuse –, Richard tint bon ; un vrai bouledogue ! Il me persuada d'écrire à Mr. Fullaton.

J'écoutai le récit de cette correspondance, des rendez-vous à Londres, des longues discussions sur les voies et moyens.

– Enfin, conclut mon père, je fus impressionné par la manière dont s'exprima Mr. Fullaton. Il avait mûrement réfléchi et il était d'avis que je te laisse agir à ta guise. Après tout, je le disais à ta mère, l'art est en dehors de notre compétence. Nous ne pouvons prétendre le juger, et nous devons nous en remettre à un expert.

– C'est comme lorsqu'on consulte un docteur, ajouta ma mère, cherchant à se rassurer elle-même.

– Exactement. Mr. Fullaton, du reste, est un des sommets de sa profession, membre de l'Académie royale, et qui plus est, il parle comme un homme du monde fort sensé.

Combien mes parents avaient dû lutter avant d'en arriver là ! Je les chéris aujourd'hui pour leurs efforts.

— Voilà donc où en sont les choses, mon fils, dit mon père en soupirant. Le sort en est jeté. Ce serait folie de demander un conseil si l'on ne se tenait prêt à le suivre lorsqu'on le sent sérieux. Bien entendu, ajouta-t-il avec une arrière-pensée courtoise, j'ai consulté Mr. Doggin qui s'accorde à te trouver les qualités requises pour suivre la carrière artistique. N'est-ce pas, Mr. Doggin ?

— Ne vaudrait-il pas mieux, répondit mon vieux maître, terminer ce que vous avez à dire à Nigel avant que je place mon mot ?

— Que voyez-vous donc à ajouter ? Il est libre de suivre sa voie.

— Vous aviez formé des projets en ce qui concerne son avenir immédiat, monsieur Frew ?

— Bien entendu, répliqua mon père comme si, ayant fait le plongeon, il se souciait peu du reste, tu dois aller habiter Windrush et travailler dans l'atelier de Mr. Fullaton.

Étourdi par un pareil revirement de fortune, je gardais le silence, puis, peu à peu, sans arriver à comprendre absolument l'idée de mon père, je sentis ma joie se mêler de crainte. Windrush ! J'étais pris au piège et, bondissant de ma chaise, je m'écriai avec emportement :

— Non ! Non ! Je ne veux pas aller à Windrush, je resterai ici — et, me tournant vers Mr. Doggin, je déclarai : Je travaillerai avec vous, je m'en sens capable, de nouveau. Cet après-midi, à Flock Hill tout m'est revenu, et j'avais déjà pris ma décision, sans rien savoir. D'aucune manière je ne serais allé à Oxford.

— Doucement, Nigel, fit mon père. Le plan que j'ai tracé… mais il est inutile d'entrer dans les détails…

— Mais si, père, la chose est indispensable. Je veux que Mr. Doggin, en tout cas, sache que je… je… ne suis pas ce sentier uniquement parce qu'il m'a été rendu facile. Je regrette qu'il l'ait été. J'aurais aimer lutter pour l'atteindre.

— Voyons, tu auras encore de dures heures à traverser, répondit mon père avec bonté. La route est longue devant toi.

La soudaine capitulation de mes parents me privait du plaisir de la lutte. Les armes miraculeusement trouvées sur la colline devenaient inutiles, j'avais été purifié par un sentiment de solitude fière et exaltée, une découverte émanant de moi seul, à présent je dépendais des projets d'autrui ; tandis que Windrush grandissait dans mon imagination, je me sentais repris par l'angoisse stérile dont je venais d'être délivré à Flock Hill. La pensée de Claire reparaissait, ainsi qu'un coup d'épée. Dans le tumulte de mon esprit je m'étonnais que, ce jour-là, des brises tranquilles eussent pu calmer cette fièvre que j'avais d'elle. L'homme en moi se sentait possédé par un désir impossible à maîtriser, l'artiste par une crainte inexprimable. Je voulais courir vers elle, et cependant en être éloigné à jamais, l'adorer, mais garder ma liberté. Je me retournai vers mon maître en répétant :

— Je veux demeurer ici, travailler avec vous, jusqu'à ce que vous me renvoyiez.

— Allons, Nigel, dit ma mère, ne sois pas capricieux et contrariant. Tout ceci a été mûrement considéré, et ton père, j'en suis certaine, a choisi le meilleur parti.

Avait-elle donc oublié Claire, elle aussi ? Je ne compris pas alors pleinement la suite logique du travail qui se faisait dans l'esprit de mes parents. Ils s'étaient dit, je pense, peu après mon retour de Lisson, que « le gamin se croyait amoureux de cette Miss Sibright, et que le grec et le latin – pour lui occuper les idées – le guériraient ». Ils n'avaient jamais douté du succès de leur remède, d'autant plus que dans leur pensée le mariage de Miss Sibright avait mis fin à mon trouble. Cet acte était pour eux aussi définitif que celui par lequel on dépose une pièce neuve dans le plateau de l'offertoire. Personne ne songerait à reprendre ce qui a été ainsi consacré. Leur fils ne pouvait continuer à aimer une femme mariée.

Mais ce fils les regardait, perplexe, se demandant comment ils avaient oublié la présence de Claire à Windrush.

— N'as-tu pas envie d'aller à Windrush ? demanda Ethel, très étonnée.

Seuls Richard et Mr. Doggin gardaient le silence.

— Je veux travailler, m'écriai-je, ne faire que cela, n'avoir aucune autre pensée, ne comprenez-vous pas ? Rien ne doit exister en dehors.

Sûrement, ils allaient se souvenir à présent... Ethel insista :

— Mais où travaillerais-tu mieux qu'à Windrush ?

— Et de plus, fit mon père, désirant seulement taquiner celui qu'il prenait encore pour un enfant, tu auras une hôtesse charmante ; as-tu la mémoire courte, mon garçon ?

Tous ceux qui étaient alors au salon me devinrent odieux. Les barrières de la réserve tombèrent, j'agitai les lèvres pour crier — comme on crie en rêve devant une menace de cauchemar — que je ne voulais ni n'osais aller à Windrush, à cause de Claire, que je craignais de perdre ma liberté par amour pour elle ; j'aurais hurlé mon effroi avec des paroles que j'ignore, si mon vieux professeur, sans doute mis en garde par l'expression de mon visage, ne m'avait saisi l'épaule et déclaré tranquillement, avec insistance, qu'il désirait me voir partir.

— Henry Fullaton, dit-il, n'est qu'un artiste de second ordre, mais il connaît à fond l'histoire de la peinture et c'est un habile technicien. Mieux que quiconque en Angleterre il saura vous apprendre à vous servir de vos couleurs. Moi je ne suis qu'un dessinateur ; je vous comprends peut-être, mais vous m'avez dépassé ; je tiens à ce que vous alliez là-bas.

— C'est donc que vous ne me comprenez plus, lui répondis-je. Vous ne savez pas pourquoi, à Windrush...

— Si je le sais, et c'est encore une raison pour que je vous répète qu'il faut partir ; vous avez un portrait à terminer là-bas, l'auriez-vous oublié ?

— Oublié !

— Alors partez... seuls les êtres mesquins redoutent de cheminer avec les anges et les démons, mais vous n'auriez pas d'autres compagnons pour atteindre Dieu lui-même.

« Suis-je donc assez fort, songeais-je, pour marcher avec eux ? » Mon esprit retourna à Flock Hill, et comprit à nouveau l'appel que j'avais reçu. Une grande agitation m'envahit, une excitation de la vue, une morsure de la chair. Ma famille discutait encore la date de mon départ pour Windrush et la façon d'y parvenir. Les visages étaient tournés vers moi ; ils faisaient déjà, semblait-il, partie d'un lointain passé. Leur attitude avait cette rigide familiarité d'un tableau qui aurait été suspendu au mur depuis mon enfance. Mais je n'étais plus un enfant, et mon vieux maître lui-même se voyait remisé à l'arrière-plan par cette promesse de la vie en marche. C'était comme si, m'élançant d'un parapet, j'avais trouvé des ailes.

Des jours qui s'écoulèrent entre la décision de mon père et mon départ pour Windrush, je ne garde guère que le souvenir d'une impression d'attente. Parfois j'étais rempli de joie, parfois mon âme tremblait violemment à la perspective d'une rencontre avec Claire. Je me rappelle une soirée où, debout près de ma table de toilette, j'aperçus un petit essuie-plumes de perles et je me mis à le tirailler : ce simple ornement, sorti des doigts maternels, n'avait jamais servi. Posé dans ma main, il devint un symbole qui représentait pour moi toute l'ordonnance domestique et sûre dont j'allais me détacher et, par un acheminement de la pensée, son dessin s'associa à celui de mes rêves de vie nouvelle. Parfois on regarde ainsi, fixement, un objet inanimé qui ne prend un sens que lorsque rêves et souvenirs viennent se mêler à l'image qu'on a gardée. Encore aujourd'hui, lorsque dans une boutique d'antiquaire, ou dans un salon bien raide orné de fruits en cire et de panaches de roseaux, je tombe sur quelque objet futile, brodé de perles, que l'aiguille de ma mère aurait pu créer, je revois, comme ce soir-là, un dessin en spirale bleu, vert et rouge, et je redis adieu en moi-même à *Quentin Durward*, à une salle de bain avec sa tapisserie en faux marbre jauni, au pupitre portatif de mon père, aux vastes gravures dans leur cadre d'érable, à toutes les chères et laides choses qui étaient mon foyer, un home jamais retrouvé, et je considère de mes yeux d'enfant cet avenir, ce monde auquel je n'avais pas encore goûté, je discerne avec un désir mêlé d'angoisse ce visage de femme qui me paraissait si merveilleux qu'aucune beauté n'a pu l'égaler jamais. Je peux sourire de cela maintenant, mais alors, tandis que je contemplais le petit disque de perles et finissais par le laisser retomber, j'étais grave, je voyais mon enfance disparaître et ma vie d'homme se dresser devant moi, dans l'inconnu.

Le jour de mon départ, mon père s'abstint d'aller au bureau. Toute la famille m'accompagna à la gare de Paddington pour voir le plus jeune de nous s'embarquer vers l'aventure. Ma mère cachait un paquet sous sa mante, Richard était un superbe gandin en haut-de-forme de soie et jaquette courte fermée par le bouton du haut, Ethel, en petit chapeau rond à plume frisée, portait une minuscule ombrelle écarlate. Nous arrivâmes en avance sur le quai. Mon père s'informa :

– Tu as ton argent en sûreté ?

– Oui, soyez tranquille.

– Tu en tiendras le compte. Marque exactement tes dépenses, et quand tu auras besoin d'une somme, je te la ferai parvenir – puis, tirant de la poche de son gilet une bourse garnie de louis d'or il me l'offrit. Inutile d'inscrire ceci, tu n'es pas trop vieux pour recevoir une pièce. Mais prends-en soin, car cela donne de la peine à gagner.

Ma mère me tendit son paquet à travers la fenêtre, une fois la portière fermée.

– Des pinceaux, choisis par Mr. Doggin. Ils doivent donc être bons. Ils sont d'un genre un peu spécial, je te les donne avec ma bénédiction, mon chéri.

Richard et Ethel s'étaient cotisés pour m'acheter un étui à crayons en cuir marqué au chiffre N. F.

– Pourtant je trouve que tu es un petit veinard et je ne vois pas, dit ma sœur, pourquoi nous te faisons tous des cadeaux parce que tu vas vers le meilleur temps de ta vie.

Une cloche sonna, le chef de train fit retentir son sifflet.

– Là, Dieu te garde, mon fils, et travaille ferme… Allons, allons, maman, tu le verras revenir membre de l'Académie royale.

IV

WINDRUSH

Un long voyage vers l'ouest et la traversée en voiture d'un pays onduleux m'amenèrent à Windrush à la tombée de la nuit.

Quelques fenêtres luisaient entre les ormes, une forte brise soufflant de la vallée hérissait les crinières des chevaux. Encadré par le fond lumineux d'une porte ouverte, Mr. Fullaton descendit les marches pour me souhaiter la bienvenue. Ses cheveux gris étaient épars et, sur son habit de soirée, un grand manteau flottait en coup de vent. Je n'avais pas encore bougé que sa main tendue étreignait la mienne à l'intérieur de la voiture.

– Voilà qui est bien ! s'écria-t-il. Entrez, entrez !

Et je sentis, avec un frémissement de reconnaissance, qu'il était aussi agité que moi.

Il traversa le hall et monta l'escalier, sans lâcher mon bras ni cesser de parler et de me questionner.

– Je voudrais vous conduire tout droit à mon atelier, c'est pour nous, n'est-ce pas, la pièce la plus importante de la maison. Dommage qu'il soit trop tard ! Il fait déjà sombre. Il faut vous habiller, jeune homme, et dare-dare, car il y a une *festa* ce soir.

– Une festa ?

– Une foule à dîner, les gros bonnets de l'endroit ; je vous assure que Windrush a changé depuis que Ned y a amené Claire. Nous avons des années de moins. Tout le pays a rajeuni – ou se le figure. Claire agit comme un élixir, ce que je n'aurais jamais cru, ma foi, je m'imaginais qu'elle serait trop indépendante... trop sensitive... mais elle a pris goût à Windrush comme un canard à l'eau. Cela prouve qu'on ne peut jamais juger une femme avant son mariage.

J'aurais dû, d'après cela, me sentir préparé à ce qui allait suivre. Mais je me figurais simplement que Mr. Fullaton et ses amis aimaient Claire et se sentaient stimulés par sa vitalité. Je ne voyais pas d'autre sens à ces paroles et me refusais à croire que Claire pût sincèrement se sentir chez elle parmi eux. L'image constante que je me faisais d'elle n'avait aucun rapport avec les Fullaton ou les Trobey. Je ne partageais même pas l'opinion de mon frère qui disait Claire attirée vers Ned par la puissance du désir. Elle l'avait épousé parce que ses conditions de vie rendaient ce mariage nécessaire. La raison me paraissait suffisante. Une fois mariée, elle jouait son rôle, à la manière d'un oiseau qui chante dans sa cage, sans cesser d'être dominée par des aspirations que Ned ne savait partager, pas plus qu'il ne pouvait contenter sa soif spirituelle. N'avais-je pas découvert moi-même ce côté de la nature de Claire ? N'était-ce pas la cause de l'échec de son portrait ? Ne l'avais-je pas aimée pour cela, autant que pour l'abîme qui la séparait de ce monde de confortable matérialisme dont je me sentais moi aussi complètement éloigné ? Trouver Claire absorbée par son entourage à Windrush n'entrait aucunement dans l'ordre de mes conjectures. D'autres pouvaient s'y tromper, confondre, comme ils le faisaient à Lisson, son air absent avec un désir d'excentricité, elle et moi saurions bien nous retrouver, isolés l'un et l'autre en pays étranger, et nous efforçant – elle avec une brillante aisance, moi avec difficulté – de nous conformer à ses coutumes. Je pense que l'idée que je me faisais de Claire m'empêchait d'être jaloux de Ned. Je l'avais perdue jeune fille, nous avions manqué l'occasion de nous enfuir ensemble vers l'aventure ; j'en avais cruellement souffert, mais son mariage ne l'avait pas éloignée davantage de moi. Notre séparation avait été comme une mort qui ne permet ni jalousie posthume ni changement dans l'image de la disparue.

J'allais vers elle, ce soir-là, comme on va à la rencontre d'un fantôme, à pas feutrés, les mains glacées par la sensation de l'exquise épouvante, les yeux aveuglés de rêves. Elle lèverait vers moi un regard que, seul, je saurais comprendre. Effrayée, elle aussi, elle se raidirait, semblable à une tige prise dans un tourbillon. Ses lèvres trembleraient mais son visage resterait paisible – avec ce repos dans la vivacité qui témoigne de la profondeur gisant sous la surface étincelante et qui m'avait fait songer, tandis que je cherchais à le reproduire, à la possibilité de voir dans la nature une essence qui la surpasse, et d'obtenir une vision de l'âme, non seulement spéculative, mais sensible. Je m'étais préparé à cette rencontre ; je nous imaginais seuls tous les deux – non pas peut-être matériellement, car il faudrait toujours compter sur de vagues présences brumeuses –, mais un cercle magique nous protégerait et nous n'aurions pas à nous préoccuper de ceux du dehors. Au moment d'atteindre le hall, je vis s'ouvrir une porte, et un flot de lumière s'en échapper, suivi de l'agression de voix nombreuses. Dans mon émotion, sans raisonner, je m'étais figuré Claire en silencieuse attente, et voilà que son rire m'arrivait mêlé à celui d'une foule, insouciant, indifférent, poliment joyeux. J'hésitai, puis reculai d'un pas, et demeurai immobile.

Je sentis tout à coup mon bras saisi par-derrière et je fus amicalement entraîné.

– J'ai dû veiller au porto, m'expliqua Mr. Fullaton. Ferrers est nouvellement arrivé, et décanter est chose délicate – comme nous entrions au salon il se pencha pour me dire à l'oreille : Nous avons claironné votre arrivée. Tous ces gens ont dû parler de vous. Claire, s'il lui en prend fantaisie, peut faire la fortune de n'importe quel peintre. Passez l'examen pendant le dîner et voyez si quelque tête vous plaît pour un portrait. Ce devrait être facile à arranger, et une commande en attire une autre.

J'avais été suffisamment annoncé, en vérité. Les invités d'Henry Fullaton se retournèrent, empressés, pour accueillir ou plutôt examiner son protégé. L'éclat des deux chandeliers géants se répandait sur tous, s'étalait en nappe de lumière tranquille sur les fronts chauves, enveloppait les pommadins d'une traînée miroitante et les très jeunes filles d'un manteau de lumière, renforçant l'ombre sous les poitrines de leurs mamans. Je remarquai, en circulant, les pieds plutôt que les visages. Les bouts carrés des souliers d'hommes piétinaient les dessins du tapis et, sous les tourelles à volants, passaient les pointes satinées des escarpins. Parfois mon regard s'élevait, notant quelques détails ; un éventail se balançant, des pantalons à sous-pieds couvrant de vieilles jambes frêles, un gousset formant tangente avec un gilet bombé, un éclair de jais, une rivière de perles, un grand camée niché dans la dentelle. La main, sur mon bras, me guidait toujours plus avant ; brusquement elle lâcha prise.

Je levai les yeux.

– Je suis heureuse que vous soyez venu, disait la voix de Claire, j'espère que le voyage n'a pas été par trop pénible ?

Elle garda un instant ma main puis la laissa aller avec douceur. S'adressant à un dos robuste à son côté :

– Ned ! s'écria-t-elle, voici l'hôte de la soirée.

– Tiens, vous voilà ! C'est gentil d'être venu. Surtout n'oubliez pas le portrait de Claire. Il doit passer avant les commandes que ces gens vont faire pleuvoir sur vous. C'est une affaire entendue.

Claire m'entraîna :

– Il faut que je vous présente d'abord à Miss Fullaton, la grand-tante de Ned ; elle est vieille de plusieurs siècles et presque aveugle, mais c'est la plus vivante de nous tous.

Je fus conduit devant une dame antique dont les grands yeux noirs ne semblaient pas renoncer à percer le nuage grisâtre qui les recouvrait. Un châle, maintenu sous le menton par une broche de diamants, enveloppait ses épaules. Sa robe de satin à taille haute, garnie d'une cordelière d'or alourdie de gros glands, tombait en maigres plis sur ses hanches jusqu'à un large ourlet soutenu par du bougran et richement festonné. On voyait paraître de ses jambes en fuseaux quelques centimètres de plus que ne le permettaient les tours à volants de 1876. Quant à son visage, il me sembla si extraordinaire, à une époque où l'on acceptait avec une belle résignation les marques de l'âge, que mon jeune regard en fut fasciné. C'était un plâtrage de cosmétique d'autant plus épais, je suppose, qu'il fallait compenser, devant le miroir, les défaillances de la vue. Les lèvres rouges avaient une ligne imprécise, les joues se coloraient d'un rose vif et inégal, les sourcils de noir, mais les cils, qu'une main incertaine n'arrivait plus à parer, gardaient leur blancheur naturelle. Un tourbillon de poudre s'était abattu sur la peau flasque, s'amoncelant au creux des rides, se faisant plus rare sur les replis. Une écharpe de dentelle s'enroulait magnifiquement au sommet de l'édifice. Dans les années qui suivirent Waterloo – époque dont le costume de Miss Fullaton était un pâle reflet – on eût appelé cette coiffure un turban. J'avais l'impression d'être présenté à une forte et provocante image; elle tranchait dans l'élégante atmosphère du salon de Windrush.

– Henry me dit que vous êtes un jeune homme d'esprit, commença-t-elle, d'une voix grave et rauque. Asseyez-vous. Vous n'avez pas besoin de crier; je suis presque aveugle, mais j'entends.

Claire m'empêcha de prendre le siège que Miss Fullaton frappait énergiquement de sa canne :

– Non, dit-elle, Nigel ne peut pas rester avec vous maintenant. Il vient d'arriver, et il faut que je le présente avant dîner.

– Alors, il me conduira à table.

– Je le regrette, c'est impossible à présent.

– Impossible, en vérité ! Il le doit, et il le fera !

– J'ai organisé ma table.

– Voilà bien la jeunesse d'aujourd'hui, raide comme la justice. Ne peut-on pas changer les places ?

– Je le regrette, il est trop tard.

Les vieilles épaules se haussèrent :

– Enfin, vous êtes maîtresse ici, autrefois l'âge avait ses privilèges.

Claire la plaisanta amicalement, en riant :

– Vous parlez de vieillesse, et vous êtes la plus jeune d'entre nous. Vous allez encore me répéter que vous aviez mon âge avant le combat de La Corogne !

– C'est exact. Mais vous dites « répéter » ; est-ce que je rabâche ? Ce serait une faute – elle prit une pastille de cachou rose dans une boîte d'argent et la posa sur sa langue. Emmenez-le donc ; mais, monsieur, revenez me trouver lorsque vous aurez assez des dames d'à présent avec leurs carrures de soliveaux.

Elle avait parlé très fort. Les dames en question avaient des oreilles, mais n'entendirent point. Seulement Ned, qu'on aurait pu croire hors de portée de voix, tourna sur ses talons pour venir réduire au silence cette enfant du XVIIIe siècle. Il fronça les sourcils et, contrarié, pinça les lèvres ; quatre enjambées l'amenèrent aux côtés de Claire. Mais l'homme prudent ne chercha pas à raisonner sa grand-tante. Elle aurait été ravie et se serait empressée de le payer de retour en faisant éclater d'autres fusées au milieu de ses invités. Mieux valait la priver de son audience et lui laisser crier ses abominations dans le vide.

– Il faut que tu présentes Nigel aux autres, ma chérie, dit-il, éloignant sa femme avec douceur ; vous l'excuserez, j'en suis sûr, grand-tante, si elle se sauve.

– Eh ! J'aime quand tu m'appelles grand-tante, mon cher arrière-neveu. C'est ta trompette de guerre et signifie que je t'ai déplu, s'écria Miss Fullaton, ravie d'entrer en lutte ; elle se penchait en avant sur sa chaise d'un mouvement saccadé, le menton en bataille. Ned s'enfuyait déjà, en pleine déroute stratégique. Tandis qu'on m'entraînait, je vis le menton retomber sur la broche de diamants, le corps se tasser et le turban branler dans l'isolement de la défaite. Je n'eus plus ensuite le loisir d'examiner Miss Fullaton, car les invités de Claire me secouaient la main et ronronnaient mon nom. Mais ils eurent beaucoup de difficulté à se le rappeler lorsqu'ils comprirent qu'il ne s'agissait pas, comme il était naturel de le supposer, d'un des Frew du Gloucestershire.

– S'il vous plaît, monsieur... monsieur...?

– Frew, faisait Claire.

– C'est vrai, je vous demande pardon. Dites-moi, monsieur Frew, réussissez-vous les chevaux? Si peu d'artistes y parviennent! Peut-être n'habitez-vous pas la campagne?

Claire me poussait en avant; je me trouvai dominé par une opulente poitrine sur laquelle un camée représentant l'amour en chasse se soulevait avec affabilité.

Une voix susurra :

– Qu'il est heureux que Mr. Fullaton ait découvert si tôt votre talent, monsieur... monsieur Frew! On entend si souvent parler d'artistes, n'est-ce pas – même ceux qui exposent régulièrement à Burlington House –, qui sont obligés d'attendre des années avant d'être découverts. Vous serez bien placé sous l'aile de Mr. Fullaton... à moins qu'un des vôtres... Votre père était-il artiste? On dit que tant de choses dépendent du point de départ.

– Si vous me demandez ce que j'en pense, interrompit le mari de cette dame, une dent en or luisant sous sa moustache couleur canari grisonnant, je trouve que c'est une erreur que de passer sa vie entière à faire un même travail, que ce soit de la peinture ou autre chose. Avant tout, une bonne éducation libérale; voilà ce qu'il faut à un jeune homme... Vous, monsieur, j'en suis certain, ne regrettez pas le temps passé à votre école.

Une rapide intervention de Claire me sauva; j'allais confesser ouvertement que ce privilège m'avait été refusé. Cela n'empêcha pas, du reste, la vérité d'apparaître clairement au camée et à la moustache canari. Peu à peu, à mesure qu'on me promenait autour du salon, les gens fouillèrent ainsi dans ma vie; je ne chassais pas, mais je montais à cheval – j'espérais me les concilier par ce dernier détail –, ma famille n'était pas celle des Frew du Gloucestershire, et comme celle-ci comptait seule, j'étais donc sans origine. Je n'allais pas à l'Université, ne sortais d'aucune École et ne faisais que peindre et dessiner depuis l'âge de douze ans.

– Que diable, n'en êtes-vous pas fatigué ?

– Non, je pense même ne jamais m'en lasser.

– Vraiment ? Enfin, tous les goûts sont dans la nature.

On me posa nombre de questions insidieuses à propos de mon père. Je ne découvrais pas la raison de cette curiosité. Lorsqu'une grosse dame me tapota le bras avec ses gants blancs qui s'arrêtaient au poignet et me dit, d'un ton confidentiel, qu'elle apercevait très bien dans mes yeux et mon menton une ressemblance avec ce cher Mr. Fullaton, je répondis, sans y voir ombre de malice :

– Oh ! Mais nous ne sommes nullement parents.

– A aucun degré ?

– Aucun.

– C'est stupide, on m'avait raconté que vous étiez le fils d'un de ses cousins.

– Oh ! non ! continuai-je, avec la plus parfaite innocence, il n'y a aucun lien entre nous, et c'est pourquoi je lui suis tellement reconnaissant de m'avoir pris comme élève. Ce sera merveilleux de travailler chez lui. Autrefois chacun faisait cet apprentissage dans des ateliers privés ; à présent, il est rare d'avoir pareille chance.

– Oui, c'est possible.

Les gants blancs quittèrent mon bras. Du moment où je cessai de réaliser son espoir, que je n'étais pas un sinistre écho du passé de Mr. Fullaton, la grosse dame en veine de confidences cessa de s'intéresser à moi, et ses sourcils déçus semblaient même me demander ce que je pouvais bien faire là.

C'était sa fille, Miss Lucy Currall, que je devais conduire à table, et Claire nous laissa ensemble. Miss Currall avait des cheveux brun foncé, d'un beau brillant et agrémentés de petites boucles qui descendaient sur le cou. Avec son menton fuyant, ses lèvres en fleur, ses joues aux pommettes hautes et saillantes, son nez légèrement aquilin, elle ressemblait à l'effigie de la jeune reine sur une monnaie ancienne. Son expression sévère, en accueillant mon salut, accentua encore cet air de royauté. Elle avait espéré un autre cavalier et se voyait condamnée au jeune peintre.

Elle prit mon bras, dans l'imposante procession. Assis, près d'elle, à la longue table ornée de surtouts dorés et de smilax rampants, je cherchais de mon mieux à plaire à la jeune fille, mais, malgré moi, mes pensées fuyaient la gêne de notre entretien. Je me sentais soulevé alternativement par des vagues d'humiliation et de défi : j'étais froissé de me trouver traité par Claire avec l'habile gracieuseté qu'on témoigne à un étranger et, cependant, j'étais prêt à braver ce groupe d'hommes et de femmes qui n'éprouvaient pour moi qu'un tranquille mépris, car ils représentaient l'inertie de ce monde dans lequel je venais de tomber. Pourquoi les craindre ? Pourquoi avoir tenté de me les concilier, comme un enfant timide à sa première école, disant d'une manière puérile – si maladroite que je voyais les lèvres se plisser d'ironie : « Non, je ne chasse pas à courre, mais je monte à cheval » ? Il n'y avait pas à chercher à les battre sur leur propre terrain. « Ce terrain en valût-il la peine », me disais-je furieux, doublement blessé, dans ma qualité d'artiste et dans mon orgueil. « Que suis-je pour eux ? Quelle place occuperai-je jamais, dans l'esprit des autres ? » Malgré tout, une idée peu à peu germait en moi : « Lorsque j'aurai réussi, ces gens s'inclineront » ; je tâchai d'écarter cette pensée, véritable poison, car c'est dans mon œuvre elle-même que je devais trouver ma récompense. Si Claire se mettait à ressembler à ceux qui l'entouraient, c'est qu'elle n'était plus celle que j'avais connue. Renonçant à lui être agréable, il me faudrait travailler avec le souvenir de l'ancienne Claire.

Je retombai dans mes méditations sur la peinture et retournai à ma solitude, car la solitude voulue est l'unique refuge des jeunes contre un monde indifférent ou dédaigneux. Nous laissons de côté ceux qui nous négligent. C'est une consolante flatterie pour soi-même ; le monde peut à juste titre la railler, en déclarant avec mépris que si l'ermite se fait un palais de sa cellule, c'est parce que les grilles du palais lui sont fermées.

Mais malgré cet aspect de ridicule vantardise, l'isolement peut en avoir un autre, d'impérieuse nécessité. Les forces qui violentent l'âme paraissent grotesques à ceux qui ne les subissent pas : la foi, l'amour, le désir d'être seul, la passion créatrice, toutes ces aspirations du Pygmée vers son dieu, sont risibles aux yeux des petits êtres passifs, satisfaits de leur inertie. Il est donc vexant de voir ces gens revendiquer parfois ce sens de l'humour auquel, par politesse, on attache plus de prix qu'à la vérité ; ceux qu'une force entraîne le possèdent plus rarement et risquent de passer pour des imbéciles, tant qu'ils ne se sont pas révélés hommes de génie. Je m'aperçus que Miss Currall discourait sans relâche avec son autre voisin à propos de l'humour national anglais, écossais, irlandais. Était-ce cela qui avait influencé le cours de mes pensées ? Je n'avais pas distingué le moindre mot et je fus pris de panique à l'idée qu'une question, posée depuis longtemps déjà, aurait pu rester froidement sans réponse.

– Je me demande, remarquai-je à tout hasard, si le sens de l'humour a l'importance que vous lui donnez ?

– Vraiment ?

Elle se détourna de nouveau.

Elle-même possédait ce sens et distrayait son voisin de droite en imitant les gens de leur connaissance. L'agitation faisait sautiller ses boucles sur son cou. Elle avait la dent cruelle, son auditeur poussait de gros rires, les autres se penchaient pour approuver joyeusement, et je vis Claire regarder le long de la table en souriant, heureuse du succès de sa réunion, si gaie et si brillante.

L'animation cessa avec le départ des invités, elle ne devait renaître que plus tard à l'arrivée de nouveaux visiteurs. Après le dernier roulement de voiture, un silence tomba sur la maison et l'éclat des yeux de Claire s'éteignit. Ned la complimenta sur son dîner :

– Il n'y aura bientôt pas de femme plus populaire que vous dans le comté, dit-il.

Trop lasse pour répondre, elle jouissait cependant de ces éloges. Seul, Henry Fullaton soutenait un ton de gaieté :

– Au lit ! Au lit ! s'écria-t-il en distribuant les bougies qu'il venait d'allumer. Vous serez debout avec les oiseaux, ma chère, aussi fraîche et aussi jolie... j'en suis persuadé ! Ned, vérifie les serrures... Bonsoir, bonsoir ma chère amie.

Sur ces mots, il embrassa Claire et, passant un bras autour de mes épaules, il s'élança dans l'escalier.

– A neuf heures trente, dans l'atelier, s'écria-t-il en nous quittant.

Comme tout paraissait morne après son départ, sans le bruit de son opiniâtre sifflet !

Lui, Ned et moi nous trouvâmes réunis dans la salle à manger, au déjeuner du matin. La pièce semblait autre que la veille au soir, avec ses larges espaces vides et la sonorité des pas qui retentissaient entre les tapis. De hautes portes-fenêtres regardaient au midi, par-dessus gazons et terrasses fleuries, jusqu'au point où le ruisseau de Windrush – simplement indiqué au rez-de-chaussée par la ligne des saules qui poussaient sur la rive opposée – sépare le jardin des prés bas. Henry Fullaton ouvrit une de ces fenêtres, et avec d'amples gestes m'expliqua le pays.

La propriété des Fullaton occupe un petit plateau en triangle, situé entre Thrusted Hill à l'est et deux vallées convergentes qui se réunissent à Windrush, long village disséminé, caché de l'endroit où nous étions, mais visible de la fenêtre de ma chambre, car je l'avais aperçu le matin même, à l'ouest derrière un groupe de conifères. Je m'étais demandé pourquoi l'église, dont le clocher roman s'élevait à côté des sapins, se trouvait si éloignée de tous les paroissiens sauf de ceux du manoir.

– Ici, nous captons le ruisseau qui vient de Thrusted, continuait Mr. Fullaton. Et là – il étendait le bras vers le sud-ouest – se trouve notre lac. Il fait bon y paresser l'été, mais on n'y développe pas un talent de marin, hein Ned ?

Je sentais combien la propriété et le pays tenaient au cœur de mon hôte, et je savais par Richard que Ned n'en était pas moins fier. Mais Ned, de mauvaise humeur ce matin-là, restait en arrière et tournait le loquet de la porte. Lorsqu'il se décida à parler ce fut pour nous presser de venir à table.

– Claire descend-elle ? demanda son père.

– Trop fatiguée, répondit brièvement Ned.

– Pas malade, j'espère ?

– Elle a dit que non.

Si Henry Fullaton s'aperçut du ton irritable de son fils, il n'en laissa rien voir et continua à agiter sa langue, comme si le monde entier était libre de toute crainte, et autant que lui-même, joyeux et confiant. Il mangeait d'aussi bon cœur qu'il parlait. Son repas terminé, il se leva de table et tira sa montre. La plupart des hommes examinent leur cadran comme à regret ; Henry Fullaton y mettait de l'ardeur, comme si les aiguilles n'avaient marqué que de beaux jours dans sa vie.

– Vingt minutes, dit-il ; vous me trouverez à l'atelier.

Ned mastiquait avec mélancolie, l'air préoccupé ; des orages s'amassaient sur son front, et j'échappai le plus tôt possible au malaise qui régnait en sa compagnie. L'odeur de térébenthine et d'huile de lin qui m'accueillit à la porte de l'atelier me donnait envie de travailler. Il était facile d'oublier qu'Henry Fullaton, comme le disait Mr. Doggin, n'était qu'un artiste de second ordre, tant il y avait de charme dans sa manière d'aimer l'histoire et les méthodes de son art. Ce flot de paroles qui, dirigé sur des sujets généraux, tournait si vite à une sorte de joyeuse facétie, prenait ici un ton inattendu de fraîcheur et de force. L'émotion, les qualités de vision lui manquaient, mais il possédait la science, et dans cette science il puisait une critique si profondément révérencieuse, si clairement inspirée par le cœur autant que par l'esprit, que je regardais ses toiles avec étonnement ; je me demandais comment un homme pouvait aussi parfaitement connaître la méthode des maîtres de son choix et avoir dans la pratique une exécution si contraire à leur esprit. Je ne compris que par la suite combien son art découlait de sa science. Il admirait les savants par-dessus tout. Il ne trouvait de valeur réelle qu'à ceux qui bridaient les forces

de la nature, ou démontraient ce qu'il se plaisait à appeler
« une vérité dûment établie ».

– Nous autres artistes, disait-il, avons-nous vraiment l'importance qu'on nous prête ? N'y a-t-il pas là une gigantesque fumis-
terie ?

La peinture était sa principale sphère d'investigation
méthodique. Il voyait les tableaux à travers une lentille imaginaire. Quel élément avait-on fait intervenir et pourquoi ?
Comment tel fond avait-il été préparé, et quel effet cela pro-
duisait-il sur la couleur ; ressortait-elle davantage ou bien
était-elle absorbée ? Par quel procédé de glacis et de vernis
Titien avait-il obtenu cet éclat intérieur qui lui est particulier ?
Lorsque je remarquai que Rubens était arrivé, lui aussi, à donner cette note de clarté profonde bien que d'une qualité différente, ses préventions éclatèrent. Il détestait les sujets de
Rubens et rendait difficilement justice à l'artiste, mais ce
scientifique rigide tenait avant tout à être équitable, et maîtri-
sant son impulsion il ajoutait :

– Cependant, vous avez raison de parler de Rubens, son
œuvre ne me procure aucun plaisir, mais sa méthode est ins-
tructive.

– Moi non plus, je ne l'aime pas particulièrement, mais
lorsque je le compare à Van Dyck, je suis tenté de trouver qu'en
Angleterre nous avons grossièrement surestimé Van Dyck, et
quand je vois un Rubens, je suis saisi ; c'est un géant – peut-être
pas à mon goût – mais pittoresque et exubérant, à coup sûr.

Nous nous mîmes à discuter Rubens, si bien que, sans nous
en douter, nous finîmes par nous trouver d'accord.

– Je crois observa Mr. Fullaton avec chaleur, que nous
n'aimons pas plus Rubens l'un que l'autre. Quelqu'un vous a-
t-il dit que vous deviez l'admirer ?

Je secouai la tête et pendant un instant la colère m'empêcha
de répondre. Nous nous regardions, surpris d'avoir été si près
de nous quereller ; d'un geste brusque, Mr. Fullaton m'obligea
à soutenir son regard, et se mit à rire avec une si belle humeur
que je ne pus que l'imiter.

– Là, fit-il; soyons de nouveau bons amis. L'intégrité de votre opinion artistique est pour vous terrain sacré, n'est-ce pas? Je regrette de l'avoir piétiné.

– Et moi de m'être mis en colère.

– Mais vous auriez été un artiste dans mon genre si vous aviez gardé votre calme. Voyez-vous, je suis l'esclave du bon sens, et je ne me vante pas, moi, d'avoir un terrain sacré.

Mes amis, qui maintenant, à l'heure de ma vieillesse, acclament mes œuvres et ne voient en celles d'Henry Fullaton qu'une pâle tache du genre photographique à demi oubliée dans quelques galeries de province, ont peine à croire que j'aie été son élève, et rient lorsque j'avoue ce que je lui dois. Cependant il est vrai qu'il avait beaucoup à enseigner. Nous ne visions pas le même but, ne partagions pas la même foi, mais c'est lui qui m'apprit que l'imagination d'un artiste a beau être libre, sa technique doit se discipliner; il faut que l'artiste aime cette discipline pour elle-même, et éprouve de la joie à vaincre les difficultés de son métier, sinon il les évite et renonce ainsi à tous les avantages qu'elles renferment. S'il est écrivain, il ne lui suffira pas de penser sagement et « d'écrire ce qu'il pense », comme le disent les insouciants : écrire n'est pas seulement instruire l'esprit ou flatter les sens, mais réussir, grâce à l'art des mots, à séduire et à subjuguer l'âme, à faire qu'elle se pénètre, par une illusion mélangée des sens et de l'esprit, d'une vérité (ou même d'un mensonge) qui dépasse l'expression. Les mots et les phrases qui carillonnent et se heurtent, leur flux et leur reflux, le calme grave, le rire et les chants, tous les rythmes du langage sont des instruments de séduction et d'asservissement. Un écrivain doit les utiliser avec bonheur, non comme des serviteurs qu'une volonté négligente envoie çà et là, mais en parfaits ambassadeurs qui, tout en étant dirigés, interprètent et dépassent les ordres donnés, disant tantôt moins que le maître n'avait espéré, tantôt plus qu'il n'avait osé rêver. C'est ainsi que le peintre se trouve par-fois guidé par ses outils et sa palette : il corrige un ton qui lui paraît exagéré, d'autres aussitôt prennent une vigueur insoupçonnée, lui révèlent une direction de l'imagination, différente de celle qu'il envisageait. Lorsqu'il se recule pour juger sa toile, elle lui murmure des secrets nouveaux, renfermés en elle-même. C'est la pierre de touche. Le tricheur indiscipliné remerciera le Ciel de sa bonne aubaine, mais il ne l'exploitera pas, par crainte de tout gâcher. L'homme paresseux et léger, qui dissimule son ignorance sous un grandiloquent bagou, bénira lui aussi la fortune pour ses dons, et continuera à badigeonner joyeusement dans l'espoir d'un nouveau coup de veine. Le véritable artiste, doublé d'un technicien, non seulement perçoit le secret que la chance lui envoie, mais il comprend qu'une miraculeuse moisson peut en éclore, et saura, grâce à son habileté d'artisan, la récolter et la répandre sur sa toile.

Henry Fullaton était incapable de discerner un miracle, mais c'est de lui que j'ai appris à les rechercher et à m'en servir, dans ce qu'il appelait « la joie du travail de manœuvre ».

Nos discussions nous entraînèrent à une intime camaraderie qui ne perçait guère au-dehors. Comme je prenais de plus en plus l'habitude de m'absorber dans mes pensées solitaires, Mr. Fullaton me laissa libre de mon temps. Ma faculté de concentration dans le travail devait l'étonner, car elle est rare à mon âge, mais il n'intervint jamais. Il m'accueillait aimablement à l'atelier lorsque j'y venais, et si je m'absentais, ses questions ne contenaient aucun blâme. « Avez-vous pris des vacances ? » me demandait-il, et quand je répondais : « Oui, si l'on veut ; j'ai été peindre dehors », il tirait sa grande barbe et disait combien il est bon parfois de se laisser aller à une complète paresse, et de vivre comme les autres hommes.

Les journées de printemps étaient douces et claires, mais elles me remplissaient de tristesse, car les désirs qui s'élevaient en moi me dépassaient, et je ne les distinguais pas. Cela ressemblait à un bourdonnement d'insectes – ce son qui fait partie du silence. Les hôtes variaient avec les heures, et la nuit j'en gardais un faible souvenir. En tout cas, je n'avais pas l'intention de vivre comme les autres hommes. Je désirais, au contraire, m'éloigner de plus en plus de mes semblables, comme si ce murmure de l'air m'entraînait au loin, dans une forêt où je trouverais la clef du mystère qui me tourmentait. Mais j'ignorais quelle révélation je désirais avoir, j'espérais simplement trouver la tranquillité et peut-être une explication de cette force qui s'était emparée de moi et qui me sollicitait sans raison. Je ne faisais que peindre tout le jour, ou songer à ma peinture; j'en étais comme assoiffé, et en entendant Henry Fullaton parler des peintres cénobites je me mis à envier leur réclusion; il me semblait que la paix d'un artiste se trouvait seulement dans ce que je croyais être leur simplicité d'esprit.

J'étais peu en contact avec la maisonnée des Fullaton, et Ned cessa bientôt de s'apercevoir si j'étais présent aux repas. De temps en temps, il faisait de laborieux efforts pour s'intéresser à mon travail : la vue de l'autre côté du Thrusted ferait-elle un beau paysage ? Pourquoi est-ce que je travaillais si souvent à l'atelier par de belles journées ensoleillées, et au-dehors quand le temps était gris ? Mais c'était pour le plaisir de parler, comme au dîner de Mr. Trobey. En dépit de son front subtilement plissé, Ned écoutait à peine mes réponses. Il n'insistait que sur un seul point : je devais reprendre le portrait de Claire. Il me menaça même, en riant, de passer la commande à quelqu'un de plus débrouillard, mais malgré son insistance je le sentais au fond assez satisfait de mes refus. Sa proposition semblait un acte de générosité fait à regret, pour plaire à sa femme ou peut-être pour lui prouver combien ses idées étaient larges : « Vous voyez, avait-il l'air de dire, je ne mets aucun obstacle à ses fantaisies artistiques, au contraire j'ai beau les trouver absurdes, je les encourage de mon mieux : et ce n'est pas ma faute si Nigel, sans refuser nettement, semble peu désireux ou incapable de faire son portrait. » Claire montrait moins de reconnaissance que son mari n'en méritait par ses sacrifices. Elle souriait avec malice pendant nos rencontres, et s'amusait de voir deux hommes en opposition aussi irréductible à son sujet.

Elle me traitait toujours avec un tranquille enjouement, recherchant ma présence plutôt que la fuyant. Combien, en

moins d'une année, elle avait su approfondir l'histoire de
Windrush et des Fullaton, et quelle grâce aisée, captivante elle
avait en la racontant ! Elle se fit mon guide à travers la maison,
devant les portraits de famille, dans les jardins, la ferme atte-
nante et le long des pentes de Thrusted ; debout à l'extrémité du
plateau des Fullaton, elle me montrait le pays au-delà des vallées. Le plaisir qu'elle y prenait était-il affectation ou défense ?
Exagérait-elle un peu son rôle de maîtresse de maison, en se
souvenant parfois de l'amoureux dans l'invité ? Je pus garder le
ton de politesse qu'elle avait choisi, l'écouter et lui répondre,
soutenir son doux regard curieux, et le lui rendre avec calme,
me promener sur la pelouse à ses côtés, sans rappel du passé. Je
ne voyais en elle qu'une femme très belle, l'épouse de Ned, mon
hôtesse, la fille que le vieux Fullaton chérissait, et qui ne pénétrait pas dans le domaine intérieur de ma pensée. Cela durait
ainsi des jours et des semaines entières. Je la voyais par hasard,
de temps à autre – une rencontre au pied de l'escalier devant le
portrait de l'amiral Fullaton, une visite ensemble à la bibliothèque à la recherche d'un livre, dont elle seule connaissait la
place sur l'étagère – puis nous nous séparions et je l'oubliais
aussitôt. Mais je n'étais pas toujours aussi invulnérable. Une
fois elle se leva d'un appui de fenêtre, où des rideaux l'avaient
dissimulée... puis je la vis assise, les mains croisées reposant sur
ses genoux, une autre fois j'entrai dans la pièce à son insu et la
contemplai telle qu'elle était dans la solitude, son affectation
joyeuse tombée ; enfin, un jour que nous nous promenions
ensemble, elle me dit : « Nigel, êtes-vous heureux de peindre
ici ? Tout va-t-il se réaliser ? » Et le monde se réduisit aussitôt à
ma seule vision de Claire, les murs de la réalité se refermèrent
sur son rayonnement et je retins ma respiration, incapable de
parler. Alors elle eut un regard tendre, effrayé, et pâlit. Mais
dans mon souvenir ses yeux et ses joues étaient ceux d'une
morte ; ils n'appartenaient pas à Mrs. Fullaton. Mes membres
faiblirent et mes doigts me firent mal.

   J'abandonnai Claire sur le pont, à l'extrémité du lac, et rentrai seul à travers la pelouse. En approchant de la maison,

j'aperçus le visage de Miss Fullaton sous un bonnet blanc, dans l'ombre d'une fenêtre, au premier. Elle fit un signe de la main, soit pour m'appeler, soit pour me dire de rester où j'étais. Je fis halte, puis m'avançai de nouveau, croyant m'être trompé ; j'avais dû confondre un geste avec un simple jeu de lumière. Mais une deuxième personne apparut, et la bonne de Miss Fullaton ouvrit la fenêtre et m'appela :

— Miss Fullaton demande à monsieur de vouloir bien monter chez elle.

Deux pièces appartenaient à Miss Fullaton. Son salon était éclairé par quatre fenêtres au midi et avait la même longueur que la salle à manger au-dessous ; il communiquait avec sa chambre par une porte, percée dans le mur assez récemment, à son intention. La vieille demoiselle avait concentré dans la première de ces deux pièces tout ce qu'elle avait accumulé durant sa longue vie : des meubles de toutes les époques, un clavecin dont elle jouait encore lorsque la chaleur déliait ses doigts gourds, et un grand nombre d'aquarelles et de petites gravures dont l'histoire la ravissait. Le salon était si grand que cette collection lui donnait l'air accueillant sans arriver à l'encombrer. Miss Fullaton, lorsque j'entrai, se trouvait assise sur un canapé près de la fenêtre, un peu en arrière à cause du soleil.

— Alors vous ne voulez pas faire le portrait de Claire ? commença-t-elle lorsque je fus en face d'elle.

— Il ne s'agit nullement d'une question de volonté, répondis-je.

— Vous ne le pouvez donc pas, voilà qui est plus grave. Pourquoi ? Vélasquez était bien un peintre de cour, vous imaginez-vous qu'il choisissait ses modèles ? Je lui accorde plus d'estime.

— Mais je ne suis pas Vélasquez.

Elle se moqua de moi.

— Si ce n'est Claire, qui donc peindrez-vous ?… Pas assez belle à votre goût ?

Je répondis que j'étais pris par un autre travail.

– Des études pour mon neveu Henry ?

– Et des paysages et l'église.

– L'église ! dit-elle ; alors vous auriez peut-être du penchant pour les ruines ? On a suspendu un portrait de moi au-dessus de la cheminée, l'année de Trafalgar. Oh ! pas en mon honneur, car j'étais la fille d'un cadet, mais à cause de la frégate de mon père que vous pouvez distinguer dans le fond. Mon père m'appelait sa frégate ou son corsaire – un sourire de malice élargit les rides de son visage. Voulez-vous peindre l'épave ?

Je savais qu'il ne faudrait pas me borner à reproduire l'ossature brisée, mais retrouver le navire entier. Saurais-je peindre la femme qui promenait encore le regard tendu de ses yeux voilés ? Pourrais-je superposer la spontanéité de l'élan et l'expérience, le plaisir et sa rançon, le mépris de la jeunesse pour le monde et l'héroïque jouissance qu'en tire la vieillesse ? Comment arriverais-je à ramener en transparence les années de Miss Fullaton, si bien qu'à travers la décrépitude et la trame des ans on sente encore luire la vigueur, et du fond de sa lassitude briller les éclairs de joie et les colères qui en furent la cause ? Représenter cette femme telle qu'elle était, sans honte mais sans effronterie, exposer en elle ce rare produit mondain d'une cynique dont la spiritualité n'a pas été émoussée ? Voilà la tâche qui se dressait devant moi, et qui, sans le moindre doute, me tiendrait, toute la durée du printemps, appliqué à rechercher le grain de cette chair plâtrée, et à rendre l'éclat des diamants sous l'ombre du menton.

– Aurez-vous la broche que vous portiez le soir de mon arrivée à Windrush ?

Elle fit un signe d'assentiment :

– Commencerez-vous aujourd'hui ?

– Si vous voulez bien mettre la robe de ce soir-là. Puis-je revenir et faire un dessin, cet après-midi ?

J'ajoutai qu'il me faudrait une toile et me lançai dans des explications sur la manière de préparer le fond ; elle rit de mon jargon et me renvoya du geste.

– Vos honoraires ? s'écria-t-elle comme j'atteignais la porte, puis aussitôt elle ajouta : Je fixerai moi-même les conditions, je l'ai toujours fait.

Existait-il donc plusieurs portraits d'elle ? demandai-je. Les yeux levés vers moi s'allumèrent sous leurs cils blancs :

– Tous les hommes ne sont pas peintres, dit-elle, ni tous les paiements en or !

En dépit de son grand âge, Miss Fullaton pouvait garder la pose. Sauf quand elle s'endormait et que je me faufilais hors de la pièce en appuyant sur la sonnette pour appeler sa femme de chambre, elle savait demeurer vivante dans l'immobilité, et je jouissais de mon travail. Elle ne demandait jamais à le voir, discrétion curieuse chez un modèle. Je mis cette réserve sur le compte de ses égards pour l'artiste, mais en la connaissant mieux, en remarquant la vive curiosité avec laquelle elle m'examinait, je compris que cette histoire de portrait n'était qu'un prétexte pour m'avoir régulièrement auprès d'elle. Elle abordait les sujets dont elle voulait m'entretenir tantôt avec une soudaineté ahurissante, destinée à m'arracher une réponse irréfléchie, tantôt par une voie détournée, employant une circonspection qui, en fin de compte, me prenait aussi par surprise. Il m'était difficile de déjouer ses attaques brusquées, mais je me familiarisai peu à peu avec ses méthodes lentes, si bien que je devinais où elles devaient me conduire. Je m'aperçus seulement plus tard, une fois le portrait en partie terminé, que ces chemins laborieux tendaient tous vers un même centre d'investigations : ma personne, celle de Claire, nos rapports mutuels, ceux de Claire avec Ned et, par-dessus tout, mon propre avenir (ou plutôt l'idée que je m'en faisais), girouette à tous les vents, semblait-il, aux yeux de la vieille dame.

Elle commença par prétendre – sans y ajouter foi – que je désirais simplement réussir dans ma carrière, et être heureux aux côtés d'une belle femme. Elle me laissait entendre ces choses par petites phrases provocantes, ou par longues insinuations tortueuses, puis attendait mes dénégations. Elle les recevait d'un air incrédule, cherchant à s'attirer de plus véhémentes protestations, suivies sans doute d'intéressantes confessions. Lorsque je me réfugiais dans le silence, elle revenait d'un air innocent aux histoires du passé et, faisant le tour des générations qu'elle avait connues, elle effleurait le présent avec prudence, riait tout bas sur d'anciennes folies, lançait une allusion à de plus récentes et, d'un trait ironique, détruisait quelque belle histoire romanesque.

Le plus souvent, elle évoquait ces scènes d'amour pour le seul plaisir de leur donner le coup de grâce en ma présence. Un jour, elle m'envoya chercher un diadème au fond d'une immense armoire peinte, placée auprès de sa cheminée, puis au salon, prendre une miniature, et se mit à me raconter les souvenirs qui s'y rattachaient.

La miniature représentait une cousine de Miss Fullaton; orpheline, fille d'un père encore plus jeune que le cadet, commandant de frégate; elle était pupille des Fullaton régnants. Son oncle et sa tante la gardaient d'autant plus jalousement qu'elle se trouvait héritière, sinon de propriétés, du moins de fonds, car son père s'était avili en faisant un mariage d'argent. On la voyait, sur la miniature que j'avais le privilège de tenir dans ma main, ornée de ce diadème, posé maintenant tout de travers sur la tête de Miss Fullaton – un diadème de feuilles de laurier, en or, imitation napoléonienne de la Rome antique. La jeune fille l'avait reçu, peu après la guerre, d'un gentilhomme de bonne naissance, mais déplorablement français et pauvre, et elle n'osait pas le montrer ni à son oncle ni à sa tante. Un jour qu'on l'expédiait avec sa femme de chambre en guise de duègne pour faire faire son portrait, elle persuada l'artiste de lui peindre deux miniatures; l'une, où elle serait représentée sans ornement, irait à Windrush, l'autre avec le diadème la précéderait à Paris, car une fois majeure et riche, elle pensait voir se réaliser là-bas le couronnement longtemps différé de ses désirs. Mais, en attendant l'occasion propice d'un envoi, la miniature qui ne leur était pas destinée tomba entre les mains de ses tuteurs. « Pourquoi ce double ? » demandèrent-ils, puis, en y regardant de plus près : « D'où vient ce diadème ? » On envoya coucher la jeune fille comme une enfant (« dans ce lit », dit Miss Fullaton) et, devant elle, on fouilla ses affaires. Dans une armoire (« cette armoire », dit encore Miss Fullaton en me montrant du doigt l'énorme meuble si élégamment peint en vert et orné de guirlandes roses) ils trouvèrent des lettres en français et d'autres en anglais, laborieuses copies de ses réponses, attachées avec des rubans de couleurs différentes : « Si on peut appeler ça des réponses ! » ajouta Miss Fullaton, car ma petite cousine n'avait pas besoin qu'on lui fasse des avances. Enfin, on la força à se rhabiller et à descendre, accompagnée de ses lettres, qui furent lues à haute voix, en conseil de famille, avec des chuchotements et des « Fi donc ». Leur auteur, d'abord secouée par la honte et les sanglots, eut le temps de sécher ses larmes et de refaire son testament. J'étais ici alors ; plus âgée qu'elle, je devais avoir environ trente ans. Je la vis sortir de la bibliothèque comme si elle venait d'être battue, je l'embrassai, plutôt par haine des autres que par tendresse pour elle, et la suivis en haut. Peu de baisers ont été aussi profitables, car c'est à moi qu'elle laissa sa fortune.

– Pourquoi pas au malheureux Français ? demandai-je.

– Parce qu'il avait pris la fièvre en Amérique du Sud où il cherchait à s'enrichir. Comme elle était majeure à ce moment-là, je suis persuadée que s'il avait vécu, elle n'aurait pas tardé à s'échapper pour aller le rejoindre. Pauvre petite folle qui ne l'avait pas revu depuis plus de cinq ans ! Au lieu de cela elle écrivit une lettre d'adieu à son oncle et à sa tante et se précipita avec son diadème dans les eaux « ornementales ».

– Dans le lac ? demandai-je.

– J'emploie les mots de sa lettre, dit Miss Fullaton, vous pouvez la lire, monsieur, si vous en avez envie. Elle est dans le tiroir du haut, à gauche – celui qui a le bouton écorné.

En revenant à mes pinceaux, je songeais à ce récit, et cherchais à savoir comment les deux jeunes gens avaient pu correspondre, qui leur servait d'intermédiaire. Miss Fullaton m'affirma qu'on n'avait jamais rien découvert, et, croyait-elle, jamais rien deviné.

– Était-ce vous, mademoiselle Fullaton ?

Elle éclata d'un rire de jeune fille.

– Voilà comment se font les légendes. Non, ce n'était pas moi. Du reste, c'eût été impossible. La maison dans laquelle mon père s'était retiré se trouvait à six milles de là, sur la pente de Thrusted, et fut brûlée en 1852 jusqu'aux fondations. J'y venais rarement et encore moins ici, à Windrush, car mon oncle avait des enfants du modèle de la bonne reine et on me croyait perverse. Non, rassurez-vous, je n'y étais pour rien.

– Votre père, alors ? hasardai-je.

– Mon père ! – elle fit la grimace en me lançant un regard de côté, puis ajouta avec un léger sifflotement : Qui sait, qui sait ?... Je n'ai jamais eu vent de la chose !

Je peignis en silence une demi-heure environ ; après quoi, un geste saccadé de la tête et un mouvement raide des épaules du modèle me signifièrent la fin de la séance, et Miss Fullaton arriva au but de son récit :

– Je voudrais que vous donniez ce diadème à Claire.

Elle me le tendit.

– Mais votre cousine le portait quand elle s'est noyée ?

– Qu'est-ce que cela fait, vous n'aurez pas besoin de le lui dire.

– Elle doit sûrement le savoir, elle connaît presque toute l'histoire des Fullaton.

– Elle vous l'a racontée ?

– Parfaitement.

– Donc, cela ne vous intéresse pas.

– Oh ! mais si.

– Vous aimeriez mieux, vous, qu'elle vous entretienne d'autres sujets ! – comme je ne répondais pas, ni ne prenais la couronne, elle continua : Vous refusez de la lui donner, monsieur ? Êtes-vous retenu par une idée de superstition ? Mais écoutez, on dit aussi, peut-être le savez-vous, que le don d'un amant n'entraîne aucune malédiction. Êtes-vous convaincu ? Craignez-vous encore qu'étant mon messager, le cadeau vienne de moi ? Tenez, prenez-le, il est à vous. Faites-en ce que bon vous semble.

Je pris le diadème des mains tremblantes qui me le tendaient, car elles l'auraient laissé tomber.

– Je le lui offrirai, dis-je, si je fais un jour son portrait.

– Cependant vous peignez des églises et des vieilles femmes,
et vous détestez quand je parle d'elle. Vous n'êtes pas venu au
monde, vous savez, pour peindre des pierres et des bâtons.

Je répondis que ce n'étaient ni les pierres ni les bâtons que
je m'efforçais de rendre.

– Quoi donc alors ? dit-elle vivement. L'esprit qui les anime ?
Quel esprit ? Celui de Dieu ? Peut-être est-il plus présent dans
un beau corps que les moines ne le supposent. Sinon pourquoi
l'avoir créé ainsi ? Je n'y vois qu'une autre réponse plausible,
assez peu flatteuse pour l'Omnipotent. Vous avez peur, jeune
homme, emportez votre diadème et au nom de Dieu, oui vraiment je le répète si vous le désirez, en Son nom, trouvez-en
l'emploi.

Claire me rejoignit tandis que je rangeais la miniature. Sans
parler du diadème, laissé dans ma chambre, je lui demandai si
elle connaissait l'histoire de la jeune fille dont nous regardions
le portrait.

– Oui, dit-elle, mais vous devez en avoir assez de m'entendre
répéter les histoires de famille.

– C'est peut-être vous qui êtes fatiguée de me les raconter.

Son sourire manquait de confiance.

– J'en étais très fière. Je le suis encore. Je crois vraiment
aimer Windrush. Il y a de la fraîcheur ici, une sorte de loisir, et
un ordre tranquille qui me ravissent. Les échos du passé
reviennent si peu changés que je me demande parfois si cela
durera, ou si notre génération n'en verra pas la fin. Au début,
j'étais comme jalouse, je m'imaginais entendre les gens, plus
tard – peut-être dans cinquante ans – dire en se souvenant de
moi avec regret : « Elle a vu les derniers jours de la vie de château en Angleterre ; après elle, le déluge. » Aussi je voulais
jouir de chaque minute comme si – l'idée est peut-être fantasque – comme si j'étais née après le « déluge » et que seule la
grâce d'un miracle me permît de vivre à notre heure présente

– elle s'arrêta, et, tournant vers moi son large regard sérieux,
elle ajouta : Mais alors, je me vis avec les yeux de ceux qui
viendraient dans cinquante ans, faisant éternellement le tour
de la maison, et racontant les histoires de famille jusqu'à ce
qu'on arrive à sourire de mon orgueil en m'écoutant, que je me
mette moi-même à en rire, et que je devienne vieille, Nigel,
sans avoir rien accompli, sans lutte, sans rien à transmettre.
Cette petite dans la miniature – je pense qu'elle devait être un
peu toquée et romanesque, cependant elle avait combattu
pour quelque chose – elle laisse une légende derrière elle.

La voix de Claire contenait un appel qui m'attirait. Comme
elle est belle ! me disais-je, et pourtant combien plus elle l'a
été, et pourrait l'être encore ! Mais je la quittai avec une hâte
cruelle, lui laissant croire que je trouvais sa confiance indis-
crète, et que je l'en blâmais. En m'éloignant j'avais envie de
revenir sur mes pas, et sur le chemin de l'église, en traversant
la pelouse et les prés bas, j'étais possédé du désir d'abandonner toute prudence, de courir à elle et de transformer le
monde, comme si un geste impulsif et passionné suffisait à
cela. En même temps, j'aspirais à la délivrance et à l'oubli. En
descendant de Flock Hill, je m'étais sentis libéré de cet état de
confusion qui me dominait à nouveau, et contre lequel je ne
voyais d'autre remède qu'une complète renonciation.

Je m'aperçus, en entrant à l'église de Windrush, que je
n'avais pas mes crayons. Je m'assis néanmoins, et laissai le
silence me réconforter. Le printemps qui m'avait amené à
Windrush s'était changé en été et une brise chaude et riche
entrait par la porte ouverte. L'église était grande, de style
roman avec l'arche ronde ; malgré les traces de périodes plus
récentes, sur le toit et sur quelques-uns de ses ornements, elle
gardait le charme particulier, naïf, de la foi primitive de
l'homme. Et je me demandai comment l'un des constructeurs
de l'église, ou le sculpteur qui grava l'ange sur la tombe de
Pierre Fullaton, considérerait à présent l'existence si, ayant
mon âge, il se trouvait assis à ma place. Dans quel but tra-
vaillerait-il ? Pour satisfaire une force en lui ? Pour gagner les

louanges des hommes ? Sa réponse serait sans doute : « A la gloire de Dieu ! » Mais que signifiait-elle ? Attendre du Ciel sa récompense, ou offrir à Dieu une chose qu'il réclamait ? Je sentais que travailler à la gloire de Dieu ne consistait pas à chercher une récompense ou à offrir des dons, mais simplement à s'épanouir comme une fleur s'ouvre d'elle-même au soleil. Je me laissai bercer par ces consolantes réflexions tout en regardant l'astre, au-delà du portail, verser sur les tertres et les pierres tombales ses arabesques jaunes et blanches. Je savais que la gloire divine représentait seulement à mes yeux une aspiration et un mystère ; elle n'était pas une force intérieure qui m'entraînait. Je songeais à Dieu, et je croyais en Lui, de même que je contemplais le soleil du dehors, sans ressentir la chaleur de sa présence. Si j'avais dû décorer alors l'antique tombe des Fullaton, j'aurais pu la rendre belle, mais non lui donner son caractère de sainte naïveté, à la manière du vieux sculpteur.

Cette tombe avait attiré mon regard dès le premier jour, et depuis, à chacune de mes visites à l'église, elle s'imposait à nouveau. C'était le plus ancien des monuments funéraires de la famille. A présent on enterrait ses membres dans une autre voûte, sous le cimetière. Pierre Fullaton reposait en armes, le corps limé et usé par le temps, la tête du côté nord, les membres allongés, inclinés vers le mur, au sud. Du centre de l'église, on voyait surtout la partie septentrionale, la plus élevée de la tombe, d'où s'élançait un ange. Le sculpteur l'avait taillé la tête penchée à droite, comme si la créature céleste jetait un regard en arrière, vers la terre qu'elle quittait. Ses ailes tombaient le long de ses côtés et ses pieds pointaient vers le sol, car dans l'air où il se mouvait il était impondérable. Il emportait un enfant dans ses bras, croisés selon la mode classique. Lorsque j'avais parlé de lui à Windrush, on s'était moqué de moi :

– Il paraît que l'artiste l'a sculpté pour se venger, déclara Ned avec conviction, fort satisfait de cette version de la légende. Pierre Fullaton l'aurait spolié, et votre créature angélique ne serait autre qu'une des maîtresses de Pierre, Elizabeth Bask, et l'enfant, un bâtard difforme qu'il avait eu d'elle. Il m'a l'air contrefait, un petit être misérable, en tout cas.

– Je n'en crois rien, répondis-je.

Ned avait haussé les épaules.

– Pourquoi pas ?

– Parce que l'ange est véritablement un ange, vous le sentez dans chaque trait, et l'homme qui l'a sculpté l'a fait par amour et non par haine.

– Par amour ! Pierre n'attirait pas spécialement la tendresse, d'après ce qu'on dit.

Mais en regardant de nouveau la statue, je pensais qu'aucun amour humain n'avait inspiré l'artiste dans son travail, et que l'enfant devait personnifier à ses yeux l'âme de Pierre Fullaton emportée vers son Dieu pour naître à nouveau. Je m'étonnais de découvrir combien la beauté physique de l'ange était peu charnelle, moins un corps qu'une manifestation terrestre de l'âme. L'homme qui avait créé cette image pouvait-il considérer ainsi les femmes, voyait-il en elles de purs esprits attendant l'appel qui les libérerait ? Une pareille foi devait permettre à un artiste de travailler en paix à la gloire de Dieu. Mais, tandis que j'enviais un tel état de quiétude, mon imagination s'enflamma et, le regard toujours fixé sur la tombe des Fullaton, je vis Claire, nue devant moi, les bras croisés sur sa poitrine. « Même dans cette église, si près d'atteindre au calme, je ne trouve pas de salut », m'écriai-je en moi-même. Car, à ce moment-là, j'étais possédé par le désir de Claire. Je me levai et sortis. C'était la première fois que j'éprouvais cette soif de son corps. Cet éclair de folie passa aussitôt tandis que je traversais le cimetière. Cependant, à Lisson, j'avais adoré Claire de toute mon âme et j'étais prêt, j'en suis certain, à la vénérer de nouveau et à me perdre en elle avec bonheur si je pouvais la retrouver telle qu'elle était alors. Et l'objet de mon amour était impalpable, ne pouvait pas plus périr qu'être détruit. Je ne savais comment me libérer de ce besoin de l'âme. « Sinon par la grâce de Dieu ! » aurait dit le sculpteur primitif. « Mais comment un homme prierait-il pour que le vœu de son cœur soit changé ? » La question que je me posais était très ancienne, et je songeais, en rentrant à travers les prés, combien j'aurais aimé entendre à ce sujet la réponse de Cranmer.

Mes récents dessins ecclésiastiques dormaient au fond d'un tiroir, dans l'atelier d'Henry Fullaton, car, sauf le dimanche où la foule des fidèles neutralisait toute influence ambiante, j'évitais l'église de Windrush. Désireux à la fois de m'en écarter et d'y retourner, je cherchai la raison profonde de mon malaise, et je sentis deux courants opposés dans mon existence. Pour atteindre au plein épanouissement de mon art, je devais le consacrer et il en allait de même avec ma vie, mais ces deux consécrations étaient contradictoires. La première m'entraînait vers le renoncement et un ascétisme en dehors de ma nature, et la seconde, vers l'amour d'un être déjà disparu, bien que son corps demeurât vivant. Je restai incertain, m'abstenant toutefois d'aller à l'église, car la vue de l'ange ne servirait qu'à aviver le conflit.

Devant le portrait de Miss Fullaton, je me sentais en terrain solide. Lorsque je peignais ou que je me débattais au milieu des problèmes que suggérait sans cesse l'esprit fertile d'Henry Fullaton j'étais heureux, et j'oubliais tout le reste. Je cessais seulement alors d'être tourmenté entre mes recherches et mon désir de les fuir. Pour échapper à ces courants contraires, je me retirai de plus en plus en moi-même : hors du monde. Ma mine devait s'altérer, car Miss Fullaton s'écriait, en m'apercevant, que je travaillais trop, et un jour Claire me demanda avec une curieuse gravité au fond de son sourire : « Ne m'entendez-vous jamais quand je parle, Nigel ? Où vos pensées vont-elles s'égarer ? »

Brusquement, comme si j'espérais trouver là une réponse à mon désarroi, je revins à l'église ; j'y demeurais assis des heures entières, tandis que les rayons du jour tournoyaient dans la chaire et que, sur la tombe des Fullaton, l'ange s'élevait éternellement vers le ciel, emportant entre ses bras, avec l'enfant, mon imagination captive. Au début, il suffisait d'un bruit de pas pour me faire changer de position et revenir à moi ; bientôt, je n'entendis même plus marcher dans l'église, ni parler au-dehors, dans le cimetière. Je parvins à m'abstraire dans la solitude et à y puiser des forces pour mon travail du lendemain. Rien n'existait sauf ma peinture et ces heures d'extase où elle prenait sa source. « Jeune homme, me disait Miss Fullaton, prenez garde, vous perdrez la raison, vous ne savez même plus dans quel monde vous vivez ! » Mais je ne prêtais aucune attention à ses paroles. Si vraiment je devenais fou, c'était d'une folie que j'avais toujours souhaitée et à laquelle je ne renoncerais pas. Mon travail, je le savais, était meilleur que jamais.

Une fin d'après-midi, la bonne lumière disparue, je me dirigeai, sous la pluie, vers l'église. Elle était sombre et morne au-dedans, mais cela me plaisait. La pluie cessa, de grands vents balayèrent le ciel et les derniers et faibles éclats du jour purent pénétrer à l'intérieur avant le coucher du soleil. La pierre de l'ange s'enrichit de tons d'or, non comme elle se colore communément en Angleterre, mais à la manière de ces pierres d'Italie qui, parfois, s'illuminent d'une sorte de joie sereine obligeant le promeneur à s'incliner en souriant. Je contemplais cette extraordinaire subtilité de lumière qui ne contient ni chaleur ni froid et n'a pas d'équivalent en peinture lorsque, levant les yeux, je vis Claire à mon côté.

— Savez-vous l'heure qu'il est ? — puis la voix changée, elle ajouta : Que regardez-vous, Nigel, pourquoi me tenez-vous à l'écart ?

— Je regarde l'ange, croyez-vous que ce soit une œuvre de vengeance ?

— C'est Ned qui vous a dit cela ?

— Oui.

— Il répète une vieille légende.

— Et vous y croyez ?

— Pas à présent, répondit-elle.

Et me quittant, elle s'agenouilla à côté de la tombe pour examiner la statue de plus près. « Pourquoi, me disais-je en la suivant des yeux, ai-je été si longtemps effrayé, pourquoi prétendre que l'objet de mon amour n'était qu'un fantôme enfui de cette terre ? Le voici, aux pieds de l'ange aussi beau et pur que lui. » Et vraiment, lorsque Claire se releva pour me rejoindre, la lumière tombant sur elle et projetant son ombre sur les dalles chargées d'inscriptions du chœur, j'oubliais à la fois ma déconvenue d'un jour, et mon désir d'elle.

— Pourquoi restez-vous seul ici ? demanda Claire.

Et je répondis :

— Pour que vous veniez à moi, comme vous l'avez fait, seulement je ne m'en doutais pas !

Les lèvres de la jeune femme s'entrouvrirent, et ses mains jointes sur son sein retombèrent à ses côtés. Sur le point d'en dire davantage – peut-être même de me toucher –, elle s'arrêta, silencieuse, le visage illuminé.

— Revenez alors avec moi, dit-elle enfin, vos yeux sont fatigués et je me sens lasse ; vous m'avez si longtemps tenue loin de vous.

Le jour finissait sur les prairies, et le ciel nettoyé laissait prévoir une matinée limpide.

— Nous nous souviendrons peut-être de cette soirée, dit-elle, et nous ne pourrons plus redevenir étrangers.

Claire avait prédit une belle journée après les dernières pluies, et le lendemain matin, lorsque je regardai au-dehors, la terre semblait créée à nouveau. La verdure des pelouses et des prés m'éblouissait, les toits du village de Windrush dépassaient l'ombre de Thrusted et semblaient couverts d'un chaume de conte de fées en paille d'or et d'argent.

Au réveil, avant la pleine conscience, je m'étais senti envahi par l'attente d'un grand bonheur ; je m'imaginai soudain que cette joie avait trait à mon travail : un morceau bien commencé qu'il ne me restait qu'à terminer. Je tâtonnais dans un demi-rêve, cherchant des précisions ; alors Claire m'apparut comme un beau navire qui se glisse dans le port et, silencieusement, le

transfigure. « Elle est revenue », me dis-je émerveillé et rendant
grâce. Peu à peu j'arrivai à me souvenir nettement de ce qui
s'était passé. Je bondis alors et, sautant de mon lit, je courus à
ma fenêtre ; je regardai au-dehors, me sentant rénové comme le
monde extérieur, au seuil d'une vie plus ample et plus forte.

Plus tard, cependant, seul avec Claire, je me trouvai mal à
l'aise, car elle avait dans les yeux une expression secrète ; tandis
que mon cœur ne contenait nul mystère. La joie que j'éprouvais
était de celles qu'on chante ; j'aurais aimé lui dire qu'hier j'avais
retrouvé l'ancienne Claire Sibright, celle qui depuis ces derniers
mois se cachait et demeurait enfermée loin de moi. Mais, quand
je voulus parler, je m'aperçus qu'elle envisageait l'avenir et
mettait en balance les risques et les devoirs du monde. Je ne
désirais qu'une chose, jouir du présent ; elle comparait les jours
passés et futurs avec le moment actuel. « Que vais-je faire maintenant ? » semblait-elle se demander. Nos pensées erraient sur
des plans différents et nous ne pouvions pas nous rejoindre, car
l'amour spirituel ne s'extériorise jamais par des actes ; c'est une
extase cloîtrée, et je vivais dans cet enchantement.

Mais peu d'êtres sont capables de respirer longtemps cet
air-là, et Claire se montrait la plus sage de nous deux. J'eus
beau ne pas ramener volontairement mon regard sur le
monde, l'univers se mit à fleurir devant moi. Je remarquai des
choses qui jusqu'ici passaient inaperçues : l'agréable vigueur
de mon corps, la richesse des couleurs, tandis qu'auparavant,
j'étais surtout attiré par la subtilité des nuances. Mes toiles se
réchauffèrent et se couvrirent de joyaux, ma palette s'enhardit
et je cessai de voir dans les splendeurs matérielles de l'église de
Windrush le fruit d'un renoncement à l'existence, un acte
d'humilité ; elles me semblèrent au contraire une glorification
exaltée de la vie, une louange et une aspiration. Je m'étais
formé une image du sculpteur d'autrefois, je lui avais donné
un visage pâle et des yeux encavés et brûlants. A présent cette
évocation me devenait étrangère, je voyais surgir à sa place,
dans mon esprit, un jouvenceau au teint clair, rempli d'ardeur
et d'espérance, comme David en personne.

– Vous êtes un drôle de type, me disait Henry Fullaton ; je vous vois modifier votre manière sous mes yeux. Le portrait de ma tante a déjà vieilli.

– Il n'y perdra pas ; le fait d'être peint tout uniquement sur bois le range dans une catégorie spéciale ; du reste, le modèle, lui aussi, est tout à fait à part.

Là au moins je ne désirais aucun changement. Ce portrait ne pouvait être traité dans une confusion de méthodes diverses. « Mais c'est vrai, me dis-je ; partout ailleurs, non seulement je ne peins plus de la même façon, mais j'obéis à une nouvelle impulsion. »

C'est vers cette époque qu'un débat s'engagea à propos du séjour de Ned et de Claire à Londres pour une partie de la saison. Ned avait, je crois, cherché surtout à plaire à sa femme en formant ce projet, il s'entêta ensuite, lorsque Claire manifesta le désir de rester à Windrush. Elle s'efforçait d'éviter les discussions en public, mais, chaque fois que le temps était mauvais ou qu'elle demandait : « Que ferons-nous ce soir ? » il saisissait l'occasion et revenait à son sujet, faisant observer combien il y aurait à Londres de compensations aux jours de pluie, et de manières d'occuper les soirées.

– Cependant vous aimez la campagne, Ned, il n'y a pas de plus beaux mois que ceux-ci à Windrush, et puis, tout ce qui vous intéresse s'y trouve réuni.

– Vous m'avez l'air d'y rencontrer aussi ce qui vous plaît.

– J'adore Windrush, vous le savez bien.

Il s'obstina.

– Ses avantages ne me semblent pas facilement transportables à Londres, avec moi.

– La vue de Thrusted ne peut guère nous y suivre.

– Je ne pensais pas à Thrusted.

Elle continuait à sourire, mais fit rapidement face à l'évidente provocation :

– A quoi songiez-vous donc ? dit-elle ; vous imaginez-vous que je vais m'enfuir avec George Currall ! C'est le seul ici qui soit en âge. Ned, vous devenez ridicule !

Il lui tapota l'épaule, du geste dont on calme un enfant, et sentant peut-être combien sa jalousie ambiguë était exagérée, il demanda :

– Ridicule ou pas, je voudrais que vous veniez avec moi à Londres.

En dehors de quelques coups d'œil lancés dans ma direction, Ned ne paraissait pas s'apercevoir de ma présence ; entraîné par son ardeur, il finit par l'oublier complètement et supplia :

– Je veux vous avoir un peu à moi seul.

Elle passa devant lui ; ses talents de repartie, sa manière de couper court à trop de gravité par des sarcasmes, l'abandonnèrent un instant, et elle se mit brusquement à parler de choses et d'autres, ne faisant qu'appuyer dangereusement sur le point qu'elle cherchait à dissimuler : car c'était la tendresse de Ned, et non pas seulement l'insistance avec laquelle il l'exprimait qui, à cet instant, lui avait déplu. J'évoquai la première image de Claire, celle qui s'était formée dans mon esprit lorsque je vivais encore à Drufford – la vision romanesque d'une créature fière, indépendante, qu'on aurait emprisonnée, d'un oiseau bien enfermé dans une cage étouffante. Plus tard, à Windrush, Claire m'avait semblé satisfaite de son sort, et ce contentement lui enlevait les qualités qui la distinguaient à mes yeux des autres femmes. Elle était toujours fière, mais de ses biens matériels ; son indépendance ne lui venait plus d'elle-même, mais de son rang dans le monde, et sa beauté lointaine avait un pouvoir qui m'effrayait. A présent je la regardais de nouveau et un tremblement joyeux m'agita comme au passage d'une brise légère. Je reconnaissais subitement ce frisson d'allégresse, je l'avais déjà ressenti dans ces premiers jours du mois, à mon arrivée à Lisson… je me détournai et fermai si fort les paupières qu'un feu rouge dansa devant mes yeux ; je songeais : « Non, ce n'est pas la même chose, car alors elle était avec moi à l'aube de la vie, où ni l'un ni l'autre ne pourrons jamais retourner. »

Mais je reprenais conscience d'elle et j'avais beau avoir le

pinceau en main, ma pensée se débattait pour aller la rejoindre.
En sa présence, mon attitude distante fit place à la timidité ; je
sentais que si elle pouvait lire mes pensées, deviner mon enfan-
tillage – car je me plaisais à imaginer la réalité de notre fuite
ensemble un soir, et le mythe de notre existence –, elle se met-
trait à sourire et à jouer de son sourire, si bien que j'en mourrais de honte. Elle avait épousé l'ami de Richard, et je savais
que mon frère lui aussi se moquerait de ma folie et n'y verrait
que des fantasmes d'enfant. Parfois je m'efforçais de considérer ce qui se passait à Windrush à travers les yeux de Richard ;
je l'entendais me dire avec le plus grand calme que Claire
s'amusait et que j'étais un imbécile. L'idée d'un changement
dans l'attitude de Claire vis-à-vis de moi ne me venait pas alors
à l'esprit. Je remarquais chez elle tantôt la douceur ancienne,
tantôt l'orgueil nouveau, et constamment cette étrange gaieté
un peu mélancolique qui m'avait empêché d'achever son portrait. Je n'en voyais pas davantage, peut-être parce qu'elle
s'ignorait encore elle-même, peut-être aussi parce que sous ce
tumulte de la passion je restais profondément le fils de mon
père, dans ma manière de juger autrui. J'ai toujours été frappé
d'étonnement lorsque, en pleine agitation humaine, dans ce
monde surpeuplé, au milieu des revendications et du désir
d'arriver, une femme s'est tournée vers moi assez longuement
pour y découvrir ce qui mérite d'être aimé. Or, j'avais eu la
preuve, à Lisson, que Claire ne m'aimait pas, et j'étais loin de
penser qu'elle avait pu changer.

Claire n'alla pas à Londres, et Ned n'en parla plus, si ce
n'est pour me demander encore une fois pourquoi, Claire passant tout l'été à Windrush, je ne reprendrais pas son portrait.
Nous étions dehors, à l'heure du thé, et Miss Fullaton assise à
l'ombre serrait sa tasse à deux mains, en hochant la tête. Elle
demanda tout à coup :

– Dis-moi un peu, Ned, pour quelle raison tu tiens autant à
ce portrait, et peut-être alors, monsieur, m'expliquerez-vous
votre refus ?

– Mon désir est bien naturel, répondit Ned.

– Ce n'est pas une réponse. Tu crois qu'il prendra de la valeur ?

– Ma chère tante, je n'achète pas pour revendre.

Cette réplique irréfutable amena une grimace sur le visage de Miss Fullaton, mais elle persista :

– Malgré tout, tu ne donnes aucune raison.

– Il est naturel, je le répète, que je désire avoir un portrait de Claire.

– Oh ! naturel ! – et, carrant les épaules, elle se tourna vers moi : Vous ne dites rien, monsieur, vous consentez à me peindre ; et vous refusez quand il s'agit d'elle.

– J'ai essayé à Lisson, sans y réussir.

– Vous pourriez faire une nouvelle tentative.

– Peut-être plus tard, lorsque j'aurai vieilli.

– Mais elle vieillira aussi, n'est-ce pas ?... Ah ! Aviez-vous oublié que cela viendrait un jour ?

– Aviez-vous oublié ? me demanda Claire, lorsque dans la soirée nous nous dirigions vers le lac.

Je compris tout de suite sa question et n'eus aucune peine à y répondre. Non, je n'avais pas songé qu'elle pût vieillir, peut-être parce que mes dessins l'avaient en quelque sorte fixée dans mon esprit. J'avais cherché à m'expliquer par eux ce qu'était sa personnalité présente et ce qu'elle deviendrait par la suite.

– C'est beaucoup demander à un portrait.

– Chaque belle œuvre de ce genre résume une vie.

– Vous n'avez pas abouti, est-ce que vous tentiez trop ?

– Non, mais ce que je voyais me déconcertait.

Elle pensait que j'avais voulu mettre dans ce portrait un degré de connaissance et de compréhension qui n'appartient qu'à Dieu. Je lui répondis que j'avais agi selon ma conception, non seulement de mon art, mais aussi de la littérature et de la musique – autrement cela tourne à la photographie, la décoration, la copie ou un mélange des trois. « Mais la plupart des écoles de peinture ne prennent-elles pas chacune l'une ou l'autre de ces directions, et n'est-ce pas là, en gros, l'histoire des luttes qui durent entre elles depuis le début des siècles ? » observa Claire, et lorsque je lui répondis vivement que c'était justement ce désir obstiné d'atteindre à la vision céleste de leur Dieu, quel qu'il soit, qui unissait les grands maîtres de toutes les écoles, et les distinguait des artisans, elle me regarda avec un sourire pénétrant et me dit :

– J'ai toujours senti, Nigel, que vous me voyez autrement que je ne suis. Lorsque je posais, vous m'observiez en dessinant, comme si je détenais une clef de votre destinée, et vous cherchiez à la découvrir beaucoup plus pour vous que pour moi ; et à présent vous dites que vous n'avez jamais pensé que je pouvais vieillir. Est-ce que vous avez parfois songé à moi ayant faim ou soif, solitaire ou fatiguée ?

– Je vous ai vue emprisonnée, répondis-je, et je me suis aperçu ensuite que je m'étais trompé.

– Emprisonnée ?

– Oui, dans votre existence actuelle.

– Et vous avez cru vous être trompé, répéta-t-elle en détournant la tête, puis brusquement elle ajouta : Le soir où je suis venue à vous dans l'église, les choses ont changé ; n'est-ce pas, Nigel, vous me jugez autrement depuis ?…

– Oui.

– Et vous m'avez pardonné ? demanda-t-elle en me regardant, je veux que vous me pardonniez, que vous oubliiez que je vous ai déçu – elle s'arrêta puis me dit lentement : C'est tout ce que je désire… Non, ce n'est pas tout, je veux que vous me dépassiez, de beaucoup, puis, plus tard, lorsque vous serez vieux, avec le monde à vos pieds, vous regarderez en arrière et vous vous souviendrez…

– Oui, je me souviendrai du portrait que je n'ai pas su peindre.

Elle se mit à rire et, hâtant le pas, nous fûmes bientôt, après avoir traversé le cimetière, devant la tombe des Fullaton.

– Qu'ai-je fait, demanda Claire, pour que vous cessiez de me traiter en étrangère ?

Je ne pouvais rien expliquer, si ce n'est avec maladresse ; dire que Claire Sibright et Claire Fullaton avaient des âmes différentes, et que, ce certain soir à l'église, Claire Sibright m'était réapparue, aurait probablement semblé dénué de sens.

– Je voudrais vous regarder lorsque vous peignez, me dit Claire tout à coup.

– Ici ?

– Oui, et quelquefois aussi en plein air. Peindrez-vous l'église demain ?

Je répondis que j'y viendrais aux heures les plus lumineuses de l'après-midi ; elle me promit de m'y rejoindre, intéressée par mon travail.

« Mais serai-je capable de faire quoi que ce soit, si elle est près de moi… »

En fait je n'allai pas à l'église le lendemain. Après un déjeuner à l'atelier, je continuai avec Henry Fullaton le travail qui nous avait absorbés toute la matinée. Dans un moment de repos, Henry Fullaton prononça le nom de Claire, disant qu'il regrettait son refus d'aller à Londres ; le changement aurait été salutaire. « Windrush est trop calme pour une femme jeune quand nous sommes seuls à la maison. » Mais je n'en oubliai pas moins ma promesse de la rejoindre ce jour-là.

Je descendis de bonne heure pour dîner et la trouvai seule au salon. Elle me questionna du regard. Comme je restais sans comprendre, elle me fit observer qu'elle m'avait attendu deux heures dans l'église de Windrush ; je répétai stupidement :

– Pendant deux heures !

– J'étais certaine que vous y viendriez.

Je m'expliquai de mon mieux ; je n'avais pas cru qu'il s'agissait sérieusement d'un rendez-vous, j'espérais qu'elle tournerait ma faute en plaisanterie et me pardonnerait… mais elle se garda bien d'en rire, et elle eut beau laisser tomber le sujet et s'informer du travail qui m'avait retardé, je la sentais blessée et mécontente. La soirée se passa, comme se passaient les soirées à Windrush, dans une cérémonieuse solitude qui réclamait impérieusement des invités. Claire se retira tôt, je la suivis dans le hall pour allumer sa bougie, et lui demandai si elle m'avait pardonné, et si elle me le prouverait en m'accompagnant le lendemain soit à l'église soit dans la direction de Thrusted. « Oui », dit-elle, et riant de sa propre colère, elle me tendit affectueusement la main. Je levai les yeux ; je voulais la regarder, conserver en moi l'image de sa beauté éclairée ainsi à la lueur de la bougie, et je m'aperçus que le bougeoir tremblait, les lèvres de Claire aussi, et que ses yeux se remplissaient de larmes, lentement, à regret, comme ceux d'une enfant courageuse.

– Claire ? dis-je sans comprendre encore en quoi je l'avais froissée.

Elle ne cherchait pas à dissimuler son émotion par de vains efforts. Elle se détourna de moi avec douceur, prononça quelques mots tranquilles, qu'elle articula avec peine, et monta l'escalier.

Ce même soir, j'entraînai Henry Fullaton à l'atelier sous un prétexte quelconque. Et, avant de nous coucher, je l'engageai dans une tirade sur les peintres flamands du début du XVII⁰ siècle. Il avait déjà entamé la question avant dîner. Je me sentais si troublé que j'écoutais avec peine, et l'interrompais à tout instant. Au début, mes interrogations avaient un certain à-propos, mais bientôt je me lançai dans un flot de paroles, développant mes propres idées sur la morale du XVII⁰ siècle et son influence sur les peintres de l'époque. Henry Fullaton finit par m'interrompre :

– Qu'est-ce qui vous prend, Nigel ? me demanda-t-il ; vos propos m'intéressent, mais bon Dieu ! ce sont ceux d'un fou. On dirait que vous voyez revivre à l'heure actuelle toutes ces vieilles controverses au sujet de la doctrine et des rites, tant vous y mettez de passion !

Mais je ne faisais aucune attention à lui, le poursuivant de nouvelles questions, de défis aux opinions reçues, avec la seule crainte de voir cesser notre conversation. Il me semblait que si nous restions là à parler jusqu'au matin, ma surexcitation tomberait et que je pourrais ensuite m'étendre et dormir. Mais Henry Fullaton sentait le poids de l'âge, il ne se laissa pas retenir ; peu après minuit il déambulait le long du corridor et bâillait, secouant la tête au souvenir de mes divagations.

Je retirai de leur tiroir les dessins de Claire et les étalai sur le sol à côté d'une lampe, en sorte qu'étendu de tout mon long, je pouvais contempler à loisir leur énigme. Elle m'aimait, mon cœur me le disait et, parce que j'étais penché sur les vieux croquis, je m'imaginais faire cette découverte dans la nursery de Lisson, persuadé que jamais pareil miracle n'eut lieu au monde ; je me revoyais assis sur l'appui de la fenêtre, écoutant les bruissements du feuillage glisser dans le silence et la dernière goutte de pluie tomber des auvents. Conscient de son amour, je le sentais m'envelopper comme un manteau et me donner la sécurité d'un enfant à travers la vie ; même dans la souffrance, il y aurait un détachement de la douleur, car au fond de mon être terrestre se trouvait un second moi-même que cet amour rendait inviolable. L'âme de la nature vous devient familière quand on se sait aimé. Les beautés mortes ou impersonnelles – un arbre, une rivière, une colline – prennent vie d'une manière inoubliable. Il semble que nous naissions en découvrant l'amour, sortant à nouveau des bras de Dieu ; ayant part à sa création première nous devenons à la fois plus jeunes que dans notre enfance, et plus vieux qu'à l'âge où le corps défaille vers la tombe. Jeunesse et vieillesse se confondent, peut-être à l'image de Celui dont nous avons contemplé la face, car n'est-ce pas une passion divine, hors des limites du temps, qui a flambé en nous ? « Mais qui donc est-elle, et qui suis-je, pour que dans notre mutuel amour, j'aperçoive l'origine même de l'amour et la naissance du monde ? » Je ne me sentais plus maître de mes pensées, j'étais émerveillé, touché par la grâce, et mon imagination en feu me consumait.

« Mais ces rêves sont d'une autre époque, me disais-je en examinant de plus près les dessins, et d'une femme qui n'est plus. Elle ne m'aimait pas alors, malgré sa compassion et bien que ma tête ait reposé sur sa poitrine. L'occasion est passée ; ce qui était ne peut revenir, elle et moi ne nous trouverons jamais réunis à l'aurore d'un monde ; celle dont la paix divine aurait abrité l'amour n'est pas celle qui m'aime aujourd'hui... elle lui a cependant transmis sa forme et son langage, et son esprit émane si bien de ses gestes que parfois je m'écrie : C'est elle ! Mais non, ce n'est pas elle, et moi je ne suis pas non plus celui devant qui la création s'ouvrait. J'aurais beau m'étendre à son côté et la posséder, je ne posséderais rien, car il n'y a pas autre chose que des baisers sur ses lèvres. »

Je me relevai, serrai les dessins et entrai dans ma chambre. Toute la nuit, je demeurai éveillé et mon désir resta en lutte avec mon âme. J'avais beau savoir qu'elles n'étaient pas identiques, je persistais à confondre Claire Sibright et Claire Fullaton, liées par ce caprice d'une même beauté. Entraîné par le rêve, je voyais Claire comme elle m'était apparue la dernière fois, une bougie à la main ; ses yeux brillaient, mais au lieu de larmes, la passion les éclairait. Elle me faisait signe et je la suivais me disant en moi-même, froidement, au milieu de la fièvre de mes sens : « C'est le même corps, j'obtiendrai paix et satisfaction. » Puis soudain, elle tournait vers moi son visage et je voyais sous ses traits m'apparaître le regard de l'autre, de celle que j'avais connue à Lisson, à l'aube de la vie. « Vous suivez une femme différente, semblait-elle me dire, que tout le monde prend pour moi, et qui, pour vous seul, ne peut être semblable à l'autre et ne le sera jamais. Vous la suivez à cause de sa beauté et vous vous égarez en pensant apaiser ainsi le désir de votre âme. » Elle s'arrêta de parler et je me retrouvai dans ma chambre de Windrush, observant sur le plâtre du plafond les ombres portées, grises, de l'embrasure de la fenêtre aux premières lueurs du jour. J'entendais aussi gazouiller les oiseaux.

Je me questionnais moi-même, avidement, sûr d'avance de la réponse, me demandant si j'avais mal interprété les faits et si vraiment le pouvoir que j'exerçais sur la femme de Ned Fullaton était réel. Puis, certain du fait, flatté dans mon désir et

ayant perdu tout empire sur mes sens ébranlés par le manque
de sommeil et les rêves agités, je me disais : « Elle est fière, mais
la nudité l'humiliera et ses cheveux cacheront son visage... »,
puis : « Elle est lasse et se détourne de moi, ses cheveux tombent
en arrière sur son cou... » Je remuai et le gazouillis des oiseaux
me parvint à nouveau... Mais ne s'agissait-il pas de la femme
que j'avais adorée, n'avait-elle pas ses traits, sa voix ? Comment
pouvais-je alors, même au bord d'un rêve, convoiter sa chair
d'un désir si furieux ? Il semblait qu'il ne restait plus ni beauté
ni honneur dans la vie ; elle ne contenait que du vide ou la paro-
die d'un méprisable accomplissement. Je préférais le néant ; je
fuirais, je ne songerais à rien qu'à ma peinture.

Je courus à la fenêtre et me penchai au-dehors ; mes impressions d'abaissement, mes moments d'exaltation commencèrent à m'apparaître comme un rêve confus et sans portée. Je
resterais certainement à Windrush, car la veille, les yeux de
Claire s'étaient remplis de larmes en me disant bonsoir, et je
voulais la voir rire ce matin, l'entendre parler en nous promenant à travers les prés, dans la direction des bois, selon l'habitude que nous avions prise.

Mais la besogne n'avançait pas ; seul le portrait de Miss Fullaton était en bonne voie. Henry Fullaton s'en réjouissait, car
il détestait se voir obligé à de dures critiques et il ne trouvait
rien dans ce que je faisais qu'il pût franchement louer. Il ne
comprenait pas mon travail actuel, car il ignorait la profonde
confusion, l'extrême agitation de mon esprit. Il devinait une
lutte intérieure mais, intimement persuadé que le pinceau
obéit seulement à l'œil et à la main qui le dirigent, il ne pouvait admettre l'influence d'un état de trouble sur mes toiles.
Trop raisonnable lui-même pour comprendre l'extravagance
des autres, il me blâma, à contrecœur, de mon laisser-aller :
« Vous peignez à la fois comme un imbécile et un diable inspiré ; pourquoi aller de ce train-là, mon garçon ? Il est impossible de maintenir cette allure. »

Je répondis avec indifférence que je travaillais moins vite que d'habitude.

– Moins vite ! C'est encore pis ! Je ne parle pas des heures d'horloge, mais votre esprit s'élance, il est plus rapide que votre pinceau, ici, là, partout ! dit-il en agitant la main.

En face de sa vague amabilité, je me sentais impuissant, incapable de lui fournir les explications qu'il semblait provoquer en hésitant ; aussi, je ne pouvais que me retourner et le considérer avec des yeux un peu trop expressifs sans doute, car il prit tout à coup l'air chagrin et gêné, comme s'il avait entrevu des choses qu'il désirait ignorer. En dépit de sa manière d'être plus souple, sa parole plus aisée, son aspect chaud et cordial… combien il ressemblait à mon père ! Et avec quelle facilité je sentais les barrières s'élever entre nous, les mêmes qui, autrefois, arrêtaient les demi-aveux de mes confidences d'enfant.

– Vous voyez, dit Henry Fullaton d'un air mystérieux (et je me souvins aussitôt que mon père se tirait d'embarras en me confiant qu'on avait enfermé des chocolats dans un certain tiroir, dont il agitait les clefs d'un air taquin)… j'ai une petite surprise en réserve : Jules Coutisson vient de Paris pour affaires, et je l'ai invité ici, mais sans intention de lui montrer mes toiles.

Coutisson m'était connu de réputation, il n'y avait guère de plus grand connaisseur en Europe ni de plus habile marchand. Coutisson… mais Jules Coutisson ?

– Le fils de Pierre Coutisson, continua Henry Fullaton, comme s'il allait sortir tout au moins le valet d'atout. Bien entendu nous ne manquons pas de choses à lui montrer, d'excellent travail, mais il voudra examiner ce que vous faites actuellement et j'aimerais qu'il vous voie à l'œuvre.

– Il y a l'église de Windrush, dis-je.

– Mais vous vous êtes arrêté en chemin, cela fait des jours que vous n'y avez pas touché.

– Et le portrait de Miss Fullaton ?

Henry Fullaton réfléchissait, soufflant dans sa barbe :

– C'est bizarre, mais je ne crois pas que cela intéresse Jules. Dans cet ordre-là, il est moins fort que Pierre. En ce qui concerne les grands maîtres, il possède une connaissance étendue, une vue très large bien que, chose bizarre, il n'admette guère les paysages de Gainsborough. Mais lorsqu'il s'agit des modernes, sa critique suit un peu trop des rails – ils ont beau être espacés et nombreux ce sont tout de même des rails –, et le portrait de ma tante, avec la manière dont vous l'avez traité, n'entre pas dans sa ligne. Il n'aimera ni la peinture sur bois ni l'extrême délicatesse des coups de pinceau. Et puis, mon garçon, cette œuvre, si belle qu'elle soit, ne représente pas exactement votre talent. Son père, lui, en aurait compris la valeur et ce que vous y avez mis de vous-même. Oui, Pierre Coutisson saurait ce qu'elle vaut! répéta Mr. Fullaton, joyeux de produire cette fois-ci son as d'atout.

Je compris qu'on invitait Jules Coutisson à Windrush pour mon profit, et que Mr. Fullaton éprouvait quelques inquiétudes : mon travail actuel serait-il à la hauteur d'un pareil critique?

– Maintenant, Nigel, dit-il tout à coup, ne faites aucune cérémonie; si vous êtes fatigué de Windrush, si vous désirez vous éloigner un peu, partez, et revenez quand le cœur vous en dira.

Je pense qu'il aurait été content de me voir accepter, car si j'avais été absent au moment de l'arrivée de Jules Coutisson, Mr. Fullaton se serait senti plus libre de montrer simplement mes anciennes œuvres, et de passer les nouvelles sous silence. Je ne compris pas alors sa ruse – si ruse il y avait –, et je répondis, ajoutant quelques vagues explications au sujet de mon état d'esprit, que je préférais rester à Windrush, s'il n'était pas, lui, fatigué de m'avoir dans son atelier.

– Mais, mon cher enfant, c'est la joie d'un vieillard de vous garder auprès de lui.

Claire, elle aussi, s'opposa franchement à ce projet de départ en congé lorsqu'elle l'apprit :

– Vous ne pouvez pas partir, dit-elle, avant la visite de M. Coutisson.

Et Ned ajouta, comprenant pour une fois qu'il faisait une plaisanterie à ses dépens :

– Ce serait stupide de vous en aller avant la semaine du cricket, car c'est rudement amusant, je vous assure.

Claire se mit à rire, et il se réjouit de l'entendre. Encouragé, il continua :

– Ne pourriez-vous pas peindre les équipes de joueurs ? En faire une sorte de portrait ?

– Vingt-deux portraits, voulez-vous dire ?

– Non, un groupe.

– Ce ne serait guère plus facile.

– Peut-être pas, reprit-il, s'apercevant du coin de l'œil que Claire, cette fois, souriait de lui. Je songeais à une simple esquisse.

– Mieux qu'une photo, hein, Ned ? fit son père en lui envoyant un coup de poing amical dans les côtes.

La franchise spontanée de l'exclamation de Claire : « Vous ne pouvez pas partir, Nigel ! » avait un charme déconcertant.

En dehors du simple plaisir de garder un ami près de soi, il ne semblait s'y dissimuler aucune insinuation ; l'accent était sincère, sans plus de trace d'émotion dans la voix qu'il n'y en avait, j'imagine, dans l'esprit. Claire, du reste, était trop Anglaise, trop maîtresse d'elle-même par éducation et par instinct pour laisser paraître un sentiment personnel en présence de plusieurs personnes, ou lui permettre d'affecter ses devoirs de maîtresse de maison. Cependant il n'y avait rien d'artificiel ni de dur dans sa manière d'être. Elle conservait ce ton de franchise naturelle dans lequel elle s'était réfugiée, après son imprudence d'un soir. « Nigel, m'avait-elle dit dès le lendemain, j'étais fatiguée hier soir, je me suis montrée stupide à propos de votre absence à l'église » ; puis son expression un peu timide, légèrement tendre et hésitante, disparut, et nous pûmes, devant le monde, retrouver notre aisance. En nous-mêmes, le trouble subsistait. Claire ne venait plus me rejoindre devant l'ange des Fullaton. Je n'osais réclamer, sachant qu'elle accepterait de m'accompagner et là, cependant, je ne pouvais travailler seul. Quand je sortais peindre en plein air, elle me disait devant les autres : « Nigel, est-ce que cela vous ennuiera si je vais plus tard, à la fin de la matinée, voir un peu ce que vous faites ? » Mais lorsque je la sentais près de moi, je me voyais forcé de poser mon pinceau et de lever les yeux vers son visage pâle ; et si dans la soirée Ned et son père, sortant ensemble du salon, nous laissaient seuls auprès de Miss Fullaton, silencieuse dans son fauteuil, j'avais beau lire, je savais si le regard de Claire se posait sur moi ou s'en détournait.

– Je crois que je vais me retirer, disait Miss Fullaton, mais nous la retenions jusqu'à l'arrivée de Ned.

– A présent, dit-elle, vous consentirez peut-être à sonner ma femme de chambre – et quand ma main se trouvait sur la poignée, elle ajoutait : Deux coups – très distincts. Bien que vieille, elle est restée stupide.

Je compris par mille indications de ce genre, du geste ou de la parole, que Miss Fullaton se rendait parfaitement compte du désarroi de mon travail. Un après-midi, pendant la pose, elle me dit à brûle-pourpoint :

– Alors décidément, vous ne quittez pas Windrush ?

– Non, je ne pars pas, répondis-je sans réfléchir, absorbé par ma peinture.

– Henry parlait d'un congé ?

Je secouai la tête, et le silence retomba.

Elle attendit la fin de la séance, puis questionna :

– Quand terminerez-vous mon portrait ?

– Bientôt, j'espère.

– C'est bizarre que vous ne puissiez travailler qu'à cela ?

– Je peins presque toute la journée.

– Mais sans penser à ce que vous faites, ou, du moins, pas comme au début. Est-ce vrai ? Mes yeux sont trop vieux pour juger d'une peinture, mais ils voient encore le peintre, et mes oreilles entendent ce que l'on dit. Henry prétend que vous tombez en morceaux, il vaut mieux que vous le sachiez.

– Il a vraiment dit cela ?

– En d'autres termes... j'interprète, mais au fond, est-ce exact ?

– J'espère que non, répondis-je, mais personne ne peut peindre tout d'une traite pendant plusieurs mois.

Elle s'appuya en arrière et une ombre de lassitude passa sur son visage ; elle semblait se demander si elle continuerait cette conversation ou la laisserait tomber. Un instant, elle ferma les yeux, et j'étais déjà près de la porte, lorsqu'elle se reprit et me dit :

– Je suis très vieille, monsieur Frew, pourquoi prenez-vous la peine de mentir avec moi ? Je ne suis pas votre ennemie, soyez-en persuadé, et je ne tiens pas à ce que vous gâchiez votre vie. Une question se pose en tout cas. Je vous laisse libre de ne pas me répondre à moi, mais interrogez-vous vous-même. Pourrez-vous jamais – les choses étant ce qu'elles sont – travailler à Windrush ? N'y aurait-il pas un nœud à trancher ?

Je répondis que j'avais eu l'intention de partir.

– Et de revenir ?

– Et de ne pas revenir.

Une courte respiration saccadée lui échappa.

– Où irez-vous ? demanda-t-elle.

A quoi je répliquai que j'avais vaguement songé à Paris, mais n'y connaissais personne et…

– Et, reprit-elle, qui vous arrête ?

Je répondis que la chose était plus compliquée qu'elle ne le supposait ; je devais beaucoup à Mr. Fullaton, j'étais son élève, je me sentais lié par mes obligations vis-à-vis de lui.

– Pour toujours ?

Non, mais je n'avais passé ici que peu de mois, et je ne pouvais, sans risque de le blesser, laisser brusquement Mr. Fullaton. Mon père, d'un autre côté, ne m'avait permis de venir qu'à contrecœur, après une victoire sur ses préjugés dont j'étais seul à connaître le prix.

– Et il répugnerait à vous voir aller à Paris ?

– Il n'aimerait ni me voir quitter Windrush pour Paris ni surtout changer mes plans sans raison.

– Sans raison ! s'écria-t-elle.

– Mais je lui ai écrit, fis-je très vite, je lui ai dit…

– Pas la vérité, je le garantis. Voyons, monsieur, cela me fatigue de vous voir debout, prenez une chaise et souvenez-vous, je vous en prie, que vous êtes un artiste et un homme – quoique jeune – et qu'il vous reste à vivre votre vie. Pas plus votre père que mon neveu ne peuvent le faire à votre place. Pourquoi vous tourmenter ? Êtes-vous le premier à convoiter la femme de votre voisin ? Les tortillements de conscience me paraissent absurdes. Prenez-la ou laissez-la et finissez-en ; si vous ne pouvez pas vous séparer d'elle, donnez à Ned le rôle d'imbécile, ne le gardez pas pour vous.

« Elle a vu clair jusqu'ici », me dis-je, et j'allai répondre, lorsqu'elle m'interrompit :

– Pierre était stupide quand il était jeune. Que cela aurait été drôle s'il était venu ici à la place de son fils ! Comme nous aurions ri ensemble, comme cela aurait été bon… une dernière fois ! Je le lui avais demandé – je parle de Pierre – plutôt dans mon intérêt que dans le vôtre. Il est plus jeune que moi de dix ans, mais dix ans… – ses yeux se tournèrent vers moi sous leur voile, et de nouveau elle m'aperçut : C'est étrange qu'il puisse y avoir sur terre une créature aussi jeune que vous.

Son regard fixe exerçait une irrésistible fascination, et je n'étais jamais resté aussi longtemps près d'elle. Je distinguais sur ses mâchoires les grains de poudre et les poils blancs qui perçaient au travers. Ses yeux restaient posés sur moi, si immobiles que je ne savais plus si elle me voyait en souvenir ou en réalité. Sa manière de me dévisager avait quelque chose de pénétrant et d'impersonnel, au point d'enlever tout caractère d'inquisition à ses brutales paroles. Ne faisait-elle pas partie déjà d'un autre monde, enchaînée au nôtre par sa seule expérience ?

« Paris », murmura-t-elle, songeant à un nouveau conseil à donner, ou écoutant peut-être un écho du passé qui venait réveiller sa lassitude.

Je sonnai la femme de chambre et l'attendis, craignant de laisser Miss Fullaton seule. « C'est donc à elle que je dois la petite surprise d'Henry Fullaton, me dis-je, elle lui a passé ses atouts. »

Le porte s'ouvrit et la bonne entra. Au bruit, Miss Fullaton tourna la tête :

– Dites-moi, monsieur, qu'avez-vous fait du diadème de ma petite cousine ? – puis avec un brusque changement d'idées elle s'adressa à sa bonne : Robinson, regardez mon portrait, il est presque fini, Mr. Frew va vous le montrer, croyez-vous qu'il me plairait si je le voyais ?

La femme se plaça devant le chevalet, une main serrant le gros avant-bras posé sur sa poitrine. Elle avançait, reculait, penchait la tête de côté :

– Voilà bien ! s'écria-t-elle en me lançant un coup d'œil soupçonneux et méfiant – Madame sait que j'ai toujours dit ma façon de penser...

– Oh ! toujours ! répéta Miss Fullaton.

– C'est extraordinaire combien cela ressemble à madame, faut bien l'avouer. Quand je pense à ce qu'était madame il y a vingt ans, je la retrouve ici qui m'attend, et tout de même c'est encore elle aujourd'hui. On dirait que madame a toujours été assise là, et y restera...

– Mais cela vous déplaît ? demandai-je.

– Je ne peux pas dire cela, monsieur. Je sais reconnaître un bon tableau, ayant été dans les meilleures maisons, mais ça me paraît si peu agréable de sentir madame là qui regarde et qui guette de cette façon...

– Comme une araignée, interrompit Miss Fullaton.

– Mais les diamants par exemple, continua la bonne crai-gnant de m'avoir froissé, eux, sont superbes, et quand on les examine de près, ce sont de petits tas de peinture... je pense que monsieur va peindre Mrs. Ned à présent que ceci est ter-miné ?

Ned était inquiet de ce que M. Jules Coutisson repoussait perpétuellement son arrivée.

– Quand vient donc ce Français ? demanda-t-il ; pourquoi lui permet-on de retarder à sa fantaisie, comme si la maison était un hôtel ?

– Parce que nous désirons le voir, répondit brièvement Henry Fullaton. Il faut lui laisser choisir son moment. C'est un homme occupé, et Hertford ne se trouve pas à un jet de pierres de Paris.

– Tant pis pour lui ! déclara Ned, s'il arrive en pleine semaine de cricket, ça lui retombera dessus et il sera contrarié. Il n'y aura pas un être ici, en dehors de vous ou de Nigel, capable de faire la différence entre un tableau et un mur !

– Oui, mais il y aura ces dames, et il excusera leur ignorance, les Français sont si courtois !

– C'est donc un type de ce genre-là ?

Ned se consolait visiblement de ne pas aller à Londres, en songeant au cricket. Même en pleine discussion du projet abandonné, il avait fait observer à Claire la sincérité de son sacrifice, car il lui offrait de partir au début même de sa période d'entraînement. Condamné à rester chez lui, il avait aussitôt tiré ses *bats* de leurs coins et on put le voir dans un hangar du jardinier, occupé à les essuyer et à vérifier leur graissage.

– Je parie que voilà ma nouvelle casquette ! s'écria-t-il un matin, au déjeuner, en apercevant un paquet avec le courrier, sur un dressoir.

Il fit sauter la corde et le papier, dévoilant des cercles concentriques verts et roses qui entouraient un bouton vert.

– Je croyais que le bouton de votre vieille casquette était rose, observa Claire.

– Non, ma chère amie, répondit Ned, amusé de la prodigieuse ignorance des femmes – vert ! Il a toujours été vert depuis la fondation du Collège.

– Vers le XVe siècle, je crois ? demanda Mr. Fullaton.

Ned essaya la casquette et se fit admirer. Dans la même matinée, il enfila des souliers de cricket bruns, inspecta huit chemises et huit culottes, en montrant avec quel soin on les avait préservées des mites. Une cravate rose et vert, et une large ceinture assortie, enroulée ingénieusement de manière à laisser tomber un pan en forme de triangle, complétaient l'équipement, sauf les jours où la présence des *bowlers* villageois, ou celle de George Currall lui-même, obligeaient le *batsman* à se protéger par de courtes jambières en bambou, recouvertes de cuir marron, et retenues par des courroies. Parfois, lorsque le village de Windrush se mesurait avec celui de Thrusted, ou quelque équipe rivale plus lointaine, un groom à cheval amenait à Ned sa jument dans la cour, et il partait en guerre comme un chevalier, suivi de son écuyer portant ses armes.

Ned se préparait ainsi à sa semaine de cricket. Depuis les jours d'Oxford, c'était le grand événement annuel de Windrush. On jouait deux matches dans la prairie haute. Le premier avait lieu le mercredi et le jeudi après-midi entre les onze Frelons – délégués par l'ancien collège de Ned, en tournée de vacances – et le XVe d'Edouard Fullaton; le second, beaucoup plus sérieux, le vendredi et le samedi, entre les Frelons et le XIe d'Edouard Fullaton. Dans les villages environnants on adorait le XVe tout en le ridiculisant. Il était connu sous le nom de Moisis et bien des jeunes grooms des propriétés avoisinantes en faisaient partie. Le maréchal-ferrant de Thrusted y figurait comme rapide bowler, et le fournisseur principal de Windrush examinait la lutte à travers ses besicles, par-dessus les clôtures.

– On n'est jamais certain, expliquait Ned, de voir les Moisis résister plus d'un après-midi.

– Alors pourquoi ne faites-vous pas le match en un jour? demandai-je.

Ned se mit à rire :

– Parce que c'est impossible, vous ne connaissez pas le pays d'Hertford, Nigel; d'abord les Moisis se sentiraient insultés, ensuite comment combiner les deux thés, les deux soupers et les deux bals sur lesquels ils comptent, eux, leurs familles et la plupart de leurs amis ? Oubliez-vous que je suis candidat au Parlement ? Et puis, ce sont de si bons types !

Et je savais que Ned ajoutait plus de prix à ce dernier détail qu'à sa candidature.

Le deuxième match avait autrement d'importance. Longtemps avant le grand jour, Ned s'absorbait après dîner dans le salon, son crayon d'or à la bouche, choisissant les membres du XIe de Mr. Edouard Fullaton. A cette occasion, les grooms s'étendraient sur l'herbe dans la partie du pré réservée au public et leurs jeunes maîtres, invités par Ned, seraient aux *wickets*. Le *county* accourrait de droite et de gauche, surtout le samedi après-midi ; il y aurait des oriflammes parmi les arbres, et les musiques de Windrush et de Thrusted joueraient des sélections.

— Est-ce qu'on ne pourrait pas, cette année, supprimer ces musiques ? demanda Henry Fullaton.

— Mais pourquoi ? fit Ned froissé dans sa fidélité aux usages, elles sont bien assez bonnes.

— Certainement, répondit hâtivement son père ; je croyais qu'il ferait peut-être un peu chaud pour les musiciens, d'autant plus qu'ils doivent encore jouer le soir.

— C'est leur affaire, dit Ned, ils n'étudient guère que dans ce but, d'un bout de l'année à l'autre.

— Qu'est-ce qui arriverait, Ned, si pour le bal du samedi soir, on demandait un orchestre de Londres ?

— Vous ne pouvez pas faire ces choses-là, ma pauvre chérie.

— Nous ne serions pas les seuls.

— Tout cela dépend des gens et de l'endroit ; permettez-moi, Claire, d'être mieux renseigné que vous sur Windrush.

— Oh ! je vous l'accorde.

La semaine de cricket avait bien pour Ned, comme le disait son père, l'importance des grands matches du royaume, de celui de Canterbury par exemple. La maison était envahie par les Frelons, leurs sœurs, leurs jeunes cousines — autant qu'on en pouvait loger. Ensuite les Frelons débordaient chez les

Currall, dans les chambres au-dessus de la forge, et jusqu'à l'auberge du *Violonneux des champs*, malgré les opinions radicales de son propriétaire et son indifférence pour le cricket. Le manoir s'animait, devenait plus bruyant durant cette période qu'à toute autre époque de l'année, et jamais l'espoir de le posséder un jour ne souriait autant à Ned. Il n'y avait donc rien d'étonnant dans son effroi de voir tomber M. Jules Coutisson au milieu de ces réjouissances. Il sentait bien que l'expert n'apprécierait pas plus la musique de Windrush que celle de Thrusted. Il serait impossible de l'envoyer à l'auberge et il occuperait probablement une chambre assez grande pour y loger quatre Frelons.

– Avez-vous des nouvelles, mon père ? Quand votre bonhomme s'annonce-t-il ? Il aurait encore le temps, s'il venait tout de suite, de repartir avant mon *Canterbury*.

Il vint assez tôt pour calmer les craintes de Ned, et annonça tout de suite, d'un ton affairé, son départ presque immédiat.

– J'ai très peu de bagages, chère madame, ce n'est qu'une visite en courant.

Un petit homme corpulent, aux rares cheveux brossés en arrière ; avec son épaisse peau flasque, son teint jaune, il semblait n'avoir jamais quitté la ville et regretter sa présente aventure. Il était d'une politesse apprêtée avec Claire, silencieux en face de Ned et montrait à Henry Fullaton une déférence qu'il savait admirablement nuancer de dédain. Miss Fullaton l'intéressait au plus haut point, il semblait découvrir en elle un étrange animal qui n'avait rien d'une femme. Elle le regardait de son côté avec amusement et lui tendit sa main à baiser.

– Ainsi vous êtes le fils de Pierre Coutisson, c'est un vrai miracle ?

– Comme qui dirait, madame, la naissance de Notre-Seigneur.

Enchantée de cette repartie, son regard se fit plus aigu et elle lui demanda :

– Venez me trouver demain matin, nous causerons, je crois que ce sera assez amusant, j'ai beaucoup de questions à vous poser au sujet de votre père.

– De son côté, il m'a chargé de ses messages les plus chaleureux.

Jules Coutisson me traitait avec une camaraderie mêlée d'une certaine réserve, me tapotant les bras d'une façon rassurante et, l'instant d'après, me lançant des coups d'œil railleurs et vindicatifs. Il semblait se dire à lui-même : « Pourquoi mon père m'a-t-il imposé ce déplaisant voyage ?… Est-ce possible qu'on découvre un véritable maître dans ce jeune homme ? Mais comment mon père s'en douterait-il ? Serais-je par hasard délégué dans une affaire de sentiment où la question peinture aurait moins d'importance que ce qui a trait à cette étrange ruine féminine ? Car la vieille dame me paraît avoir fait tourner mon père en bourrique autrefois. » Et, tandis que son regard passait de moi à Miss Fullaton, je voyais flotter les perles noires de ses yeux sur leur globe jaune et fluide. On ne déclara jamais ouvertement que M. Coutisson était venu à Windrush pour examiner mes œuvres, il ne se sentait donc nullement tenu de m'en donner son impression. Le lendemain de son arrivée, on m'expédia toute la matinée au-dehors. En mon absence il visita l'atelier et se rendit chez Miss Fullaton. Après le déjeuner il but du café noir, fuma des cigares et nous raconta, je ne sais trop pourquoi, de drôles d'histoires sur M. Thiers. Le soir il n'était plus là. C'est au moment du départ que je me trouvai pour la première fois seul avec lui. Il se tenait debout dans le hall, une couverture de voyage pliée sur son bras, et semblait vouloir éviter mon approche. Il tira sa montre, exprima la crainte d'avoir à attendre longtemps à la gare : je devais partager son horreur des gares, où l'hiver on est balayé par le vent et l'été couvert de poussière. Il y prenait la fièvre des foins et sûrement je…

– Monsieur ! m'écriai-je involontairement, n'y tenant plus, avez-vous vu mon travail ce matin ?

« Quelle brusquerie », semblait-il penser. On eût dit un gros chien recevant mal les avances et les jappements d'un petit terrier : « Ces Anglais n'ont pas de manières ! » mais il passa une langue pâle sur des lèvres grises, découvrant ses dents dans un sourire.

– Oui, j'ai vu vos toiles avec grand plaisir. Quelques-unes sont remarquables.

Il semblait s'accrocher à cette phrase qui lui ouvrait une porte de sortie, et moi je ne me sentais pas d'humeur à le pousser malgré lui. A ma grande surprise, je vis subitement s'animer le visage de cire et, sa montre serrée dans son poing, Jules Coutisson s'approcha de moi :

– Je vais vous dire, votre travail possède deux qualités : premièrement, vous avez une connaissance de la peinture et du dessin qu'on n'acquiert jamais dans les écoles. Vous possédez une technique rare à votre âge et vous dessinez comme un ange. Où cela ne vous mènerait-il pas si vous parliez la langue du jour et si vous consentiez à peindre selon le goût de votre époque ? Mais votre deuxième caractéristique me désespère, c'est celle que l'on trouve dans des tableaux accrochés au mur depuis trois siècles, et qui, je le disais à mon père, touche l'âme des paysans – il gesticulait avec ses deux mains fermées, sa montre dansant au bout de sa chaîne. Mais qu'est-ce que cela peut bien vous faire, aujourd'hui ? Nous ne peignons pas pour des âmes de paysans, mais pour les yeux des gens cultivés. Bientôt peut-être, les paysans disparaîtront, car nous progressons et nous ne devons plus chercher dans cette direction une inspiration artistique, mais aller vers un intellectualisme magnifique, discipliné par la pensée critique, et pourtant si libre qu'il puisse donner toujours le sentiment de l'impulsion décorative spontanée. « C'est brillant, dit mon père, mais stérile. » Stérile ! A cela je réponds que le monde se sent stérile et que comme une femme dans cette condition, il ne lui reste qu'à se parer brillamment mais en vain. Votre travail, monsieur, a de la force et du brillant. J'en parlerai à mon père, je lui expliquerai, mais, croyez-moi, les peintres de l'avenir ne penseront pas comme vous. Ils ne seront ni des croyants ni des sceptiques ; la présence ou l'absence d'un dieu leur sera parfaitement indifférente. En un mot vous appartenez à un autre âge.

Lorsqu'il eut cessé de parler, je le considérai en me demandant si tous les compliments que j'avais reçus n'étaient pas de

belles phrases amicales ; mais comme je me disais avec amer-
tume : « Cet homme est juste et impartial, il a pris beaucoup
de peine pour me faire comprendre que j'étais un imitateur »,
je vis son expression changer, un sourire de doute errer sur son
visage.

– Mon père, fit-il, aurait peut-être une autre opinion que la
mienne.

« C'est une manière de me consoler, pensai-je, il regrette de
m'avoir blessé. » Mais il continua, à voix basse, comme si
l'évocation de son père le forçait à discuter fébrilement avec
lui-même.

– J'ai dit que vous apparteniez à une autre époque, mais elle
ne se rattache pas forcément au passé, peut-être est-elle encore
à venir, dans un futur trop éloigné pour que je m'en rende
compte. Seulement je ne le crois pas et, après tout, on ne peut
juger que d'après son propre goût et sa propre intuition.

Je n'avais pas encore suffisamment l'expérience des hommes,
et je manquais aussi de l'arrogance nécessaire pour voir le doute
qui perçait dans les paroles de Jules Coutisson. Il commençait à
se méfier de son propre jugement et à craindre le moment – s'il
se présentait jamais – où son père – le dieu avec lequel il était
en constante bataille – verrait mes œuvres. Tout me paraissait
sombre dans son discours, et ce qu'il ne contenait pas d'hostile
me semblait banale aménité, exprimée à tout hasard. Je
m'aperçus soudain du prix que j'avais attaché à une décision
favorable, car elle m'aurait fourni un prétexte pour me libérer
de Windrush. Apprenant la solide réputation de l'expert, sa
valeur d'ordre classique – à Paris, toutes les portes s'ouvraient
pour lui –, mon père eût cédé, comme il le faisait toujours
devant un conseil venu de haut, et si Jules Coutisson m'avait
dit : « Suivez-moi à Paris, votre fortune est faite », mon père
ne s'y serait pas opposé. Il m'avait permis de venir à Windrush
sur la demande d'Henry Fullaton, il me laisserait le quitter
malgré son déplaisir, à cause de Jules Coutisson, une fois les
explications données.

Après le départ de Jules Coutisson, je commençai à lire le

doute sur chaque visage. Du reste avait-on jamais cru en moi ?
Arriverais-je à m'imposer un jour ? Et je me surpris demandant à Mr. Fullaton :

– Quel a été le verdict ?

– Oh ! répondit-il, n'accordez pas la moindre importance à
Jules Coutisson. Il n'avait aucune envie de venir et a été de
mauvaise humeur dès le début, et qu'est-il après tout, sinon le
fils de son père ?

J'insistai et dus entendre avec angoisse le récit, poliment
adouci, des réflexions de l'expert. Seule Miss Fullaton m'arracha un sourire par sa violence. L'ambassadeur de Pierre Coutisson l'avait déçue.

– Cet homme est un fat et un imbécile ; je voudrais vivre assez
longtemps pour vous voir le prouver. Vous savez, monsieur, où
cette preuve doit être faite…? A Paris, nulle part ailleurs.

– Paris ! répondis-je. A présent ?

– Nous ne travaillerons plus cette semaine, me dit Henry Fullaton, quand on entendit circuler les Frelons à travers le manoir.
En tout cas pas dans mon atelier, je suis obligé de le leur abandonner. Vous n'aurez qu'à faire au loin des études de paysages,
Nigel, si vous voulez un peu de paix.

« Plus de travail ici ! » me dis-je, moi qui avais compté sur
l'atelier comme lieu de retraite !

Je me sentais timide et gauche au milieu des invités de Ned,
me demandant si j'étais trop vieux ou trop jeune pour eux.
Plusieurs dames venaient d'arriver et Lord Singstree avait
amené Pug Trobey.

– Agathe, ma sœur, vous envoie son meilleur souvenir, me dit
Pug. Elle m'a bien recommandé de voir ce que vous étiez en train
de peindre en ce moment. Il faudra me montrer cela, un matin
avant mon départ. Agathe est un peu souffrante, vous savez, et
on ne doit pas la contrarier. Faites-m'y penser, sans faute !

Les jeunes filles me regardèrent avec curiosité et me deman-
dèrent :

– Vous passez l'été ici, monsieur Frew, vous aurez l'occasion
de beaucoup vous exercer aux wickets ?

Et quand je répondis que tout mon temps se passait à peindre, elles s'écrièrent :

– Oh! vraiment? Comme c'est intéressant! et ne surent plus qu'ajouter.

Elles ne connaissaient rien au cricket, mais posaient d'incessantes questions devant les hommes. Singstree les instruisait avec joie; au milieu d'un concert de rires entre élèves et professeur, il leur mettait entre les mains un bat qu'elles tenaient comme s'il s'agissait d'un saule géant aux racines fermement implantées dans le sol, et leur montrait la manière de jouer avant, et de garder le coude gauche en l'air.

– Vous voyez, mademoiselle Etta, tout dépend de votre portée, j'atteins presque la longueur de ce tapis.

Miss Etta et ses compagnes, mesurant leur jeu prudemment sur de simples dessins de ce même tapis, tentèrent de l'imiter, jusqu'à ce que la leçon dégénérât, comme le désirait sans doute Singstree, en un élégant assaut de chevilles. L'une des jeunes filles serait tombée dans ses bras, s'il ne l'avait adroitement soutenue. Lorsqu'elle joua à son tour, elle perdit l'équilibre et se laissa aller avec confiance :

– Oh! Lord Singstree!

– Un coup royal! s'écria-t-il galamment. Fort brillant! Juste à la limite.

Dans les exercices plus actifs à l'atelier, Pug Trobey se tenait à l'écart, craignant de déranger ses vêtements. Jusqu'à l'arrivée des Frelons et du gros de l'armée féminine, il se fit remarquer par son abstention dans tous les cas où un pugilat était à craindre, et Miss Etta commençait à le juger un peu fat; mais les Frelons par leur nombre et leur élan couvrirent sa retraite et il trouva vite le moyen de s'établir confortablement parmi les coussins, comme arbitre des élégances. Il disait à Ned en regardant les Frelons :

– Quelques-uns de ces jeunes gens sont bien bizarres, quand ils se redressent... ces chaussettes! A votre prochain *Canterbury* il vous faudra sortir un décret protocolaire.

Le jeudi, à la tombée du crépuscule, vers la fin d'une belle attaque du XVe d'Edouard Fullaton contre les Frelons, Pug fut appelé à remplacer au fond du terrain le facteur blessé au doigt. Il accourut, équipé d'une manière exquise, comme s'il avait attendu tout le jour ce sérieux appel. Les dames, lasses de contempler le large dos du facteur, admirèrent la blancheur de la chemise de Pug, le drapé de sa ceinture rose et vert, le pli lisse de ses pantalons, et le lustre brun de ses cheveux lorsqu'il enleva sa casquette pour la lancer, entre les finales, contre un moineau inquisiteur. Mais elles avaient entendu dire qu'un joueur devait se montrer alerte et ardent, et elles ne pouvaient admettre cette façon d'attendre la balle, les doigts dans les poches.

– Vraiment, n'est-ce pas un peu de paresse ?

– Oh ! ma chère, à quoi vous attendez-vous donc ? Mr. Trobey a toujours été si prétentieux.

– Il me prend parfois des envies de l'envoyer rejoindre le régiment de mon frère aux Indes, reprit la première interlocutrice, avec le venin de la jeunesse intolérante, on en fait des hommes là-bas.

– Et cependant il a représenté Oxford, répondit l'autre. Je voudrais le secouer ; si une balle arrivait, je pense qu'il se contenterait de la saluer de la main.

La balle s'éleva pendant que la jeune fille parlait.

– Bien lancée ! Oh ! bien lancée ! s'écrièrent les Frelons.

La balle monta, dorée par le soleil, et les moineaux la contemplèrent.

– Regardez le paresseux, il n'a pas bougé !

La balle atteignit son zénith, s'évanouit dans une brume étincelante, reparut, descendit, devint un boulet de canon.

– Oh ! s'écria la jeune personne dont le héros était à la frontière de l'Afghanistan, et elle sauta de sa chaise.

Les doigts de Pug Trobey avaient quitté ses poches, il guettait l'ennemi, reculant à petits pas comme un maître de danse, et lorsque les dames ouvrirent de nouveau les yeux ce fut pour voir rouler la balle le long du terrain, dans la direction du gardien des wickets qui de ses mains gantées applaudissait vaillamment.

– Oh! bien attrapé! s'écrièrent les Frelons malgré la chute de leur neuvième wicket.

– Parfaitement calculé! ajouta une voix raisonnable.

– Et, avec lui, cela semble facile, dirent les dames, admiratrices malgré tout du grand style.

Comment s'y était-il pris? lui demandèrent-elles, lorsque le dixième wicket tomba et que le XVe triomphant se hâta pour se préparer à souper et à danser.

– On lève les mains, on tâche de ne pas perdre la tête, le reste est l'affaire de la Providence, répondit-il.

Les jeunes filles, ce soir-là, lui réservèrent des danses et se réjouirent de retourner avec lui sur le lieu du triomphe, car les sentiers des prairies hautes étaient décorés de lumières fantastiques et de lanternes vénitiennes. De temps à autre, les ballons de papier prenaient feu, tombaient sur la pelouse, et on les piétinait. Pas une feuille ne remuait. Les invitées de Windrush, vêtues autrement que les dames du grand monde, ruisselaient de chaleur. « Elles seraient plus heureuses en chemise », observa Miss Fullaton du haut de la galerie où elle m'avait appelé près d'elle, et d'où elle dominait la foule des bras rouges, des bustes proéminents, et des queues d'habit carrées tournoyant en liesse. Les sœurs des Frelons appartenant à la classe fortunée qui se déshabille pour danser, paraissaient former des îlots de fraîcheur, mais parfois elles levaient leurs visages vers nous, et Miss Fullaton s'indignait :

– De mon temps, monsieur, le difficile était souvent d'avoir assez chaud. Nous humections d'avance le peu que nous mettions sur nous, pour le faire mieux adhérer au corps. Et maintenant, regardez, si on m'avait vue au bal avec une figure aussi luisante, ma chère maman m'aurait fouettée.

J'errais de pièce en pièce. Quand j'entrais, jeunes filles et jeunes gens me dévisageaient, me voyant seul. J'allai dans ma chambre, mais le son de la musique en bas me rappelait que je vivais en quelque sorte hors de la sphère mondaine, et me rendit aussi avide de compagnie que je l'avais été de solitude. En descendant, j'aperçus Claire dans le hall, écartant trois jeunes gens qui se disputaient le droit de danser avec elle.

– Je crois que je vais me reposer, dit-elle en s'asseyant sur un grand coffre de douairière.

Il y avait de l'épuisement dans le geste et la voix, mais elle se reprit aussitôt et se mit à distraire les jeunes gens qui l'entouraient gauchement.

– Ne serez-vous pas trop fatigué pour bowler encore demain, monsieur Connolly ?

– Oh ! non, répondit-il, et puis nous pouvons gagner le coup et être les premiers à *bat*.

L'un d'eux, décidé à ne pas laisser Connolly accaparer son hôtesse, observa combien la prairie haute formait un beau terrain :

– Vous devez en être fière, madame Fullaton ?

Le troisième, ayant peut-être conscience de la supériorité de Claire et ne voulant pas paraître un barbare à ses yeux, ajouta :

– Oui, mais moins que de vos tableaux, j'en suis sûr !

Claire lui lança un coup d'œil et s'informa de ses préférences. Il regarda de tous côtés, comme un mauvais tireur affolé en face du gibier qu'on vient de lâcher et dit que *celui-là*, à mi-chemin du premier étage, lui semblait très pittoresque.

Son bras levé se dirigeait vers moi, car j'étais penché sur la rampe, au-dessus d'eux. Claire leva la tête ; en me voyant, son sourire de commande s'éteignit et ses yeux s'assombrirent. Je me détournai vers le fameux tableau si pittoresque. C'était un portrait facile, peint par Loutherbourg et représentant une dame avec des boucles d'oreilles en perles et des cheveux épars sur son cou. Mr. Fullaton m'en avait souvent vanté la brillante technique.

– Est-ce là votre choix ? J'aime bien le bleu de la robe.

La musique avait cessé. Les invités de Claire traversaient le hall, bras dessus, bras dessous. Combien le rire est laid, lorsqu'on ne voit que la bouche ouverte, et ce trou béant, sans le sourire qui l'a précédé !

– Oh! madame, fit une jeune femme qui passait.

– A vrai dire, madame, c'est merveilleux!

– Vous ne connaissez pas mon fils, je crois, madame, fit une autre. C'est lui qui marquait les points cet après-midi; Willie est un bon garçon et il pousse bien. Voilà son premier *Canterbury*, madame, si j'ose m'exprimer ainsi.

– Mais pourquoi pas, répondit Claire, tous nous appelons cela un *Canterbury*.

La villageoise s'éloigna avec son fils et Miss Etta, suivie de son cavalier, se détacha de la foule pour prendre son poste auprès de Claire. On en était au jeudi soir et non au fameux samedi; pourtant Etta dansait, car Claire avait annoncé que tout le monde devait s'y mettre. Bien entendu, cela amusait les gens du village, mais Etta aimait à se trouver avec Claire de temps à autre, et, malgré son air affable pour tous, marquer les distances, comme dans un bal d'enfants.

– Elles sont si drôles, dit-elle à Claire, et si gentilles!

La musique joua de nouveau, et la foule revint sur ses pas.

– Oh! Nigel! s'écria Claire, et elle ajouta : Emmenez-moi sur la pelouse, vite, avant que mon cavalier me retrouve et que je sois obligée de lui accorder la prochaine! – puis elle sourit en secouant la tête : Je ne peux pas échapper à une danse, je le sais bien, mais vous, pourquoi ne vous sauvez-vous pas? – elle toucha mon bras : A quoi bon, Nigel chéri, les choses ont tellement moins d'importance qu'on ne le croit!

– Oh! Madame Fullaton, quel beau match cet après-midi, disait la femme de George Currall tandis que je m'éloignais, j'espère tant que Mr. Trobey répétera son coup pour le XIᵉ de votre mari, demain.

Derrière la maison, dans le petit taillis, au nord, où il n'y avait ni lueurs fantastiques ni lanternes vénitiennes, les rossignols chantaient. A l'est, près de l'aile du manoir, pendant le souper des musiciens de Windrush et de Thrusted, on pouvait entendre monter le son limpide et doux, mais il semblait venir de très loin, comme s'il y avait après la pelouse un autre monde, impossible à atteindre.

– Ils ont même des rossignols ! fit une voix derrière moi. Rien ne manque au vieux Fullaton, sur sa propriété. La femme de Ned a bien su se débrouiller.

– Pas mieux que lui, si vous me demandez mon avis, ajouta une deuxième voix plus mûre et plus rauque ; le jeune homme a prouvé son goût pour le beau sexe.

Leurs pensées suivirent le même cours.

– Pas d'héritier en vue, cependant ?

– Pas le moindre signe.

Ce même après-midi, un peu avant le fameux coup de Pug Trobey, à l'heure où la lumière d'été commence à faiblir et où l'herbe prend cet étrange et profond éclat qui donne aux hommes vêtus de blanc évoluant à sa surface l'apparence d'un tournoiement de fantômes brillants, j'avais commencé une aquarelle de la prairie haute, avec les arbres dominés par l'or pâle du clocher de l'église aux pierres patinées, et les collines au-delà. Le lendemain matin, j'examinai mon travail et le repoussai lourdement. Ma main avait perdu son adresse ou ma pensée s'était égarée… Brusquement, je retrouvai la simplification que je désirais : les ormes devaient s'élever ainsi contre la lumière, et leurs ombres s'étendre de cette façon sur la verdure. Mon cœur battit plus fort et la confiance me revint. Il y avait, j'en étais persuadé, de la folie à m'incliner devant le jugement de Coutisson car en me soumettant je me trompais moi-même. Ma foi profonde n'avait pas varié, ma ligne de direction, mon humeur, étaient seules ébranlées. Je ne trouvais de motif pour me reposer l'esprit qu'en peignant le portrait de Miss Fullaton, car il appartenait déjà au passé. Hors de là, il n'y avait que flottement, inertie, et l'étrange sensation de l'approche graduelle de Claire, comme si elle émergeait sans cesse du nuage lointain de ce tumultueux *Canterbury* de Ned. Nos reculs provenaient de l'effroi d'un contact, nos contraintes ne servaient qu'à accentuer l'imminent péril des consentements. Nous n'osions pas rester ensemble parce que nous le désirions trop ardemment, et nos séparations voulues nous unissaient d'autant plus étroitement en imagination. Si dans les phrases faciles – les paroles de courtoisie ou le tranquille langage amical – nous nous efforcions l'un vis-à-vis de l'autre de dissimuler ce qui était en nous, un tremblement de la voix, un arrêt de respiration, un mouvement de la main le trahissaient. En esprit, nous étions déjà dans les bras l'un de l'autre. La lutte était finie. Mais dans les moments où, face à face, nous nous tenions un peu écartés et rigides, je tremblais en sentant s'enflammer ses pensées avec les miennes. Je la regardais et, tandis que ma passion répondait à la sienne, je me souvenais de la première Claire, celle que j'avais aimée d'abord et qui, elle, ne me désirait pas ainsi. Moi non plus, du reste. Une beauté s'était évanouie irrémédiablement, ne laissant que son enveloppe.

A côté de cette griserie mentale qui faisait paraître irréel tout ce qui n'avait pas trait à ses fantaisies, le *Canterbury* de Ned se poursuivait. On entendait des bruits de voix dans les couloirs, on voyait des taches brillantes sur les pelouses, les conversations faisaient allusion à de vieilles plaisanteries, à des intimités que j'ignorais. C'était comme si je m'étais tenu au bord d'une route, à voir défiler une foule étrangère insouciante et gaie dont je n'aurais pas compris la langue. Parfois, la maison devenait silencieuse, les pendules tintaient à travers les portes ouvertes au seuil inondé de soleil ; un chien dormait dans une coulée d'or. Toutes les ombres restaient immobiles. « Ils sont sortis pour assister à la partie de cricket », me disais-je, et j'entendais au loin le sifflement d'une balle et, dans la cage d'escalier, le bourdonnement d'une abeille emprisonnée.

Le samedi soir, au jour déclinant, je sortis encore avec ma boîte d'aquarelle, je trouvai le coin de la prairie haute où je désirais aller libre de spectateurs, je m'installai et me mis à peindre.

– Vous ne verrez rien d'ici, dit un passant.

– Mais non, monsieur Frew, pourquoi n'allez-vous pas vous placer derrière le bowler ?

– Bien sûr, que diable ! Singstree est en train d'envoyer de fameux coups.

– Ne pourriez-vous pas le dessiner au moment où il court au wicket ? Il avance de côté si drôlement, comme s'il portait un seau d'eau.

Derrière moi, s'entendaient le cri strident des insectes parmi les hautes herbes, et le bruissement des ailes d'oiseaux dans la haie. Les ombres des ormes allongeaient leurs bras vers le *pitch* et les joueurs semblaient se tenir dans une mare d'émeraude ; une brume légère, translucide, leur montait jusqu'aux chevilles. L'horloge de l'église sonna l'heure dans le lointain. Au milieu du silence qui suivit, le tintement d'une cloche et des fragments de chants virils montèrent du fond des prairies basses, leur son un peu étouffé par le talus. Un gamin tendit le bras vers le tableau et lança à terre une plaque de métal portant le chiffre 9. Le bruit qu'elle fit en tombant ne me parvint pas, mais effaroucha des oiseaux qui s'envolèrent en tourbillon. Une salve d'applaudissements éclata lorsqu'on put voir luire le nombre 100, en blanc défraîchi, sur le tableau remis à jour. Les oiseaux alarmés revinrent presque aussitôt et disparurent dans les arbres. Deux personnages noirs portant des plateaux d'argent circulaient parmi des spectateurs.

– Allez-y… vite… o-oh !…

Mon regard s'abaissa du ciel sur la prairie, et je vis les joueurs, formant des taches de blancheur et d'ombre, s'éloigner du centre du terrain. Une silhouette s'attardait, Ned en personne, arrachant les bâtons de guichet qu'il balançait en courant. Le match était terminé, le public se dispersait, par groupes. Une corneille descendit surveiller le champ de bataille, oiseau aux reflets métalliques.

Tout en continuant à peindre, je sentais Claire s'approcher. Elle resta un instant, silencieuse, auprès de moi, j'entendais remuer ses doigts sur l'étoffe de sa robe et un médaillon heurter sa bague.

– Voilà enfin une chose réussie, n'est-ce pas, Nigel? Vous avez obtenu ce que vous désiriez.

– Dans ce dessin-là? Presque, mais j'aurais voulu ne pas m'y mettre avant la fin de la partie, car le pré a changé d'aspect après le départ des joueurs.

– Changé?

Je ne pouvais pas lui expliquer cette différence qui était liée à un changement d'humeur chez moi : les joueurs présents, j'étais exclu de la prairie; eux partis, je m'y retrouvais seul.

Elle me regarda peindre, sans rien dire, puis je me levai, je me préparai à rentrer. Elle voulut alors me donner une vague explication de sa venue.

– Ils partent lundi... ensuite pourrez-vous travailler de nouveau? – puis elle ajouta brusquement : Qu'est-ce qui vous empêchait de travailler? Simplement la foule et le bruit? Mais il fallait vous retirer, j'en aurais été contente.

– Je crois que j'ai besoin d'autre chose que de m'enfermer à Windrush.

Claire me lança un regard alarmé, évasif. N'admettait-elle donc pas encore, au fond de son âme, le changement survenu en elle? N'osait-elle s'avouer notre secret qui cependant la consumait autant que moi? Elle élevait des barrières contre la conscience qu'elle avait d'elle-même et en marchant à côté de moi m'entretenait de Ned comme si parler de son mari affermissait le sol sous ses pas. « Ned est si gentil, disait-elle, que je regrette de me moquer de lui parfois. Mais nous n'avons pas le même sens de l'humour tous les deux... Son *Canterbury* vaut bien la peine que l'on se donne, il en jouit tellement! »

Puis, enfin, espérant chasser le fantôme qui la poursuivait en le regardant en face, elle me demanda tout à coup si je me souvenais de Lisson. Cela semblait tellement lointain! Elle dissimulait une réelle anxiété sous un ton presque frivole.

– C'est comme si en rentrant d'une journée de promenade on cherchait à s'imaginer où cela vous aurait conduit de tourner à gauche plutôt que de tourner à droite. Si nous nous étions enfuis alors, Nigel... – elle hésita, sur le point de toucher à la réalité, n'osant s'avancer ouvertement, mais ne pouvant plus reculer. C'est drôle comme les choses arrivent, dit-elle en respirant avec effort, nous nous promenons ici, nous danserons ce soir, et demain, assis dans le banc des Fullaton, nous contemplerons l'ange pendant toute la durée du sermon ! C'est amusant de se figurer le miracle, de comparer les deux genres de vie. Où serions-nous ? En Italie ? Je n'y suis jamais allée. Ce soir nous descendrions au bord de la mer. Nos fenêtres donneraient sur une plage de sable, isolée, avec l'eau fraîche qui nous attendrait, nous nous baignerions, nageant jusqu'à ce que les lumières de nos fenêtres nous apparaissent haut dans le ciel, et puis…

– Claire ! m'écriai-je.

Elle se retourna et dit rapidement, amère et cruelle – mais non cruelle pour moi :

– C'est fini depuis si longtemps, Nigel. Pour vous aussi, je veux dire. Ne sommes-nous pas restés assez longtemps à Windrush ensemble pour être amis et sourire de tout cela ? Vous étiez un gamin à cette époque, vous ne voudriez plus vous enfuir avec moi maintenant.

Elle me regarda en face et s'efforça de rire :

– N'est-ce pas, Nigel ?

– Si nous pouvions revenir en arrière, être ce que nous étions alors. Oh ! Claire, pourquoi me demander ces choses ?

Nous arrivions au jardin. Elle se tourna vers le couchant.

– Savez-vous, dit-elle, parfois lorsque je suis avec vous, je m'imagine que rien de tout cela n'existe et que je redeviens la jeune fille que j'étais.

Et, abandonnant cette étrange et farouche gaieté qui la protégeait et la torturait tout ensemble, Claire m'offrit son sourire de jeune fille, triste, hésitant, mais empreint d'une joie mystérieuse, le même que je lui avais vu à notre première rencontre.

– Claire Sibright, dit-elle. Il me semble un peu qu'une chose qui m'appartenait m'a été dérobée, que je ne pourrai plus jamais être Claire Sibright. Après tout, elle était mon moi d'autrefois, mon vrai moi… Elle était moi-même… et l'est encore quelquefois, à présent – en approchant de la maison, nous vîmes une certaine agitation à l'une des fenêtres du premier. Regardez ! s'écria Claire, qu'essaie-t-il de dire ?

Penché sur l'appui de sa fenêtre, Ned étendait sa main droite et faisait avec la gauche des signes pressants et incompréhensibles. Ce n'est qu'en nous approchant assez que nous vîmes ses sourcils froncés, et la montre qu'il tenait à bout de bras ; il en montrait le cadran et gesticulait en regardant Claire. Elle agita la main en guise de réponse.

– Il veut dire, expliqua-t-elle, que je risque d'être en retard pour dîner. C'est le grand jour de l'année pour Ned, son bal de *Canterbury*. Vous savez qu'il prononce un discours ce soir.

Ned, les Frelons et leurs dames dînèrent copieusement et burent à leurs santés réciproques. Je me souvins de cet autre dîner où, près d'Agathe Trobey, je voyais Claire enveloppée de la magie d'une folle espérance. En la regardant assise à la grande table, je compris qu'il y avait un terrain sur lequel nous ne pourrions jamais nous rencontrer. Un peu d'elle-même appartenait à ces gens qui ne soupçonnaient pas qu'elle pût être une étrangère au milieu d'eux, tant elle se montrait à l'aise avec tous, sans la moindre réserve.

J'aurais voulu, moi aussi, échapper à cette sensation d'isolement qui m'étreignait, et qui était faite d'un tel mélange de fierté et de crainte enfantine que je ne pouvais plus les distinguer. J'observais mes deux voisines. L'une d'elle se détournait de moi, mais, à ma droite, une jeune fille au joli visage boudeur, silencieuse, me questionnait des yeux. Elle s'attendait visiblement à ce que je lui adresse la parole, et mon esprit s'élançait vers toutes sortes de sujets de conversation faciles, auxquels, j'en suis sûr, elle était prête à répondre. Mais je ne pouvais cependant pas entamer celui du cricket, car elle savait que je n'y avais pris aucune part. Elle aurait encore plus de mépris pour mes paroles fausses, hésitantes, que pour mon silence. Je restai donc muet, et ma voisine, après un nouveau regard inquiet, lancé de mon côté, redressa la tête et se tourna désespérément vers sa droite. Elle n'y trouva aucun secours, car je l'entendis brusquement me demander, avec un mouvement pénible du gosier, comme si les mots sortaient difficilement :

— Ne vous ai-je pas vu peindre le match, cet après-midi, monsieur Frew ?

Je répondis que j'avais en effet peint la prairie, mais non les joueurs.

— Voulez-vous dire que vous les avez tout bonnement supprimés ?

— Mais oui.

— Pourquoi cela ?

Il me parut urgent, tout à coup, de lui expliquer que je n'éprouvais pas pour les joueurs le dédain qu'elle semblait me prêter. J'avais simplement voulu reproduire le paysage dans la paix qui suit l'activité.

— Mais sûrement, dit-elle, le paysage devait être le même pendant le match et après ?

— Je ne crois pas, répondis-je, puis j'hésitai : Vous voyez, lorsque les hommes sont présents, de deux choses l'une : ou bien le paysage leur sert de fond, ou bien il les amoindrit ; en tout cas, il existe un rapport entre eux… mais la partie une fois terminée…

Rencontrant le regard perplexe de ma voisine, je m'arrêtai de nouveau.

— Je crois que je saisis votre idée, comment appellerez-vous votre tableau ? dit-elle.

— Mais il n'a pas de nom.

— Si vous le baptisiez *Après le cricket* ? Oh ! oui ! faites cela.

Elle devait donc comprendre ce que j'avais recherché dans mon croquis. Cette prétendue découverte me combla de joie.

— Il n'y a qu'un instant, m'écriai-je avec ardeur, je supposais que nous étions aux antipodes, je m'imaginais qu'en m'interrogeant à propos de mon dessin vous me trouviez un être assez méprisable d'avoir pu rester à peindre si près de la partie de cricket sans la regarder et sans m'intéresser à... à ce qui intéresse les autres gens, et puis vous aussi... vous aviez l'air d'avoir peur de moi, mais à présent...

– Oh! dit-elle, pourquoi vous imaginez-vous m'avoir effrayée?

L'intonation et la manière d'être n'étaient plus les mêmes. J'avais cherché à atteindre les sentiments profonds de la jeune fille, et elle les défendait froidement, me regardant comme si elle me croyait fou. Mais je persistai quand même, déraisonnablement, un peu égaré, pensant pouvoir rompre encore la barrière qui s'élevait entre l'un de ces êtres que j'avais jusqu'ici considérés comme des étrangers, et moi-même.

– Oh! dit-elle vivement, de quoi parlez-vous donc? Vous êtes si excité. Tout le monde va nous regarder. Je m'informais simplement de votre tableau.

– Mais vous avez compris ce que je vous disais, vous vous y êtes intéressée, je ne l'aurais jamais cru! Et vous avez même trouvé un titre à mon étude.

– Un titre?

– *Après la partie de cricket.*

– Ah! c'est cela? Oui, cela m'a paru gentil, il n'y avait pas vraiment de quoi vous emballer.

Je compris alors ma stupidité, mais au lieu d'en éprouver de la honte, je m'amusais de voir la colère avec laquelle cette jeune fille se détournait de moi, le rouge qui lui montait aux joues. Mais mon amusement tomba bien vite, me laissant glacé, dans une véritable confusion de l'âme.

« Bientôt, me dis-je, elle va parler de ma conduite à une amie, du moins ce qu'elle peut en dire sans elle-même paraître ridicule, l'histoire va se répandre, entre beaucoup d'autres sans doute, et elle arrivera aux oreilles de Claire. » Je regardai du côté de Claire, m'attendant presque à trouver sur son visage une expression de souriant mépris pour de semblables bévues mondaines.

Mais son regard, un regard pris au dépourvu, m'enveloppait, et ses lèvres ne souriaient pas. Je vis luire sur moi une émotion qu'elle gardait si jalousement au fond de son propre cœur qu'en en prenant conscience je mettais ce cœur à nu.

Elle se ressaisit bien vite, et prononça des paroles qui n'arrivaient pas jusqu'à moi, mais le sang était monté à mes tempes, j'étais à la fois glacé et brûlant, et les visages sur lesquels se promenait mon regard m'apparaissaient comme autant de vagues formes ovales ou rectangulaires, se balançant dans la brume. Nous étions tous des animaux nus, assis dans nos vêtements. Avait-elle l'intuition de mes divagations, en était-elle horrifiée plutôt qu'indignée contre moi, quand elle s'accrochait désespérément au côté superficiel et banal de la conversation ? « Mais les autres savent maîtriser ces pensées, me dis-je, moi seul suis leur esclave. Ils les contrôlent ou les évitent, tandis que je suis sur le point de perdre tout mon pouvoir sur moi-même, si ce n'est déjà fait ! Je suis comme un homme entre la veille et le sommeil, mon esprit flotte à la dérive, et je ne sais plus l'arrêter. »

Le dîner avait pris fin. On venait d'enlever la nappe et, sur le vernis de la table, chaque assiette mettait un reflet bleu. Des discours avaient été prononcés, je m'étais levé une ou deux fois, avec la fraîcheur d'un verre entre mes doigts. A présent, nous nous retournions sur nos chaises pour écouter Ned, qui remerciait des compliments reçus.

Quand il aurait soixante-dix ans, si les *Canterbury* existaient encore, Ned serait-il à cette même place, un vieillard, avec, en face de lui, sa femme à la peau desséchée et flétrie ?

Son petit discours visait adroitement son but. Il connaissait les gens, et la manière d'éviter les froissements. Il était au milieu d'amis et très satisfait de leur approbation. Dans les deux matches, les Frelons avaient été battus : « Une double victoire pour nous autres vétérans, mais largement compensée par les conquêtes que ces dames, amenées par les Frelons, ont pu... hum... remporter... sur un autre terrain. En tout cas, les deux parties ont été très disputées ; la première surtout, nous

nous en souvenons tous, aurait pu avoir un autre dénouement, si le meilleur joueur parmi les Frelons avait connu son nouvel adversaire, retiré au fond de la prairie, s'il avait su, répéta Ned, en appuyant sur les mots, que cette élégante créature anonyme dissimulait dans ses poches une paire de mains sûres d'elles et dignes de la meilleure équipe. » Lord Singstree s'écria : « Cher vieux Pug ! » et un discret ronronnement féminin approuva en sourdine.

Ned, après cet encouragement, respira et se gonfla un peu. Son discours s'émailla de noms propres qui furent l'occasion d'aimables murmures et firent sourire toute la table de contentement. La jeune fille à ma droite tourna vivement la tête pour voir si je ne faisais pas exception et la détourna avec la même rapidité.

– Et maintenant vous avez suffisamment entendu ma voix…

– Non ! non ! s'écrièrent les convives.

Singstree protesta :

– Vous ne m'avez pas nommé, Ned.

Ned continuait :

– C'était une réunion sans cérémonie… simplement entre amis… on allait vider les salons pour le bal, les dames resteraient là… un piano avait été apporté et, selon la coutume de Windrush, on se divertirait en attendant les invités du dehors.

« Pendant que nous sommes attablés, songeais-je, quelques-uns de ces invités sont déjà en chemin, car les trajets sont interminables à travers la campagne. Les voitures roulent sur les routes solitaires ; la lueur des lanternes – il n'y a pas de lune – glisse le long des haies. A l'intérieur ils sont assis, tassés dans une demi-obscurité. Bientôt ils entreront dans le hall et cligneront des yeux aux chandelles. Claire leur tendra la main, ils la toucheront, riront et écouteront sa voix ; quelqu'un dansera ensuite avec elle. Je l'inviterai moi aussi, et elle consentira, d'un air de prière mêlé de crainte et de joie. Nous danserons dans la foule, hors du monde. Au contact de Claire, ma solitude cessera. »

Singstree avait sa mandoline, celle dont Richard avait parlé à mes parents, un soir à la maison. N'existait-il pas une chanson que ma mère avait arrêtée sur les lèvres de Richard ? J'avais beau chercher à m'en souvenir, rien ne pénétrait dans mon esprit, sauf le portrait de Miss Fullaton avec la frégate, suspendu au-dessus de la cheminée, et l'image du globe dépoli de notre lampe de la salle à manger, à Drufford. Enfant, j'avais crayonné le verre, et les dessins coupables survivaient dans ma pensée.

Soudain, à l'accompagnement de la mandoline, je retrouve les paroles de la chanson. Musique et mémoire se mêlent. Le petit garçon qui avait dessiné un cheval et son cavalier sur la lampe de la salle à manger semble maintenant assis à une grande table où brillent le cristal et l'argenterie, et regarde stupéfait ricaner les convives, écoutant la chanson du vieux Drooper :

> *Oh ! mères, vous qui avez des filles,*
> *Prenez garde, lorsqu'en hiver*
> *La glace recouvre les eaux.*
> *Les aimables présentations*
> *Ont souvent causé des bouleversements*
> *Dans les projets des mères prudentes.*

Autour de moi, on retenait son souffle, on hésitait ; Singstree agita le bras, d'un geste encourageant, et on reprit en chœur :

> *Dans les projets des mères prudentes...*

La chanson continuait, avec ses nombreux couplets. Les allusions de mauvais goût, permises ce soir, « selon une coutume de Windrush », qui prenait son origine dans les vieux jours d'Oxford, frisaient timidement le lubrique. Mais à Dieu vat ! Et comme les dames des Frelons s'enhardissaient contre toute attente à sourire et à applaudir ! Cette génération-là aimait les farces et, malgré sa tendance à censurer, elle jouissait par-dessus tout d'une bonne gaieté joviale, sans se montrer difficile quant au choix. Du reste, des paroles chantées par un pair d'Angleterre accompagné de sa mandoline étaient au-dessus des critiques, et le divertissement de Singstree fut applaudi jusqu'à la fin.

Un petit homme qui, dans sa journée, sans réussir à marquer le moindre point, avait manqué deux coups par maladresse, se leva à son tour. Il était parmi les chanteurs, car le capitaine des Frelons, interrogé sur les qualités musicales de son équipe, avait déclaré que Diffid-Smith « possédait une belle voix », en quoi il ne se trompait point. Diffid-Smith était accompagné de sa sœur, laide et angoissée.

– Je crains, dit-il, remarquant peut-être la politesse sans enthousiasme avec laquelle on l'accueillait, qu'il soit difficile de succéder à Lord Singstree.

Il piétina légèrement sur place et commença. Au son de sa propre voix, limpide et magnifique, son expression se transforma. Il oubliait Lord Singstree et son auditoire, rien n'existait sur terre en dehors de son chant. Il débuta par deux vieilles romances en français et, en les écoutant, l'âme se sentait ramenée en arrière, vers les anciennes grâces affables de l'amour et la tristesse des passions en temps de guerre. Le jeune homme s'identifiait si bien avec ce qu'il chantait, qu'il semblait se confesser lui-même, en artiste.

– Ça peut être très joli, prononça derrière moi une voix assourdie, sous le couvert d'applaudissements de rigueur, mais c'est une rude gaffe, un soir comme celui-ci.

Diffid-Smith, revenu sur terre, parut se rendre compte de son erreur. Sa sœur et lui se regardèrent avec inquiétude et se consultèrent rapidement.

– Encore ! encore ! s'écriait Ned en hôte généreux.

Diffid-Smith se redressa, comme s'il se tenait devant ses exécuteurs et entonna une vieille chanson à boire, espérant par là faire une concession au goût de son public. Mais le mot « boire » ne suffit pas à apaiser les auditeurs ; ils grommelaient en tapant des mains. Le jeune homme et sa sœur revinrent à leur place.

– Fort joli tout cela, bien entendu… fit de nouveau la voix derrière moi.

Mais dans le petit silence qui suivit, Claire se pencha et dit :

– Votre frère voudra-t-il chanter pour moi, demain ? Promettez-le-moi, je n'ai rien entendu d'aussi beau, d'aussi simplement beau, depuis des années !

La jeune fille laide et angoissée, à qui s'adressait Claire, ne put répondre qu'un « Oh ! oui ! merci », mais ses yeux humides brillaient de fierté.

– Et maintenant, Pug, c'est à ton tour ! ordonna Ned.

Les auditeurs soupirèrent d'aise et applaudirent pour bien marquer leur contentement.

– Plus à mon goût, déclara la voix qui me devenait familière.

Les chansons se succédaient. Claire, pâle, les yeux fiévreux, s'appuyait en arrière, et ses doigts serraient les bras de son fauteuil. Les chansons continuaient ; Ned allait appeler un nouvel exécutant, lorsque, soudain, Claire se leva. Ned la regarda fixement, hésita puis obéit. Il était impossible de se méprendre sur le désir de la jeune femme d'en finir au plus vite.

Il y a dans la vie, en particulier dans la prime jeunesse, des jours de crise dont on se rappelle moins le point culminant, que l'état d'esprit qui l'a précédé. L'acte reste clairement fixé au fond de la mémoire : voilà ce que j'ai dit, comment j'ai agi, et ce qui est arrivé. C'est là vraiment de l'histoire, et le récit qu'on peut en faire plus tard semble avoir trait à un autre qu'à soi-même. Mais certains mouvements de l'âme ont devancé l'action ; passés inaperçus, comme les symptômes négligés d'une fièvre, alors qu'ils se produisent, ils prennent avec le temps un aspect prophétique, et nous ne les cataloguons pas comme des faits historiques, avec un esprit objectif tourné vers le passé d'une lointaine jeunesse, non, nous les revivons, et notre cœur d'enfant bondit ou défaille à nouveau. Nous nous retrouvons dans l'ambiance des premières heures du jour critique, et sachant ce qu'elles promettent ou font redouter, nous tremblons dans l'attente de l'événement.

C'est ainsi qu'en me reportant au dimanche qui suivit le bal de *Canterbury*, je cesse d'être spectateur, je me plonge dans l'ardeur du présent, au lieu de contempler un passé refroidi. Je revois Claire et Lord Singstree prêts pour l'église, se penchant l'un vers l'autre au-dessus d'un indicateur posé sur le coffre qui les sépare.

– J'ai peur d'être forcé de prendre le train de ce soir, dit-il. J'ai un rendez-vous lundi matin à la première heure.

Et Ned s'interpose :

– Nous commanderons la voiture et Claire s'arrangera pour vous faire dîner à temps.

Le hall se vide et j'y demeure seul. En entrant dans la bibliothèque, je vois, par la fenêtre au midi, défiler les fidèles ; Claire est au milieu d'eux ; ils passent sur la pelouse et se dirigent vers le lac et la prairie haute. Henry Fullaton sort le dernier de la maison, il me regarde et me parle à travers la fenêtre ouverte :

– Vous ne venez pas ?

– Non, monsieur, je ne crois pas.

– Quelque chose qui cloche ?

– Non, rien, monsieur.

– Qu'allez-vous faire ? Travailler ?

– Les dernières retouches au portrait de Miss Fullaton.

– Ah ! encore !

Il montre du doigt les invités.

– Il faut que je les suive.

Et il se détourne de moi.

Bientôt ses pas touchent l'herbe et on n'entend plus rien que les cloches de l'église. Le carillon change, ralentit, devient une note unique et persistante, puis s'arrête. Ma pensée poursuit : « Lorsque le méchant se détourne de son iniquité… Chers et bien-aimés frères, l'Écriture nous pousse en divers lieux à reconnaître et à confesser nos péchés et nos transgressions… » Regarde-t-elle en ce moment l'ange des Fullaton ? Arriverai-je jamais, même si je vis très vieux, à produire une œuvre aussi belle ? Je ne fais peut-être que répéter là une vaine formule, car la beauté de l'ange ne me touche plus. Je suis loin de toute paix et ne peux plus ni jouir ni créer. Mon désir brûle dans mes veines : elle est agenouillée dans l'église, la figure dans ses mains. Son corps se courbe, en attitude de prière ; derrière ses doigts réunis, quel est donc son visage ? Qui est celle que je convoite ? Comment lui échapper ou être rassasié, car j'aime un fantôme ? Toute la nuit, en rêve, un corps s'étend le long du mien, mais, de loin, mon esprit nous observe.

Au-delà des collines, le vent effiloche un nuage blanc ; ici, les buissons frémissent et, au bord de la prairie, les herbes agitées tournent du vert au gris. Mon imagination s'obstine : si j'étais un enfant, je m'étendrais au soleil, j'écouterais les feuilles remuer, en songeant au jour où je deviendrai un homme. Si j'étais encore le jeune garçon de l'an dernier, je rêverais à la conquête du monde, sans douter de mon pouvoir, car je tiendrais mon destin à portée de ma main, dans une cassette fermée. La pensée de l'amour, loin d'en être le poison, serait la sève de mon art, le cri même de l'aventure et le gage de ma foi. Réfugiée au fond de ma simplicité de cœur, cette pensée ne me diviserait pas contre moi-même et, devant les sourires prudents, je saurais que la sagesse de mon amour est au-dessus de celle des hommes. A présent j'ai goûté de la vie et n'en suis plus maître... je me demande même si je le regrette et je me dis : « Toi qui as connu le pieux dévouement et qui t'en es écarté, comment retrouver ton prestige ? Tu ne songes qu'aux seins et aux flancs à posséder. Après avoir cherché dans les yeux de Claire une sainteté visible pour toi seul, tu la convoites jusque dans l'attitude de la prière, et parce que son corps se courbe, tu sens le raidissement de sa taille nue. »

Pour fuir ce conflit, je me réfugie dans la chambre de Miss Fullaton, certain d'être heureux auprès de la vieille demoiselle. Chez elle, depuis longtemps, les feux du corps se sont éteints, et en sa présence, je croirai marcher parmi des feuilles mortes un soir de rafale.

– Venez, me dit-elle, approchez-vous bien près, et elle

m'examine : vous n'avez pas dormi, mon petit, vous vous usez
– ses mains m'attirent – pleurez si vous en avez envie. Je ne
suis plus une femme assez jeune pour mépriser des larmes
d'homme... ni assez faible pour ne pas oser dire à un génie
qu'il est absurde.

Un génie ! Pris au piège, je lève les yeux.

– Ah ! s'écrie-t-elle, le mot a porté, maintenant êtes-vous
capable de vous dominer ?

Tout l'après-midi, vu du haut de la colline de Thrusted,
sous la course légère des nuages, le ruisseau de Windrush a
passé du plomb à l'argent et le paysage est un tapis de vergers
et de prairies. Je sens que demain pourrait être le renouveau,
si l'on me transportait au loin, par magie. Cette pensée est
vaine et s'en va à la dérive, tandis que ma main se referme,
dans ma poche, sur un papier raide et chiffonné, qui se trouve
être la dernière lettre de mon père.

« Nous sommes heureux d'entendre parler de tes progrès.
Les Fullaton doivent être des gens très aimables. J'ai reçu une
lettre de Mr. F. (par le même courrier que la tienne) dans
laquelle il fait grand cas de ton travail, et me dit qu'il a
demandé à un éminent critique français de venir l'examiner
au manoir. Cela m'intéressera de connaître son opinion. Si son
rapport sur tes progrès est aussi favorable que nous l'espérons
tous, on pourra peut-être envisager après Noël, et suivant
l'avis de Mr. Fullaton, le départ de Windrush que tu proposes.
Mais rien ne sert de courir, mon cher enfant, avant de savoir
marcher. Sois patient. Toutes choses, dit-on, arrivent à ceux
qui attendent, et je crois que c'est une parole vraie, si l'attente
comporte aussi le travail. Je l'ai toujours jugé ainsi moi-même.
Ta mère et Richard t'envoient leurs amitiés. Ethel se joindrait
à eux si elle était ici, mais elle est allée prendre le thé avec les
Holt, cet après-midi. Elle et Miss Marjorie Holt sont très liées
en ce moment, toujours fourrées dans la poche l'une de l'autre.

Sans doute elles nous rejoindront à l'église ce soir. Il est, du reste, presque l'heure de se préparer, aussi je raccourcis mon épître. Il a fait très beau tout le jour, mais le vent est fort ; trop, dit Ethel, pour arborer son chapeau du dimanche. Tu nous feras savoir l'opinion du Français mais ne t'en affecte pas trop, en bien ou en mal, car les Français, même les meilleurs, sont des gens sans consistance. Il ne faut pas croire que nous ne nous intéressons pas à tout ce qui concerne ton art. Sans prétendre m'y connaître absolument, je sais que nombre d'hommes de bien ont exercé cette profession, et je souhaite qu'elle t'apporte beaucoup de bonheur et de prospérité. Je t'envoie la moitié d'un billet de cinq livres sterling. L'autre moitié suivra. Avec ce que tu as déjà, cela devrait suffire à tes menus besoins pour un certain temps. Aie bien soin de payer ta part des matériaux de peinture. J'entends la bonne qui brosse mon chapeau dans le hall. Je dois donc m'arrêter.

« Ton père affectionné,

« ROBERT FREW. »

La signature familière danse au soleil d'Hertfordshire. Je vois la bonne tendant à mon père son chapeau haut de forme et ma mère qui attend avec un livre de prières et un cantique pendus à son poignet dans leur étui de cuir. Si j'avais été un enfant, j'aurais mis ma main dans celle de mon père, et je serais parti à son côté, plus en sécurité que jamais en ce monde. « Toutes choses arrivent, dit-on, à ceux qui attendent, et je crois que c'est une parole vraie si l'attente comporte aussi le travail. » Je suis loin de mon père, sa main n'est plus assez grande pour contenir la mienne. La lettre est enterrée parmi les ajoncs, j'ai tassé un peu de terre meuble dessus, avec mon poing.

En descendant la colline, j'aperçois la maison qui surnage dans la pénombre envahissante. Je vais aller travailler à l'atelier… mais à cette heure-ci, il est rempli d'invités. Si j'entre, ils tourneront la tête, les voix se tairont, je ne saurai près de qui m'asseoir, car personne ne m'offrira de place à son côté. J'y renonce. Je me promènerai le long de la maison en imaginant la paix des lointaines prairies, et, ensuite... Mais la voix de Claire me parvient à travers la fenêtre ouverte de la bibliothèque : « Non, vous voulez être gentil, mais vous dépassez les bornes. » Une porte claque ; elle doit être seule à présent.

Je me trompe, Ned est avec elle ; en entrant, je le vois debout, devant la cheminée ; il abaisse un regard fixe sur sa femme. Elle tient un livre sur ses genoux, sans le lire.

– Il y a autre chose, Claire.

– Oui ?

– Singstree, avant son train, aura un dîner un peu solitaire.

– A moins que vous ne lui teniez compagnie.

– Vous savez que cela m'est impossible. Stone vient me voir à propos du marché de mardi.

– A cette heure-là ?

– C'est la seule qu'il ait de libre... Tiens, voilà Nigel ; alors c'est entendu, Claire, je compte sur vous pour distraire Singstree pendant son dîner ?

– S'il le faut.

– C'est indispensable que l'un de nous y soit... Un brave garçon, ce vieux Drooper ! Un compagnon joliment agréable... Alors je m'en vais.

Malgré le ciel pur et les rideaux écartés, la pièce est pleine de lourdes ombres qui mettent comme un mur autour de nous. Claire, quand elle se lève, semble un être argenté qui marche dans les ténèbres. Au-dehors, elle me parle du grand air, de la fraîcheur du soir, et les murs s'évanouissent. L'herbe est sous nos pas, et bientôt, au-dessus de nos têtes, les arbres du lac répandent leurs faibles parfums résineux. Ensemble, nous avons laissé derrière nous ce qui était insoutenable et renversé les barrières protectrices qui nous emprisonnaient. Les mots ont été inutiles car, dans nos cœurs, tout est aussitôt reconnu, et notre attente dépasse ce qui peut s'exprimer.

Pendant le long silence où, debout, elle regarde l'eau à ses pieds, se souvient-elle de cet autre soir où nous étions seuls et où elle mettait ses mains dans les miennes ? Sans doute, car elle se retourne vers moi et me permet de les prendre. A ce contact, un tel tremblement la secoue, que je crois un instant qu'elle se rétracte, et je resserre mon étreinte, sentant ses doigts inertes dans les miens. Ce n'est pas la crainte cependant qui l'agite. Sur son visage, l'ombre d'une branche s'étend comme un masque, mais, soudain, ce visage se cache et je sens ses baisers sur mes mains et la douce pression de sa joue.

Dans ce court instant où son visage a disparu, avant que j'aie pu saisir ses épaules et la redresser, mon cœur s'est demandé quelles étaient ces lèvres qui me touchaient, et quel visage allait m'apparaître… Et il me semble, lorsque sa poitrine s'incline vers moi et que mes lèvres pressent les siennes, que j'y trouve toute la douceur du monde à sa naissance. C'est une jeune fille qui me confie sa jeunesse, joignant les sources de sa vie aux miennes. Voulant scruter ce miracle, je me recule pour contempler son visage.

Ses lèvres sont molles, sa gorge bat sous de visibles pulsations ; ses yeux flambent au sortir d'un rêve et sur tout cela, l'ombre de la branche étend son masque. Ce n'est pas une jeune fille, mais une femme qui m'abandonne sa beauté, et dont la passion s'abreuve aux sources de la vie. Nous demeurons séparés, nous examinant l'un l'autre, sensibles au contact de l'air sur nos mains et humant les senteurs de résine.

Je suis seul près du lac. Depuis combien de temps est-elle partie ? Avant son départ, nous avons causé comme à l'ordinaire. J'ignore dans quel état d'esprit elle m'a quitté ; elle semblait calme et lucide. Demain, ce soir même, nous nous rencontrerons et, à la passion de ces baisers, viendra s'ajouter la passion du mystère. Quelle que soit l'issue, le désir ou sa satisfaction, l'aveu ou le silence, désormais, au fond de nos pensées, nous serons nus, car la convoitise s'est établie en nous.

Les lumières sont allumées au manoir. Lorsque je traverse le hall, une voix appelle dans la salle à manger :

– Ned ! est-ce vous ?

A l'extrémité de la longue table, avec Ferrers derrière lui, Singstree est assis, seul.

Je monte l'escalier, car ma résolution est prise. Les choses sont nettes à présent et, à la lueur d'une bougie, je compte billets et monnaie étalés sur la table de ma chambre. Ce sera suffisant pour m'enfuir, faire de moi un vagabond sur terre. J'aurai besoin de peu et j'ai peu de temps devant moi.

Je ne reçois aucune réponse lorsque je frappe à l'appartement de Miss Fullaton. Au-delà du salon vide, un rectangle de lumière dorée apparaît. « Entrez! » me crie-t-elle, et je la trouve assise devant son miroir, la tête renversée en arrière. A côté d'elle, sa bonne, les lèvres pincées, prépare un visage dont un côté, d'un gris opaque et blanchâtre, reste à farder.

– Eh bien, monsieur, quelles sont les nouvelles?

Je suis incapable de répondre. La bonne observe l'intrus d'un regard fixe.

– Je m'en vais! m'écriai-je enfin.

– Quand cela?

– De suite.

– Ce soir?

– A l'instant.

Que cherche-t-elle? « Donnez-moi cela, Robinson... Tenez, prenez. Ceci vous attend depuis trop longtemps et ne vous attardez pas à remercier une vieille femme. »

Dans le hall, pour la première fois, mon cœur faiblit. Henry Fullaton me considère, moi, mon sac, mon chapeau et mon pardessus.

– Il faut que je parte, monsieur, il le faut.

Un long regard, une longue lutte.

– Partez-vous pour peindre?

– Oui, monsieur, et quand vous saurez...

– Si vous partez pour faire de la peinture, c'est tout ce que je demande... Oui, Ned, Nigel s'en va avec Lord Singstree. Le train du soir. Pourquoi? Oh!... eh bien... c'est très simple, très simple... ah! voilà la voiture. Montez vite, le temps passe. Où est Claire?

– Elle s'habille, répond Ned. Je regrette, Singstree, je lui transmettrai vos adieux, à moins qu'elle ne vous les ait faits elle-même au dîner !

– Au dîner ?

– N'était-elle pas avec vous ?

– N… non.

– Vraiment…

Ce sont les lanternes de ma voiture qui, ce soir, glissent le long des haies. La grande silhouette dans le coin étend ses jambes maigres sur la banquette arrière.

– C'est assez prompt, eh ?

– Oui.

– Où allez-vous, si ce n'est pas indiscret ?

– A Paris.

Le mot brille dans le silence. Je sens sous mes doigts l'enveloppe remise par Miss Fullaton. Il en sort deux autres.

– Vous ne pouvez pas y voir avec cette lumière, essayez une allumette.

Un petit crépitement dans l'obscurité, une longue main tendue et, derrière la lueur, le visage en lame de couteau du vieux Drooper.`

Sur une enveloppe, je lis : Monsieur Pierre Coutisson, Paris.

Et sur l'autre : Honoraires. Portrait d'une épave. F 2 000, et une date qui remonte à six semaines.

V

RETOUR A DRUFFORD

Après trois années de travail à Paris, je revins en Angleterre à la fin de 1879. Retourner dans la maison où l'on a vécu enfant, après une longue et fructueuse absence, c'est découvrir les changements de la vie. Le garçon de jadis côtoie l'homme de maintenant et le considère avec des yeux perplexes, comme un étranger ; celui qui erre de nouveau dans les recoins profonds et intimes de la vieille demeure se sent examiné par un fantôme, et se souvient de ses rêves d'autrefois, qui ne reviendront plus.

Sur un des paliers, à Drufford, se trouvait une porte blanche qui conduisait à la lingerie. Un des montants n'avait jamais été repeint, car mon père, à chaque anniversaire, y mesurait ses enfants. Il nous faisait tenir debout, sous un grand livre plat en guise de règle, et inscrivait l'accroissement de notre taille. En descendant prendre le thé, après mon retour de Paris, j'y lus l'histoire de mon développement physique, en une série de traits successifs devant lesquels mon père avait écrit : Nigel 6, Nigel 7, Nigel 8... Lorsque je partis pour la France, mon père avait cessé d'inscrire mes mesures, mais il continuait à me considérer comme faisant partie de cette catégorie enfantine – Nigel 18. Et ce qui m'humiliait le plus, c'était que la plupart des gens partageaient alors cette manière de voir. Je voulais qu'on me traitât en homme, et j'éprouvais une indignation de gamin chaque fois que, sans le vouloir, on oubliait de le faire.

Devant le cadre de cette porte, je souris en me rappelant mes colères. Le sourire remontait loin, car l'enfant dont la tête se dressait vers le livre n'était plus moi. Je pouvais l'examiner, je me sentais tout à fait détaché, n'appartenant plus, comme lui, à la série filiale. En un mot, j'avais grandi. Je n'étais pas seul à m'apercevoir du changement. Ma famille paraissait craindre un peu le nouveau venu. Mon père lui-même me jugeait un être distinct et différent du Nigel 21.

A la maison, rien dans la routine et les choses extérieures n'avait varié. Les jours de semaine, on déjeunait à huit heures et on buvait du thé, le dimanche on déjeunait à neuf, et on buvait du café. Le soir on s'asseyait dans les mêmes fauteuils. La pendule de marbre sonnait dix heures et, peu après, mon père fermait son pupitre et déclarait : « Voilà le moment d'aller se coucher ! » Chacun rejoignait sa chambre, et il restait le dernier pour éteindre la lampe au globe dépoli en soufflant dans le verre. Richard était toujours le jeune homme plein de promesses, qui réussissait dans sa profession. Bien mis, avec une certaine recherche, il avait de la vivacité et de l'assurance. On le sentait en bonne posture vis-à-vis du monde. Toutefois on pouvait l'entendre soupirer et bâiller, et je compris que cette confiance en lui était plutôt machinale, et que sa propre vie, si brillante jadis à mes yeux, manquait de charme. Richard et Ethel gardaient la même affection l'un pour l'autre, mais leur camaraderie s'accentuait d'une certaine rudesse ; leur jeunesse s'en allait peu à peu et ils se délectaient aux souvenirs joyeux d'autrefois. Étaient-ils donc ces vainqueurs du monde, modèles enviés de mon enfance, possédant cette hardiesse que je considérais comme le don suprême ? Et ils avaient l'aisance, la sagesse, gages de tous les privilèges terrestres qui m'étaient refusés. Héros et héroïne unanimement admirés ! Richard ne se tenait pas pour battu, et rien de ce que lui apportaient sa capacité et son ambition n'avait perdu de sa valeur. Il gardait le front haut, et continuait à se jouer à lui-même le rôle de conquérant.

Mais Ethel avait consulté son miroir et senti venir la crainte; elle avait regardé au fond de son cœur et éprouvé de la lassitude. Quelque chose de primesautier manquait à ses boutades et, encore jolie, fraîche, elle commençait à deviner, par une amère et mystérieuse intuition, que sa jeunesse serait inutile.

Certains jours, mon frère et ma sœur semblaient éprouver pour moi un sentiment d'envie qui repoussait mon adolescence dans un passé à part. Lorsque cheminant avec Ethel auprès de l'ancienne maison de Mr. Doggin, j'appris que des gens du nom de Sellerby l'habitaient, ce passé se dressa devant moi, et je compris encore mieux à quel point il faisait partie d'un monde disparu. La mort de Mr. Doggin n'éveillait aucune émotion chez Ethel. Elle me dit simplement que les Sellerby étaient aussi « mornes que l'eau d'une mare », comme tout le monde, du reste, à Drufford.

– Où l'a-t-on enterré?

– Qui cela? Mr. Doggin? Oh! pas à Drufford. On a emmené le corps.

– Et ses dessins, et ses affaires personnelles?

– Je n'en sais rien, je n'en ai jamais entendu parler.

Nous nous étions infiniment éloignés l'un de l'autre, ma sœur et moi. Je commençais à me demander avec un sentiment de déception s'il n'y avait plus rien à tenter, pour chasser le mécontentement de ses yeux, quand elle me questionna :

– Lui as-tu écrit, quelquefois?

– De temps à autre.

– Pas souvent, car il s'informait de toi. Je pense qu'il se sentait oublié. Pourquoi n'écrivais-tu pas? Je croyais que tu l'aimais bien.

Je m'efforçai de répondre à cette question autant pour moi que pour Ethel. Pendant mon séjour à Paris j'avais l'impression qu'une muraille entourait ma vie passée et m'en séparait. Je vivais uniquement absorbé par mon travail.

– Ce sont des excuses, Nigel; je crois que si tu avais vraiment tenu à lui, tu aurais écrit davantage – je ne répondis rien et elle continua : Cela ne m'étonnerait pas le moins du monde

que tu deviennes un grand artiste. Il y a chez toi un trait de
dureté ; tu ne te soucies guère – du moins quand tu travailles –
des petites marques de bonté ordinaires de la vie : que tous les
autres aillent au diable ! J'aurais voulu que tu voies la tête
de papa quand il a appris ton départ pour Paris, sans un mot
de toi. Que vas-tu faire à présent ? Rester ici le temps qu'il te
plaira, et puis disparaître de nouveau ?

Le reproche d'Ethel, bien que prononcé sur un ton d'amer-
tume exagéré, me piqua au vif. Je n'ai jamais eu, même alors,
la moindre sympathie pour cette théorie qui donne à l'artiste
le droit de se montrer égoïste envers tout le monde. Ceux qui
revendiquent ce privilège ont en général l'esprit mesquin
et contrariant. Le génie en évolution n'en a cure. Qu'avait
exprimé le visage de mon père, lorsque j'étais parti sans rien
dire ? Ma négligence avait-elle blessé mon vieux maître ? Et
Henry Fullaton avait-il compris la nécessité de ma fuite et me
pardonnerait-il d'avoir ainsi coupé court à ses générosités ? Je
me rendis compte, pour la première fois, qu'un peu de mon
âme était resté de glace au cours de ces trois années pendant
lesquelles je réussissais à me créer un début de réputation,
devenais homme et parvenais à l'indépendance dont je jouissais aujourd'hui.

– Je pense que tu écrivais à Claire Fullaton, continua Ethel.
Est-ce que tu ne te figurais pas être un peu amoureux d'elle, à
une époque ?

– Nous étions en correspondance, répondis-je.

– Elle et Ned sont en Norvège, à pêcher. Nous ne les verrons
pas à Lisson cette année. Y viendras-tu ? Mrs. Trobey t'invite-
rait si elle te savait à la maison, surtout, ajouta-t-elle avec une
pointe de sarcasme, maintenant qu'elle te voit en chemin de
devenir célèbre.

Non seulement Ethel, mais toute ma famille, s'inquiétait de
mes projets. Combien de temps avais-je l'intention de rester,
où irais-je ensuite ?

– Eh bien, mon garçon, me demanda mon père, quelle
impression cela te fait-il d'être de retour à la maison ? Sans

doute que Drufford te semble un peu triste, après Paris, mais je pense qu'à certains points de vue, tu es content de te sentir chez toi. Si tu voulais y rester, nous pourrions transformer l'une des pièces en atelier et ta mère te l'arrangerait confortablement.

Cette offre marqua vraiment mon émancipation. Mon père avait reconnu mon métier. Quelque chose me frappa dans sa manière d'être, et dans l'ardeur de ma mère, qui s'empressa d'ajouter qu'elle ferait de son mieux pour rendre cet atelier agréable. Le masque des années qu'ils avaient toujours gardé devant moi tomba, et je les vis comme ils se voyaient encore eux-mêmes : un couple d'amoureux inquiets des faits et gestes de leurs jeunes enfants éloignés d'eux. Ethel s'était révoltée contre cet accaparement, j'y avais échappé accidentellement, mais Richard se trouvait pris. Ce genre de tyrannie faisait à la fois leur force et leur faiblesse, leur bonté et leur cruauté ; et les jugeant tout à coup, non comme parents, mais comme simples humains, je découvris l'origine de leur rigide loyauté, non seulement envers nous, mais l'un vis-à-vis de l'autre. « Si je les vois ainsi, me dis-je, c'est que j'ai cessé d'être leur petit enfant et, en reconnaissant l'individualité de leur dernier venu, ils admettent leur âge et disent adieu à la jeunesse. »

Je ne savais comment avouer mon départ qui rendait l'atelier inutile, mais je dus m'expliquer, et je compris au coup d'œil qu'échangèrent mes parents que, loin de me blâmer, ils s'attendaient à ma réponse. Je racontai mon incertitude. Irais-je à Paris, ou à Rome, suivant le conseil de Pierre Coutisson ? Richard m'interrompit brusquement, pour demander si ma peinture me permettait de subvenir à mes besoins.

— Il ne nous a jamais réclamé un sou, déclara mon père avec fierté, pendant toute la durée de son absence.

— Je joins les deux bouts, fis-je, en cherchant à comprendre pourquoi Richard avait posé cette question.

— Peut-on vraiment gagner sa vie à ce métier ?

— Eh bien, je vis.

— Assez médiocrement quelquefois ?

– Oui, c'est maigre, certains jours, répondis-je, me souvenant de mes luttes, les premiers mois à Paris ; mais tu sais, on trouve à cela une joie bizarre, qui vous donne vraiment la sensation de... de vivre enfermé dans son travail.

Je ne savais pas comment lui faire partager, en imagination, l'extraordinaire sentiment de paix intérieure, de retraite, qui m'avait envahi quand je m'étais libéré du monde dans lequel j'avais grandi. Ma vie soudain devenait indépendante, passionnante...

– Parfois, commençai-je, lorsque après une journée de solitude je me retrouvais encore seul le soir, il me semblait que j'étais l'unique vivant dans un monde vide et silencieux, je sentais...

– Un artiste dans un monde vide ne signifie pas grand-chose, Nigel, observa Richard.

– Non, répondis-je, et pourtant, ce ne serait guère intéressant d'être artiste dans un monde toujours plein. Comprends-tu ce que je veux dire ?

– Franchement, non, répondit Richard, et cela n'avait rien d'étonnant.

Ma mère nous interrompit :

– Je n'aime pas beaucoup te savoir si souvent seul, Nigel chéri. N'avais-tu pas des relations agréables à Paris ? C'est là, je crois, le mauvais côté des séjours à l'étranger ; on prend des habitudes qui ne sont pas anglaises, et on perd contact avec ses vrais amis – elle mordit son fil : Mr. Fullaton par exemple, il ne fallait pas le négliger.

– Il me semble, fit Ethel, que les Fullaton doivent en avoir assez de Nigel. Leur as-tu seulement donné signe de vie depuis ton retour ?

– Oui, j'ai écrit.

– Et as-tu reçu une réponse ?

– Parfaitement. Mr. Fullaton me demandait d'aller là-bas. J'ai dit que c'était impossible.

– Oh Nigel ! s'écria ma mère, tu n'aurais pas dû faire cela.

– C'est tout à fait de lui, reprit Ethel ; le tempérament artiste.

Richard abaissa son livre et me regarda fixement, d'un air curieux et pénétrant.

Je répondis avec le manque de franchise que les conventions, chez moi, rendaient inévitable, que je désirais rester à Drufford le peu de temps que je passerais en Angleterre ; en tout cas Windrush se trouvait trop éloigné.

– Je crois que tu as tort, mon garçon, interrompit mon père d'un ton décidé. A mon avis il aurait été courtois d'accepter, cela te permettrait en même temps de réparer… enfin, inutile de revenir sur cette vieille histoire. Il est certain toutefois que si tu te destines au métier d'artiste, Mr. Fullaton n'est pas un homme à perdre de vue. Je suis enchanté que des Français pensent autant de bien de toi, mais chacun, artiste ou non, a ses partis pris, j'imagine. Mr. Fullaton est un bon juge solide, qui connaît les exigences de ton pays. Tu devrais rester en contact avec lui, c'est sûr. Il ne faut pas mettre tous ses œufs dans le même panier.

– Et ce serait le bon moment, car, après la mort de la pauvre Miss Fullaton et le départ de son fils et de sa belle-fille pour la Norvège, Mr. Fullaton doit se sentir très isolé dans cette grande maison.

Tandis que nous parlions, Claire, la véritable cause de mon désir à peine avoué d'éviter Windrush, surgit des brumes d'un passé lointain. Peut-être n'en serait-elle pas sortie sans le regard soupçonneux de Richard, qui faisait renaître son image… « Il doit penser, me dis-je, que j'ai peur de Claire, et se demande pourquoi, et dans quelle mesure ? »

Je répondis à ma mère d'un air indifférent :

– Tiens, j'avais oublié, en répondant, que Ned et sa femme étaient absents.

Je mentais et je m'aperçus que toute ma famille, sauf mon père, s'en rendait parfaitement compte. Je me souvenais fort bien de Claire, j'y avais songé tout à coup, en recevant la lettre d'Henry Fullaton, et c'est ce qui avait déterminé ma réponse :

– Si elle n'est pas là-bas, je suis libre de m'y rendre ! m'étais-je écrié, mais pour ajouter aussitôt : Elle absente, je ne veux plus y aller.

Cette dernière pensée n'était alors qu'un murmure de mon esprit, et c'est seulement après mon mensonge que je compris à quel point elle m'avait influencé.

A Paris, je m'étais détaché de mes fantômes et je n'avais plus ni le désir ni le courage de me laisser à nouveau dominer par eux ; aussi, je refusai à plusieurs reprises d'accompagner mon frère et ma sœur à Lisson en septembre, et j'empêchai Ethel d'écrire à Mrs. Trobey pour lui demander de m'inviter. Mais un matin, je reçus une lettre d'Agathe.

« Ma mère, disait-elle, a appris par Mr. Henry Fullaton que vous êtes de retour en Angleterre, elle vient d'écrire à Ethel pour vous demander de venir nous trouver. Je vous en prie, dites oui. Mr. Fullaton sera des nôtres, de sorte que vous pourrez le voir sans aller à Windrush. N'est-ce pas ce que vous désirez ? Si vous n'acceptez pas à cause de lui, venez parce que je vous en prie. Je suis Ismaël ici, vous le savez, liée par ma mauvaise santé, et j'aimerais beaucoup vous avoir près de moi dans la nursery et écouter vos récits sur Paris et sur vous-même. De plus, la réunion sera presque celle d'il y a... plus de quatre ans, n'est-ce pas ? Je crois que vous accepterez de venir. »

Il m'était impossible de refuser.

– Te souviens-tu, me dit Richard, de l'excitation qu'il y avait la dernière fois à propos de tes vêtements ?

Ma mère riait en secouant la tête :

– Le temps passe très vite, dit-elle avec une gaieté forcée.

Malgré ma décision d'aller chez les Trobey, je ne répondis pas tout de suite à Agathe, mais passai ma journée à remettre ma lettre à plus tard. Il y avait tout le temps, dis-je à Ethel lorsqu'elle me demanda au déjeuner si j'avais écrit. L'après-midi passa, et je m'étais contenté de scier quelques troncs d'arbres à bonne longueur pour les fendre. Richard, en rentrant du bureau, me trouva debout sur un tapis de sciure de bois, et se mit à rire de mon énergie. Mais il suspendit sa veste à une branche et prenant la poignée d'une scie passe-partout me fit travailler sous ses ordres. « Cela fait du bien, disait-il,

de prendre un peu d'exercice, après une journée à la Cité. »
Pendant une heure on n'entendit que le sifflement de l'acier
sur le bois, le grincement de la scie lorsqu'elle pliait et le bruit
assourdi de chaque bûche qui tombait. En les soulevant et en
les emportant, j'obéissais à mon frère et le suivais, heureux
d'être son compagnon et de m'oublier dans la tâche que nous
nous étions assignée, comme si j'étais encore enfant. Lorsque
vint le soir, nous rentrâmes ensemble, en nous vantant fière-
ment à mon père du nombre de rondins coupés.

Mais après dîner, à la lueur de la lampe de la salle à manger,
je répondis à Agathe, disant que je viendrais. En cachetant ma
lettre, une émotion fit trembler ma main, et un tressaillement
me parcourut – un saisissement de joie, une faim, une espérance vague, et par-dessus tout, un abandon de l'être, la sensation d'avoir fait un pas sur lequel je ne pourrais jamais revenir.

ENCORE LISSON

Une terne journée de septembre nous amena à Lisson. Je trouvais quelque chose de morne à Ethel aussi, assise en face de moi dans la voiture. Richard se montrait résolument vif et joyeux, mais ma sœur semblait se rendre, par habitude, à une fête annuelle dont l'ancienne gaieté aurait disparu.

Les roues de la voiture marquaient leur empreinte sur le fin gravier de l'allée des Trobey, car il avait plu cette nuit-là et dans la matinée. Une branche, au-dessus de nos têtes, secouée par le vent, nous arrosa au passage de quelques gouttes d'eau.

– Je voudrais bien qu'ils élaguent ces malheureux arbres, s'écria Ethel, regardez-moi, je suis trempée !

– Le mal n'est pas si grand, répondit Richard.

– Vraiment ! On voit que tu ne portes pas des vêtements comme les miens.

Pendant ce dialogue, je cherchais à préciser un souvenir que cette branche me rappelait vaguement. Je savais qu'il s'y mêlait une odeur de violettes et de fumée de bois, et une sensation de crainte. Une feuille n'était-elle pas tombée autrefois sur mes genoux, de cette même branche peut-être, et ne l'avais-je pas pressée entre mes doigts ? La scène entière revint à ma mémoire, je retrouvai jusqu'à mon ancienne timidité. La tête penchée hors de la voiture, pour voir le porche dont nous approchions, je m'attendais presque à entendre ma sœur s'écrier : « Ne braque pas tes yeux comme cela, Nigel ; si on regarde par la fenêtre, que va-t-on penser de toi ? » Mais Ethel se taisait, car elle n'était plus la gardienne de son jeune frère. Une fois la voiture arrêtée, elle attendit, immobile, indifférente, l'arrivée du domestique.

– Eh bien, nous y voilà, dit-elle enfin avec un soupir.

Ici non plus je ne trouvai aucune changement à la routine de la maison. Le domestique conduisit Ethel et Richard à leurs chambres et se dirigea ensuite avec moi vers l'aile moderne. « Il n'est pas possible, me dis-je, que les choses se répètent dans les moindres détails ! Allons-nous tous retrouver nos mêmes chambres, et vais-je revoir les mêmes objets de toilette sur la table ? » Mais brusquement, devant la porte de la nursery, le domestique se détourna et me fit entrer dans l'ancienne chambre des enfants qui communiquait avec elle.

« C'est ici ! » murmurai-je involontairement. Un pâle soleil arrosait de jour gris la pièce où Claire avait dormi et où nous étions restés ensemble dans l'obscurité.

Le domestique m'avait entendu, il permit à son visage d'exprimer une vague interrogation, mais se contenta de dire qu'on m'apporterait mes bagages et disparut.

Cette chambre, un peu plus étroite que la nursery, en formait le pendant. Ici aussi survivait l'enfance de Pug et d'Agathe, d'une façon moins marquée peut-être que dans la pièce voisine avec son cheval à bascule, son paravent d'images et sa bibliothèque de sapin, mais très suffisamment pour l'empêcher de ressembler à une banale chambre à donner et lui garder son air avenant et habité. Les enfants s'étaient assuré une immortalité en gravant leurs noms sur la boiserie contre l'étroit appui de la fenêtre. Pug y était allé hardiment : JON TROBEY, Agathe suivait plus timidement : AGATHE T. Sous le tapis neuf était resté le vieux linoléum usé et, vissé au mur, un vieux placard de chêne contrastait avec la tapisserie joyeuse qui l'entourait. Je n'y trouvai qu'une boîte de plombs destinés à une ancienne catapulte de Pug, témoignage criant de ses jours de barbarie. A l'intérieur du battant de l'armoire, un papier effrité avait survécu, fixé par des punaises. On y lisait un titre en longues majuscules : LAPINS et, au-dessous, l'histoire lamentable des favoris d'Agathe ; leurs multiples naissances, leurs noms : Loppa – Daisy – Zipporah – Fethra – Amiral – et ceux qui, fauchés dans leur âge tendre, sans nom et sans histoire, étaient désignés en bloc, sous la rubrique : MORTS. Sur la cheminée, à côté d'autres ornements truqués, se voyaient deux pots enluminés représentant l'un les Trois Ours, et l'autre la reine Victoria voisinant avec la cathédrale de Salisbury. Parmi ces marques du passé, j'évoquai facilement Pug du temps où chacun l'appelait Jon, et Agathe avec ses cheveux dans le dos. Je me mis à songer que jamais je ne pourrais haïr ou ridiculiser un être humain dont je me serais figuré partager l'enfance. Le Christ voyait encore l'enfant dans l'homme ; de là cette qualité unique de ses jugements qui ne relevaient pas, je crois, de ce que nous avons coutume d'appeler justice ou miséricorde. Un artiste doué d'une semblable imagination se trouve si éloigné du reste des humains que son point de vue leur est complètement étranger. Il n'y a pas à les blâmer, ils doivent conduire le monde tel qu'il est, en administrateurs, et ne sont nullement chargés de lui dispenser la vérité. Lorsqu'un juge envoie pendre un meurtrier, il fait son devoir. Si la mère de ce prisonnier venait intercéder pour lui, le juge n'oserait pas la prendre en considération. Elle et lui sont en contradiction : elle plaide en faveur d'un enfant sous forme d'homme, lui protège la communauté selon les engagements qu'il a pris. Elle vit dans le sentiment avec le souvenir de ce qui n'est plus ; lui doit s'endurcir le cœur contre elle, car elle est vraie en parlant d'innocence, et il ne s'occupe que d'un hasard de la vie. Le tribunal interroge : « Le prisonnier a-t-il tué ? » Et elle demande à son tour : « Mon bébé peut-il être un meurtrier ? » – C'est là le fait et pourtant ce n'est pas toute la vérité. Pour prononcer une condamnation en parfaite justice, selon notre propre code, il nous faut oublier ce qu'il était de l'essence même du Christ de se rappeler. Cependant, cela continuera ainsi, me dis-je, tant que nous ne serons que ce que

nous sommes. Mon regard errait autour de moi pendant que je
songeais, et il me vint à l'idée que si les criminels étaient jugés
dans leur ancienne nursery il n'y aurait plus ni prisons ni
galères.

Je ne trouvais aucun moyen d'échapper à ce paradoxe, mais
je ne m'en plaignais pas, car je commençais à entrevoir ce qui
donne la beauté morale autant qu'esthétique à une grande
peinture ou à un grand poème, malgré la bassesse du sujet.
Sous tout ce qui la masque, un véritable artiste perçoit cette
base de pureté, seule capable de faire ressortir la véritable
peine ou la joie qui se trouve au fond de chaque expérience
humaine. Il discerne l'innocent de jadis chez le criminel, la
vierge chez la prostituée et la jeunesse chez le vieillard. Faisant
le portrait du corps, il rejoint l'âme et découvre ses origines et
le chemin parcouru.

Était-ce une idée de ce genre qui amenait Vasari à qualifier
Léonard de « céleste » ? Et ce grand artiste, dont les modèles
semblaient contempler le Christ avec des yeux d'enfants, gar-
dait-il sur sa personne le reflet de ce quelque chose de divin,
appartenant à un autre monde ? Je quittai ma chambre en me
demandant comment Léonard aurait interprété mon entourage, et je cherchai en vain à me représenter l'effet de la présence du maître parmi nous. Lui-même aurait été déconcerté
parfois car, chez certaines personnes – pourtant ni sottes ni
méchantes –, toutes traces de l'enfance semblaient si bien per-
dues qu'aucune puissance imaginative ne saurait les retrouver.
Peut-être ma vision était-elle défectueuse ? Mais il n'y avait
rien de profond en Mrs. Trobey lorsqu'elle m'accueillit. Je
n'aurais jamais pu la peindre avec son masque impénétrable.
Son mari, à part une certaine expérience acquise, restait un
gamin. La jeunesse luisait et pétillait en lui. Tandis que
Mrs. Trobey s'était desséchée dans les formules convenues, et
son esprit, comme son corps, se maintenait corseté et sur la
défensive. Elle choyait Henry Fullaton car il lui faisait une
cour systématique qui lui rappelait peut-être les beaux jours
où ses cheveux frisés, son menton pointu et sa bruyante viva-

cité d'oiseau lui donnaient l'air de dominer le monde, mais elle tournait son mari en ridicule à chaque occasion, à cause de cette adoration naïve de bon chien – une fidélité qui l'ennuyait si fort qu'elle aimait mieux la voir tomber et disparaître, plutôt que de la retenir par un geste de son doigt chargé de bagues.

Mr. Trobey supportait le dédain de sa femme, ce n'était là rien de nouveau. Mais il ne pouvait pas lui pardonner d'avoir laissé mourir son amour à lui, si facile à vivifier. Quatre années auparavant, j'étais trop absorbé par mes propres affaires pour m'apercevoir des siennes, et j'avais accepté à son sujet l'opinion de Mrs. Trobey, qu'elle imposait comme une formule à ses hôtes les plus crédules ; je le prenais simplement pour un petit homme agréable et absurde. Cette fois-ci, je le jugeais mieux ; je comprenais qu'il s'était égaré en mettant trop d'ardeur dans sa passion, trop de confiance. Il y avait certainement là de sa faute à lui ; il s'était aveuglé, il aurait dû mieux connaître sa femme et moins se fier à elle. Malgré tout, sachant par expérience la vanité du geste, il continuait à lui tendre la main, pour être guidé, et elle n'y prêtait aucune attention. Alors ce petit être indomptable, refusant de s'asseoir sur le bord de la route et de s'avouer vaincu, se retournait vers les autres : Pug, qui se montrait poli, Agathe, qui aurait pu l'aimer s'il n'avait eu peur d'elle, Richard, Ethel et moi-même. Je l'observais, auprès de la table à thé de sa femme, balançant d'un air coupable sa tasse et sa soucoupe et prononçant en sourdine – de crainte de les voir aigrement relever – d'aimables remarques conventionnelles. Je compris que c'était là une manière à lui, bizarre et vaine, de mendier un peu d'affection.

Je les observais tous, me rendant plus clairement compte du changement en moi-même qui me permettait de les juger ainsi. Je m'apitoyais, comme je l'avais fait à la maison, sur ce que la vie avait contrecarré leurs diverses intentions. Je me souvenais de la peur qu'ils m'inspiraient ; à présent, je ne redoutais plus les hommes et les femmes, mais je craignais plutôt les détours de l'existence, la sorte de répugnance que met la vie à compléter le tracé de notre personnalité, sa tendance à vous laisser encombré de mille rêves qui, sans se réaliser, s'attardent et flottent comme des ballons au bout d'un fil. Ils demeurent sur place, sans but, mais refusent de se dégonfler. Je regardais devant moi, les yeux fixés sur les souliers d'Henry Fullaton qui, largement écartés, enfonçaient les dessins du tapis de foyer, et tout à coup, levant un peu la tête, j'aperçus au-dessus, entre ses deux jambes, l'écran au point de croix sur lequel on avait brodé « *Hannah Kirk 1808.* » Je me souvins alors, avec toute la force de mon imagination, que j'étais dans la pièce même où j'avais vu Claire pour la première fois. Je me tournai vers l'appui de la fenêtre où je l'avais trouvée, dissimulée par les rideaux. Mais au lieu d'amener de la joie, ce rappel me glaça et, regardant le jour d'automne, je sentis le froid du contraste et la chute de mon exaltation. « Si elle était ici, me demandai-je, est-ce que je l'examinerais, elle aussi, comme j'observe les autres ? Suis-je assez éloigné de ce passé pour la plaindre sans subir le choc de sa beauté ? » Je cherchais à me persuader qu'il en était mieux ainsi, car il n'y a pas de parfait recommencement ; je ne pouvais plus maintenant ouvrir ces rideaux pour la première fois, entendre ce rire et cette exclamation lorsque, la tête renversée en arrière, elle s'était écriée : « Voilà que vous revenez à la vie, enfin ! » Peut-être était-il préférable que mon état d'âme eût changé, comme les tentures… Et cependant, pourquoi cette insistance à me convaincre moi-même désespérément que tout est parfait ? Pourquoi le vieux rêve erre-t-il sans cesse sur les fibres de ma mémoire ?

Tant de mois de septembre ont passé depuis lors, tant de ballons ont flotté en vain au bout de leur fil, qu'en faisant un banal calcul, je devrais sourire à cette idée de vieillesse que je croyais en ce temps-là voir surgir entre dix-sept et vingt et un ans. Mais je ne veux pas traiter légèrement l'impression persistante qui s'empara de moi à cette découverte, autrement frappante et poignante que celle, plus tardive, que l'on fait à l'âge mûr. Quelque chose d'insaisissable avait glissé hors de moi, sans disparaître tout à fait, quelque chose de précieux qui évitait à présent mon contact, me contemplait à travers une brume. Je me souviens très bien de cette sensation, qui n'est guère familière à cet âge-là. Après le thé, je me promenai dans le jardin avec Henry Fullaton; je ne me rappelle que vaguement ses réponses à ce qui devait être des récits de Paris. Lui ai-je parlé de la mort de Miss Fullaton? Je n'en sais rien. Était-ce alors, ou plus tard, après dîner, qu'il me raconta des histoires de saumon en Norvège? Je n'ai gardé que le souvenir de l'impression qu'il me fit, âpre, mélancolique, en dépit de sa vigueur; un vieux bateau gardant encore l'air étrangement neuf, mais échoué sur une jolie plage souriante.

Je vis peu Agathe Trobey ce jour-là. Après dîner, suivant ses desseins, elle m'entraîna dans la nursery. Ma mémoire soudain se clarifie, et je la revois debout devant moi, aussitôt la porte refermée, sa timidité masquée par cet air provoquant des êtres craintifs, et me demandant d'une manière prévue, presque rituelle, de remonter la lampe et de fermer les rideaux.

– Vous pouvez me parler peinture à présent, me dit-elle, sans me blesser; j'ai tout lâché!

– Oh! Pourquoi cela?

– Vous savez bien que je n'avais aucun talent – mais je découvris très vite qu'elle ne désirait nullement m'entretenir de peinture. Croyez-vous, fit-elle brusquement, que vous pourriez faire le portrait de Claire aujourd'hui?

Fiévreusement, elle poursuivit comme malgré elle ce sujet amer qui semblait lui être imposé. Elle disait l'attitude de Claire à son arrivée à Lisson, aussitôt après ma fuite pour Paris, la manière dont son amie parlait de moi, tantôt tendrement, comme d'un gosse, tantôt durement, comme d'un homme. Elle me raconta qu'un jour, Claire, assise sur cette même chaise où elle se tenait pour poser, s'était levée tout à coup, déclarant que si cette pièce lui appartenait, elle la transformerait entièrement et remplacerait les meubles. Agathe jouissait-elle vraiment de la compagnie de ce vieux cheval à bascule, avec ses yeux de verre? C'était impossible, il fallait rendre la chambre habitable!

Agathe avait refusé de rien changer et Claire s'était emportée, comme si la chose lui tenait à cœur. Un jour Ned était entré pour lui reprocher de rester là, enfermée, à se morfondre, au lieu de sortir au grand air : « Vous ne faites plus faire votre portrait, vous savez, par notre génie vagabond ! » Très en colère, elle lui avait rétorqué, comme un enfant impertinent, qu'elle s'assoirait où elle voudrait, ajoutant qu'elle adorait cette pièce à cause de… la jolie vue sur le jardin, ou autre mensonge de ce genre.

Je crois qu'Agathe me racontait tout cela par besoin de se torturer elle-même. Assise, le menton sur ses poings, elle chassait ses propos loin d'elle. Elle martelait sa mémoire jusqu'à ce que ses yeux trahissent sa blessure, elle la martelait encore, tandis que tableau après tableau émergeaient du passé des scènes triviales, rapportées au hasard et décrites avec une affolante vérité. Moins pour défendre Claire que pour arrêter les aveux vraiment gênants d'Agathe, je l'interrompis à plusieurs reprises, comme on interrompt les révélations trop intimes d'un ivrogne. Malgré ce frein, je n'arrivais pas à la retenir. Ses yeux luisaient d'un feu intérieur. Elle jouissait trop de ces triomphes cruels et personnels pour y renoncer.

– Vous voyez, disait-elle, Claire était convaincue que vous fuyiez Windrush parce que vous aviez peur de votre amour pour elle, trop violent. Voilà l'idée qu'elle avait, fixée dans son esprit comme un poignard qu'elle ne pouvait plus retirer et, une fois – le visage d'Agathe se contracta –, elle me montra une lettre de vous, écrite de Paris, une lettre très ennuyeuse même ; mais elle n'en ressentait aucune humiliation. Elle lisait toutes sortes de fantastiques mystères entre la platitude des lignes, et puis je voyais son effroi, craignant – faisant même plus que craindre – qu'au fond il n'y eût rien du tout.

Agathe garda un instant le silence après ce récit, puis, plus calme, elle leva les yeux et me dit d'une voix implorante :

– Ne croyez pas que je la blâme. Elle était inconsciente de ce qu'elle disait ou faisait, la moitié du temps qu'elle passa ici avec moi. Je restais muette et elle me parlait sans arrêt, pas du tout comme elle parlait aux autres. Eux ne devinaient rien,

sauf Henry Fullaton qui se disait, je pense : « Bonne affaire
qu'il soit parti à ce moment-là ! » – et se figurait que tout était
rentré dans l'ordre. Non, je ne la blâme pas. Elle vous avait
aimé trop tard, ses paroles se résumaient à cela, et ses espoirs
aussi et la lecture de vos lettres. – Trop tard ! Trop tard ! Et
Ned n'y voyait goutte. Il eût mieux valu qu'il s'aperçût de
quelque chose, il se serait moins imposé à elle. Je pense que
chaque fois qu'il s'approchait d'elle, elle songeait à vous. Et
Agathe répéta lentement : je pense que chaque fois qu'il venait
tout près d'elle et la touchait, elle croyait…

Puis, après un long silence, elle me demanda avec une
extraordinaire subtilité de voix qui dissimulait son espoir
d'une réponse :

– Et pour vous, bien entendu, c'est fini depuis longtemps ?

– Oh ! oui, dis-je, depuis longtemps.

Je me répétai tout bas cette phrase, jusqu'à me demander
vraiment si ma voix venait de la prononcer. Les paroles en
étaient sincères, d'après ce que je savais de moi-même, mais
elles proclamaient une fin que mon cœur n'admettait pas.
La tranquillité de la pièce et le calme attentif d'Agathe me
devinrent intolérables. J'allai à la fenêtre et écartai les rideaux.
Un nuage lourd, semblable à un chien qui s'étire, montait de
l'horizon et côtoyait la lune.

– La lune est à son second quartier, déclara Agathe.

M'informait-elle du simple fait, ou lui donnait-elle un sens
particulier ? Je l'ignore, mais l'écho de ses paroles persistait, je
ne pouvais y échapper, et je me souviens encore aujourd'hui de
l'intonation d'Agathe comme si elle venait de parler. Sa phrase,
et la mienne : « Oh ! oui ! – depuis longtemps ! » devinrent
caractéristiques de l'état d'esprit dans lequel je tombai alors : je
les entendais continuellement résonner sur les chemins de ma
pensée : « C'est fini depuis longtemps ! » et je poursuivais en
moi-même : « Je ne reverrai plus Claire, j'irai de mon côté, elle
du sien, et nous nous habituerons à l'absence. – Oui, mais
jamais, jamais, nous n'en perdrons conscience ! Ainsi je cherche
déjà – au bout de trois ans – à me rappeler exactement ses

traits. Lorsque je serai vieux je pense que je m'y efforcerai encore, tout en me disant : « Il n'y a pas eu de conclusion, mais un commencement que nous avons manqué ! »

Le chien joignit ses pattes et les étendit sur la lune. « Il en sera éternellement ainsi, pensai-je encore ; des périodes d'attente, des luttes vers d'impossibles retours, d'étranges et vains élans de l'esprit et des sens. Car elle, ayant été la première, restera pour moi toutes les femmes. Dans mes convoitises ou mon adoration, humaine ou divine, elle vivra – et je ne saurai m'en détacher. Tant qu'elle sera de ce monde, j'oserai de moins en moins la revoir, et je répéterai avec une imprudente sagesse : « C'est fini depuis longtemps ! » Mais, si elle meurt la première, je me maudirai d'avoir gâché ma vie. Je verrai Claire dans sa tombe et songerai : « Ce n'est pas elle ; car elle renaît dans chacune des merveilles qui s'offrent au regard, dans tout ce qui vivifie l'esprit. »

Le chien était courbé à présent, brisé et étiré ; la lune obscurcie. Au-dedans de moi, mon souffle se desséchait, les sources de vie semblaient se tarir prématurément ; j'entendis des sons au loin – des voix qui s'élevaient et des rumeurs – je ne leur prêtai aucune attention et ne cherchai pas à me les expliquer. Puis, derrière moi, la porte s'ouvrit toute grande, je me retournai avec l'écrasante certitude de ce qui m'attendait, et vis Claire.

Le choc en lui-même amenait du calme. Claire s'avança pour embrasser Agathe, puis elle me tendit la main. Ses yeux brillaient d'un éclat sauvage et les muscles de son bras se raidissaient. Ce contact nous mit en face de la réalité et du besoin de garder notre sang-froid. Agathe semblait un nain aux larges yeux, tapi dans un fond d'ombre.

– Oh ! dit Claire en réponse à ses questions, j'étais fatiguée de la Norvège, et je savais que vous seriez tous réunis ici. Alors pourquoi prolonger là-bas ? Mais Ned tenait à ses projets – elle sourit au souvenir d'une dispute qui avait dû être violente. Je suis donc venue seule ; c'est très amusant. On se fait de drôles d'amis. J'ai rencontré un couple d'Américains qui exprimaient

des doutes sur la moralité du gouvernement anglais aux Indes et
se préoccupaient du devoir des Anglo-Saxons envers les races
de couleur. Puis un clergyman anglais, très âgé, dont la paroisse
dans le Yorkshire ne reconnaissait pas les mérites. Il en était
pour l'instruction des femmes et m'a proposé de m'apprendre
l'hébreu par correspondance. Un jeune Bavarois voulait que
j'essaie un échantillon de ses plumes d'acier; s'il augmentait
suffisamment le chiffre d'affaires de sa maison, il pourrait se
marier, et il me montra le portrait de jeune fille qu'il gardait
dans son portefeuille, contre son cœur. Si Ned était venu avec
moi, nous aurions voyagé dans un splendide isolement et je ne
me serais mêlée à personne. Mais tout compte fait, Agathe, ma
chère, il me reste environ seize shillings.

— Ned ne vous a-t-il donc pas donné… commença Agathe,
mais le regard audacieux de Claire nous renseigna sur la
vigueur de la résistance que Ned avait dû opposer à ce voyage.
On devinait qu'il avait tout tenté, sauf mettre sa femme sous
clef. Chose bizarre, se voyant battu, comment ne l'avait-il pas
suivie?

— Ned revient-il? demanda Agathe.

— Oh! oui! répondit Claire, mais je pense qu'il ira tout droit
à Windrush, je l'y trouverai sans doute.

Mrs. Trobey, qui avait déjà entendu l'explication de l'arrivée de Claire, vint annoncer que sa chambre était prête.

— C'est la chambre verte, sur la façade; j'espère que Ned
vous rejoindra ici.

— Je ne pense pas qu'il soit de retour en Angleterre avant
notre départ.

— Oh! mais il ne saurait être question de départ, répondit
Mrs. Trobey avec une amabilité machinale, qui ne cherchait
aucunement à dissimuler sa désapprobation de la conduite de
Claire. Nous vous garderons en otage, avec ce cher Mr. Fullaton, jusqu'à ce que Ned vienne vous racheter.

Sur le seuil, à côté de Pug et de Mr. Trobey, Henry Fullaton
gardait son tranquille sourire sceptique qui semblait dire : « Je
ne comprends pas très bien ce dont il s'agit, mais n'ayons

aucune indignation morale, cultivons notre sens de l'humour et soyons homme du monde. »

Claire se tourna vers lui en riant :

– Croyez-vous que nous ayons besoin d'être rachetés, moi du moins ?

Il secoua la tête, sans lui prêter autrement attention.

– C'est très aimable à vous, madame Trobey, mais l'arrivée de Ned est si incertaine qu'il vaut mieux que nous nous en tenions à nos projets. Claire pourra rentrer à Windrush avec moi. Je comprends qu'elle est ruinée et qu'une escorte lui sera nécessaire.

Mrs. Trobey se borna à une résistance polie, et s'informa de la température et des hôtels de Norvège. Agathe et elle étaient assises ; nous restions debout, formant un groupe gêné, et nous posant des questions impossibles à formuler. Claire se trouvait à côté de moi. Elle arrachait du paravent des lambeaux de Saint-Bernard et laissait tomber les bouts de papier sur le tapis, mais ne donnait pas d'autres signes de nervosité. Pendant la conversation nos yeux s'évitaient, et quand Mrs. Trobey, en se levant, indiqua l'heure de se retirer, il fallut nous contenter d'un long regard, au fond duquel nous nous retrouvions.

Pour lier l'âme, rien n'est plus fort qu'un secret. On devient le serviteur de celui qui le partage avec vous. Non qu'il prenne de l'autorité, mais votre volonté est amoindrie. Dans cette limitation de l'esprit, l'âme tourne sur elle-même, comme une bête autrefois libre et qu'entoure maintenant un cercle de feu.

Enfant, parce que Claire reconnaissait mon amour sans le partager, je m'étais sentis lié à elle ; je continuais à l'être en voyant sa passion. Voulant recouvrer ma liberté d'esprit et m'échapper pour ne pas demeurer asservi, je m'étais fui moi-même en me sauvant à Paris. Aujourd'hui, je me trouvais pris par une attente amoureuse, ardente, secrète, qui me masquait le reste du monde. Je ne pouvais qu'y céder, et je ne désirais aucune autre issue.

Pourtant je ne pense pas m'être fait suffisamment d'illusions pour confondre mon désir présent avec mon amour
ancien, et croire que l'un était la véritable consommation de
l'autre. Un feu dévorant m'enveloppait de toutes parts, le
passé et le présent perdaient leur signification. Je savais simplement que mon être entier, subitement, se tenait au bord
d'une action inévitable.

Claire elle-même, après l'attitude légère et provocante de
son arrivée, se montrait avec moi grave et pleine de réticences.
Elle semblait enchantée de me parler de Windrush, disant
qu'il était pénible d'y vivre insatisfait, car c'était un endroit
créé pour le contentement.

– Mais vous-même, ajouta-t-elle, n'y avez pas trouvé le
repos de l'esprit bien que la maison et le pays soient si pai-
sibles ?

« Elle aussi, me dis-je, a vieilli, car la faculté de regarder en
arrière est ce qui divise le plus la jeunesse de la vieillesse. On
ne sent plus la vie entière devant soi, et ce changement de
perspective marque la véritable fin de l'enfance. » A cette
époque-là, je ne me souciais nullement du passé, et s'il m'arrivait de la questionner à ce sujet, je n'écoutais pas la réponse.
Dans nos promenades je ne voyais que la pose gracieuse de la
tête de Claire, penchée contre le vent, et je songeais : « Nous
nous attendons ; nous nous recevrons l'un l'autre, mais il est
inutile d'avouer notre secret, il est dans l'air que nous respi-
rons. »

Je me disais cela lorsque nous nous trouvions ensemble et
aussi quand nous étions séparés. Malgré la certitude de nous
sentir trop fortement engagés dans une voie de passion pour
ne pas la suivre jusqu'au bout, parfois, en regardant Claire ou,
loin d'elle, songeant à sa beauté, un instant de recul me faisait
penser : « Comment en sommes-nous venus là ? L'ai-je voulu ?
Est-ce elle ? Cela exprime-t-il la volonté ou le désir de l'un de
nous ? » Il semblait plutôt que nous nous trouvions entraînés
dans ce chemin parce que nous n'en connaissions pas d'autre,
et que le repos était devenu impossible.

Une fin d'après-midi, la veille du départ de Mr. Fullaton et de Claire, comme nous nous promenions elle et moi, dans le petit bois de la propriété, un silence tomba entre nous. Claire contempla les branches au-dessus de sa tête et leva les bras. Je vis ses seins soulevés et raidis par ce geste, et le balancement de son corps. Remarquant mon regard posé sur elle et l'interprétant, elle me le rendit sans sourire, comme une biche dévisagerait un passant, de l'ombre de son fourré. Elle était si belle, dans son saisissement, que je n'osais bouger. Ses lèvres pâlissaient, mais ses yeux ne bronchaient pas, ne me refusaient rien.

— Vous savez mieux que moi comment je vous aime, répondit Claire à l'aveu craintif que je lui faisais de mon amour. Je suis à vous, dit-elle encore, et ses yeux ajoutaient : « Je n'ai pas peur ! »

Peu après nous traversions le bois, pour rentrer à la maison. Mr. Trobey, de la terrasse, nous aperçut, passant sur la pelouse, et nous fit signe. La pensée de la vraie solitude qui nous attendait, Claire et moi, à notre prochaine rencontre, me fit désirer la compagnie de notre hôte, par esprit de contradiction. Toute la soirée, du reste, la présence des autres, parce que la durée en était fixée, ne paraissait pas une intrusion, mais renforçait notre secret. Un instant, lorsque Henry Fullaton recommença une vieille discussion, prétendant que Vélasquez abusait des effets de lumière, reflétés dans un miroir, je fus pris de la terreur de perdre mon profond intérêt pour la peinture, car je répondais machinalement, l'esprit ailleurs. « Un feu, lorsqu'il est proche, en fait pâlir un autre plus puissant, me dis-je. Mon désir de créer en art, mon ancien amour de Claire, sont remplacés par un sentiment différent, pour une autre femme. Ce que j'éprouvais autrefois appartient à mon existence passée et à un homme dont je garde le souvenir mais qui n'est plus moi. Est-ce là ce qu'on appelle être ensorcelé, lorsque les choses familières paraissent étranges et qu'on ignore si l'on se meut dans la réalité ou dans une ornière de rêve ? Regarde-t-on aussi au-delà du cercle magique, en se demandant : « Quand, et comment reviendrai-je à la vie ? Où donc pourrai-je me ressaisir ? »

Personne ne se doutait à Lisson de la crise que nous traversions, Claire et moi. Combien nous restions calmes sous l'envoûtement ! Armés de notre expérience mondaine, nous étions habiles à donner le change, sans rechercher la dissimulation. Mais, ce soir-là, Claire refusa de suivre Agathe dans la nursery ; elle préférait jouer au whist, et je m'excusai à mon tour.

— Allez-vous regarder le jeu ? demanda Agathe

— Oui, un instant.

Elle fit un léger signe de tête et me tendit la main.

— Je vous dis bonsoir, alors.

Est-ce qu'il y avait dans ses yeux la compréhension que je crus y lire ? Elle sortit sans se retourner, avec un calme détaché et referma la porte énergiquement sur elle.

— Agathe est-elle partie ? fit Mr. Trobey en choisissant une carte.

— Oui, c'est une excellente chose pour elle, déclara Mrs. Trobey, de se coucher de bonne heure et de bien se reposer. Elle est loin d'être forte, la pauvre petite.

— Ah ! ah ! Qu'est-ce que vous diriez, chère partenaire, d'un petit atout ?

Il s'adressait à Claire qui sourit sans répondre. Mrs. Trobey replia ses cartes, puis les ouvrit en éventail ; elle semblait déçue de ne pas les trouver plus satisfaisantes ; après cette opération, Richard, un des meilleurs joueurs de whist que j'aie jamais connus, était assis droit et immobile. Victoire ou défaite, aucune émotion ne faisait varier son expression intelligente et concentrée. Ethel et Pug, sans tenir compte des avertissements de Mr. Trobey sur la traîtrise de ces soirées d'automne, sortaient par la porte-fenêtre pour examiner, disaient-ils, le temps qu'il ferait le lendemain. Mr. Fullaton et Claire devaient partir dans la matinée, et Mrs. Trobey voulait réunir ceux qui restaient au bois de Derriman, si le soleil se mettait de la partie. Ce serait le dernier pique-nique de l'année. Quant à moi, je ne cherchais qu'à m'approcher le plus près possible de la table de whist, pour que Mr. Fullaton, dans sa crainte de gêner les joueurs, ne m'entraînât dans une discussion tout à fait étrangère à mon état d'esprit actuel.

D'un mouvement régulier, les cartes étaient abattues, puis ramassées dans un petit crissement sur l'étoffe du tapis. Comme aide à sa lente décision, Mr. Trobey faisait claquer avec son pouce celles qui se trouvaient à portée de sa main.

– Vous les écornerez, cher ami, disait Mrs. Trobey, et il s'arrêtait un instant pour recommencer dès qu'il hésitait.

Pug revint, déclarant que les cieux étaient clairs et la lune à son plein.

– Comme une orange, ajouta Ethel, vous devriez venir la voir.

Les joueurs ne se retournèrent pas. La partie s'activait, marquant une pause quand arrivait le tour de Mr. Trobey, puis reprenant avec une série de petits coups rapides quand il avait fait son choix… Bruit et mouvement avaient un rythme. Les cœurs et les carreaux luisaient sous les bougies ; et la lumière projetait sur la poitrine de Claire, derrière ses cartes, des ombres bizarres, en festons. Un moment, tandis qu'on mêlait le jeu, elle laissa reposer ses mains jointes sur ses genoux, et leva la tête vers moi. Mrs. Trobey s'en aperçut et suivit le regard de Claire, qui se dirigea aussitôt sur la pendule, derrière mon épaule :

– Va-t-elle bien ? Avons-nous vraiment joué si longtemps ? demanda Claire.

– Oh ! fit Mrs. Trobey, il n'est pas tard. A vous de couper, Claire.

Cette brève tromperie marquait une dissimulation humiliante. Pendant un instant, j'eus du mépris pour nous deux ; puis mon pouls s'accéléra, je sentis ma gorge se serrer. Sur ses lèvres à elle, un sourire erra comme le tremblement d'une feuille.

Et bientôt, debout devant la table, ils disposaient leurs jeux dans une boîte de marqueterie. Elle était toute droite et frémissante, pareille à la tige d'une fleur.

Parce que nous avons traversé ensemble la vallée de la passion, perdus dans son obscurité, pour nous élever jusqu'où
l'âme peut respirer, je me souviens sans honte de cette étape,
mais je plains les voyageurs ainsi écartés de leur route. Si je
regarde en arrière avec les yeux d'un vieillard et son expérience des jugements humains, je vois ce que le monde consta-
terait : un jeune homme obsédé par la nudité féminine et
dominé par son imagination. Une jeune femme renonçant à
toute fierté, fouettée par le désir et la vanité, et voulant inscrire dans sa vie un chapitre faussement romanesque. Ce sont
là des sujets de mépris pour le monde. Qu'est devenu ici
l'esprit contemplatif ? Brisé par un peu de convoitise, noyé
dans l'océan de l'hypocrisie qui reçoit le brillant torrent de
nos intentions premières ? L'homme ordinaire dirait bien vite
« Autant de vils animaux ! » et il se serait moqué aussi de la
femme adultère, s'étonnant que Jésus donnât tant d'importance à un cas si banal. Où donc est l'ange des Fullaton ? Et
la sainte femme au front nimbé de lumière de l'église de
Windrush ? Certaines personnes sont atteintes de fantaisies
maladives et les décorent du nom de rêves et de visions. On
voit des personnes se tisser des légendes sur elles-mêmes et
s'en faire tisser par d'autres. En fin de compte il n'y a que le
plus ou moins de chaleur du sang qui distingue les hommes
entre eux.

Voilà ce que je crois entendre, mais, si je rejette les jugements humains marqués par l'hypocrisie de la vie sans âme, je
me retrouve marchant de long en large dans ma chambre
étroite, recherchant même alors au fond de moi cette lumière
tranquille que donne la plénitude, et retombant sans cesse
devant le souffle chaud du désir. Et elle, je la vois se préparer
à glisser hors de sa chambre, et reculer, non devant l'ombre de
son mari, mais devant sa propre image, son orgueil, ses souvenirs de pureté. Elle aussi cherche la réalisation nécessaire au
mouvement de la vie, et se trouve poussée par une telle force
qu'elle ne peut résister au mensonge qui la lui promet, même

sachant que c'est un mensonge. Elle ne se sent pas seulement entraînée par la convoitise, elle tente un vain effort pour retrouver la première forme de l'amour, reniée par elle.

Je l'entends entrer doucement dans la nursery, et passer devant ma porte d'un pas léger. Je me tiens immobile pour essayer de percer le silence qui suit ses mouvements ; j'examine la lueur de la bougie collée à la tapisserie soyeuse, et me demande si c'est vraiment celle de la bougie ou du clair de lune. Vais-je analyser la qualité de cette lumière ? Mais, derrière cette porte, elle attend, et se demande peut-être si je l'ai mal comprise et me suis endormi. Il est possible que ce soit un rêve que mon réveil dissipera. Je tiens encore dans mes mains la boîte de plombs. J'ai dû, en me promenant, écouter le bruit qu'ils faisaient en roulant. Je dépose la boîte et mon doigt, comme celui d'un aveugle, se promène sur les caractères en relief du couvercle.

La nursery s'efface lorsque j'y pénètre. J'entrevois sa réalité matérielle qui s'évanouit aussitôt. Mon corps n'a plus de pesanteur, ni l'espace de bornes. Je crois marcher sur des flots de lune. Claire se tourne vers moi, son cou et ses épaules émergent, baignés de clarté. Son visage est éternel : c'est celui d'une femme qui craint son propre désir, mais a le courage de le réaliser ; qui est entraînée, mais par sa propre volonté !

Un visage que le serpent a dû voir, lorsque Ève a cédé. Est-ce bien elle que j'ai aimée, cette femme touchée par l'amour et pour qui je ne représente plus un homme ou un enfant, mais seulement une idée à laquelle elle s'offre, un prolongement, créé par elle, de son désir ? Mon âme se prosterne devant elle, comme devant son créateur, mais je la domine ; je suis un géant à ses yeux, celui dont son imagination est esclave. Je trouve surprenant que ses lèvres de chair, qui sont celles d'une prostituée, gardent la majesté des lèvres de pierre taillées au flanc d'une montagne. Il est étrange que ses cheveux, dont l'odeur enivrante engourdit mes sens, aient cependant la fraîcheur des herbes de la colline, dans lesquelles on enfouit son visage et que la chaleur de son corps, étendu contre le mien – mes

membres distinguant les siens – soit la même que celle de la
terre qui réfléchit le soleil.

Est-ce que je la conduis avec la douceur d'un suppliant ou
l'entraîne avec la force brutale d'une bête ? Voici ma bougie
éclairant la table basse, et le lit blanc, si tranquille sous les sta-
lactites d'ombres. Elle prononce mon nom qui ne semble plus
être le mien, puis garde le silence, tandis que le vêtement
qu'elle porte tombe, et que sa nudité aveugle mon esprit. Mes
yeux remontent le long de son corps, et je reconnais le propre
visage de Claire. Mais elle ferme les paupières et se couvre
avec ses bras croisés. Elle avance, étend les mains ; elle se
défait des rayons de lumière qui la vêtaient, et sa voix est celle
de Claire, son corps est un arbrisseau ployant sous le vent de
la nuit, sa beauté, une tempête qui dépouille l'âme de son
identité et en fait une demeure vide. Voici son souffle, sa
forme, ses gestes, mais elle-même n'existe pas. Voici mes
mains et mes lèvres desséchées par le feu ; mais, moi-même, je
n'existe pas.

Puis le désir tombe et nous revenons ; nous reprenons silencieusement conscience de ce retour, et écoutons une pendule
lointaine, mais qui se rapproche.

Avant l'aube j'entends de nouveau la pendule, sans associer
à son battement le temps qui passe. Pendant que j'étais couché dans l'obscurité que perçait ce bruit, son rythme, comme
celui de la respiration de Claire, avait quelque chose d'absolu,
indépendant de l'accidentel. Peu à peu une pensée surgit de
mon cerveau. Je me dis que Claire repose à côté de moi, tout
près, qu'il est tôt encore, mais que d'autres sons ne tarderont
pas à se faire entendre dans le monde. Je me tiens immobile,
comme si cela devait me protéger.

Cette tranquillité se changea en expectative qui portait en
elle son accomplissement. Je me détournai, de manière à voir
la fenêtre. Il n'y avait pas de rideaux, et je regardai si la terre
se préparait au réveil. Ni jour ni promesse de jour, mais une

lente usure de la nuit comme si, se sentant solitaire depuis le coucher de la lune, elle attendait tristement sa délivrance. Il faisait trop sombre pour distinguer les traits de Claire ; je contemplais la tache ovale de son visage avec une curiosité terrible et secrète, je veux dire en partie ignorée de moi-même. J'éprouvais une tendresse infinie et cependant je voulais fuir. Je l'aimais, je possédais même cette paix du cœur qui est le don le plus rare de l'amour, mais j'étais pourchassé. Je savais que jamais dans ma vie je ne rencontrerais de moment aussi heureux ; ma tête reposait sur mon poing, et je sentais l'air frais frôler mon avant-bras. Comme je me souviendrais de cet instant quand il ne serait plus ! Comme j'y reviens dans ma vieillesse ! Il y avait là à la fois une impression de finalité et de joie. Inutile de lutter, de faire des projets. Le jour n'est pas venu, le monde dort. Contemple-la longuement, écoute sa lente respiration. Recueille-toi.

Mais le précurseur qui défend l'immobilité en pleine vie me questionnait au fond de moi-même : « Qui est celle dont la chair repose là ? Elle peut dans l'obscurité revêtir la forme de celle que j'aimais, elle ne lui est pas moins étrangère. La possession de son corps sera toujours un adultère spirituel. Elle me liera avec des secrets et m'enveloppera de ses délices. »

Je commence à remuer, je veux m'échapper comme un renard qui ronge son piège. Ce n'est pas Claire que je fuis, mais ce que je sens en moi d'asservi. Je vais tout doucement, de crainte de la déranger : « Il ne faut pas la réveiller », me dis-je, et je pense au jour où nous nous reverrons, lorsque cette nuit nous semblera un rêve dont on doit écarter le souvenir. « Il ne faut pas la réveiller ! » Je me répète ces mots et m'aperçois, sans que sa respiration ait changé, qu'elle ne dort pas, mais m'examine depuis longtemps à travers ses cils. Je persiste cependant à m'écarter d'elle avec une minutieuse prudence, tout en me murmurant à moi-même, sans cesse : « Il ne faut pas la réveiller. Il faut qu'elle dorme. »

Mais l'idée qu'elle est réveillée s'impose à moi et, saisi, j'attends. Je me suis à peine éloigné ; sentant que je ne peux pas me mouvoir davantage, je me laisse aller, immobile, et tombe dans le rêve. Je crois être un enfant, de nouveau. Je me tiens devant une grille qui va s'ouvrir. Claire l'ouvre. Elle porte une robe lumineuse et un capuchon qui dissimule ses traits. Pourtant je sais que c'est elle. Elle ne semble pas me reconnaître. J'entre et me trouve dans un parc boisé et touffu, dont elle est sans doute la gardienne. Je l'entends qui referme au verrou la grille derrière moi. Je me retourne pour lui parler, certain d'être reconnu. Il n'y a plus personne. Affolé, je regarde autour de moi et m'écrie : « Claire ! Claire ! » Au tournant d'un sentier, sous les arbres sombres, qui sont ceux du jardin de mon père à Drufford, je la vois, debout, mais sans ses vêtements de lumière, absolument nue. Je cours vers elle. Mes pas ne font aucun bruit ; du reste, elle ne cherche nullement à me fuir. Je m'approche et sa tête se retourne comme celle d'une poupée, sur un pivot ; je vois son visage peint, en bois sculpté, rongé par les vers. Je veux couvrir mes yeux, lance mes mains en l'air et me réveille. Mes bras sont en travers du lit, Claire est partie.

Je la retrouve devant la fenêtre de la nursery. Elle se tient debout, le dos tourné vers moi. J'hésite, j'ai peur de découvrir la face terrifiante de mon rêve. Mais je la rejoins, et je comprends aussitôt que notre sentiment est le même. Il n'y a en face de nous ni fleur, ni arbre, ni ciel, mais seulement des masses chimériques plus ou moins sombres. A l'intérieur de la pièce, le cheval à bascule balance très bas sa faible pâleur. C'est le coursier blanc d'Ucello chargeant les ténèbres, sous un ruissellement de bannières.

Nous le savons à présent – nous l'avons toujours su, mais nous osons enfin le reconnaître –, les exigences de notre amour ne peuvent être satisfaites dans la chair. En temps qu'êtres humains, possédant des corps, elle et moi nous en avons fini en ce monde.

Elle aurait voulu revenir à l'amour que je lui offrais autrefois ; fuir la réalité, retourner à son enfance, à son temps de jeune fille. Elle appelait cela du romanesque, de la vanité ; elle s'humiliait, mais parlait sans honte, même avec une sorte de fierté désespérée, comme si elle avait été submergée par des forces qui dépassaient ses défenses. Son désir avait été l'éternel désir de l'esprit qui veut renaître. Elle aspirait à se recréer, à être vraiment celle que j'adorais autrefois, et à me la donner. Elle n'avait réussi qu'à aimer l'homme que j'étais devenu.

– C'est une des bizarreries de ce monde, dit-elle, et maintenant il nous faut aller chacun de notre côté, Nigel, car pour nous, je ne connais pas de route commune qui ne soit une duperie. Votre amour est venu trop tôt, le mien trop tard ; comme si deux étrangers apprenaient à se parler quand leurs secrets sont dépourvus de sens.

Je mets plus de temps qu'elle à comprendre combien notre séparation est définitive. Pendant qu'elle l'envisage avec calme, comme une épreuve adoucie par l'éloignement, je suis à me demander ce qui serait arrivé si nous étions partis ensemble de Lisson, ce premier soir de confession, allant vers les collines et n'y rencontrant pas de calèche miraculeuse, obligés de nous contenter du genre de délivrance que peut offrir la terre. Suivant ma pensée, elle me dit :

– C'eût été inutile, Nigel, même si j'étais partie quand vous me l'avez demandé, même si j'avais partagé à temps votre amour.

Je suis lent à la suivre dans cette voie de la sagesse. Je sens bien qu'il n'y a aucune satisfaction possible à notre désir en ce monde, mais je ne peux me défendre de pensées contradictoires. Le corps d'une femme est là, si près que je peux le saisir et le tenir contre moi, mais il a beau porter le nom et les traits de celle que j'aime, il est différent. Elle m'accompagnera toujours, dirigera mon pinceau, habitera mon cerveau et se glissera mystérieusement dans la couche de tout amour futur. Cependant je ne l'atteindrai jamais.

Mon cœur se révolte en vain. A travers les ondes d'obscurité, Claire me regarde, et je la sens résolue, hors des tourments du doute. Je sais qu'elle contemple son propre avenir et l'accepte. Nous vivons à ce moment-là notre vie, et la vivons ensemble, ensuite nous parcourrons chacun notre chemin sur terre; il faut nous séparer.

Elle se laisse tomber sur l'appui de la fenêtre, et simplement, m'attire à elle. Ma tête se cache dans son sein et ses cheveux se répandent sur moi.

« Nous sommes réunis pour la première fois », semble-t-elle dire, mais est-ce son silence, ou mes pensées, que j'exprime ? « Nous sommes réunis, car aucun mensonge ne nous sépare. Crois que je suis celle que tu as aimée; ce sont ses cheveux qui te recouvrent, ses mains qui sont dans les tiennes. Tu l'aimais en esprit et non selon la chair, tu l'as créée en esprit et ne peux la posséder en la chair. Continue à la créer à nouveau, ne lui permets pas de mourir. Sois à elle. »

A présent c'est le silence; elle se penche pour m'embrasser, je sens ses larmes sur mes mains.

– La jeune fille que tu as aimée ne t'a ni abandonné ni trahi, dit-elle au bout d'un moment. Par amour pour elle, pardonne-moi. Quand je ne serai plus là, elle restera près de toi.

Elle demeura quelques instants sans rien dire, puis, me libérant, disparut.

TABLE

PHÉBUS
libretto

des livres au format de poche
faits pour durer

WALLACE STEGNER
Vue cavalière

ROBERT PENN WARREN
L'Esclave libre

ALEXANDER KENT
Cap sur la gloire
Capitaine de Sa Majesté

FERDYNAND OSSENDOWSKI
Bêtes, Hommes et Dieux

HELEN ZAHAVI
Dirty week-end

ROBERT MARGERIT
La Terre aux Loups

MAX AUB
Crimes exemplaires

SERGE FILIPPINI
L'Homme incendié

ROBERT LOUIS STEVENSON
La Route de Silverado
Intégrale des Nouvelles, tome I
Intégrale des Nouvelles, tome II

MATHIEU BELEZI
Le Petit roi

ANTOINETTE PESKÉ
La Boîte en os

DOMAINE ÉTRANGER
AUX ÉDITIONS PHÉBUS

(extrait du catalogue)

DOMAINE BRITANNIQUE

BARBELLION
Journal d'un homme déçu

RONAN BENNETT
Le Catastrophiste, roman

RICHARD D. BLACKMORE
Lorna Doone, roman

ELIZABETH BOWEN
Emmeline, roman

JOHN BUCHAN
Salut aux coureurs d'aventure !, roman

RICHARD COBB
Une éducation classique, récit

W. WILKIE COLLINS
Pierre de Lune, roman
Préface de Charles Palliser
La Dame en blanc, roman
Armadale, roman

ELIZABETH GOUDGE
L'Arche dans la tempête, roman
La Colline aux Gentianes, roman
Les Amants d'Oxford, roman

RICHARD HUGHES
Cyclone à la Jamaïque, roman
Péril en mer, roman

ROBERT IRWIN
Les Mystères d'Alger, roman
Nocturne oriental, roman
Cadavre exquis, roman
Satan & Co, roman

NORMAN LEWIS
Torre del Mar, roman
Comme à la guerre, roman
L'Ile aux chimères, roman
Le Sicilien, roman

RICHARD LLEWELLYN
Qu'elle était verte ma vallée!, roman

ROSE MACAULAY
Les Tours de Trébizonde, roman

GEORGE MACKAY BROWN
Le Dernier Voyage, roman

DAVID MADSEN
Le Nain de l'ombre, roman

JOHN MASEFIELD
La Course du Thé, roman
Par les moyens du bord, roman
Martin Hyde, roman

Owen Glendower, roman :
I. Les Tours de Mathrafal
II. Les Forêts de Tywyn

LLEWELYN POWYS
L'Amour, la Mort, roman

THEODORE FRANCIS POWYS
Dieu et autres histoires
Préface de Patrick Reumaux

JOHN B. PRIESTLEY
Adam au clair de lune, roman

RAFAEL SABATINI
Pavillon noir, roman
Captain Blood, roman
Le Faucon des mers, roman

SIEGFRIED SASSOON
Mémoires d'un chasseur de renards, roman

OLIVE SCHREINER
La Nuit africaine, roman

FRANCIS STUART
Liste noire, roman

WILLIAM TREVOR
En lisant Tourgueniev, roman
Ma maison en Ombrie, roman
Le Silence du jardin, roman
Le Voyage de Felicia, roman
Mourir l'été, roman
Mauvaises nouvelles, nouvelles
Très mauvaises nouvelles, nouvelles

JAMES WADDINGTON
Un Tour en enfer, roman

HELEN ZAHAVI
True romance, roman
Donna et le gros dégoûtant, roman

Cet ouvrage,
réalisé pour le compte des Éditions Phébus,
a été reproduit et achevé d'imprimer
en mai 2001
dans les ateliers de Normandie Roto Impressions S.A.
61250 Lonrai
N° d'imprimeur : 01-1258

Dépôt légal : juin 2001
I.S.B.N. : 2-85940-748-0
I.S.S.N. : 1285-6002